KOKOSMAKRONEN-KÜSSE

Karin Lindberg

Verlag:
BookRix GmbH & Co. KG
Sonnenstraße 23
80331 München
Deutschland

Lektorat: Dorothea Kenneweg
Korrektorat: Dr. Andreas Fischer
Covergestaltung: Casandra Krammer

www.karinlindberg.info

ISBN: 978-3-7438-1193-5

BookRix
www.bookrix.de

KOKOSMAKRONEN-
KÜSSE

Bisher erschienen

Shanghai Love Affairs

Vertraglich Verliebt (1)
High Heels im Schnee (2)
Act of Law – Liebe verpflichtet (3)

Romantische Komödien

Ein Abenteuer in den Highlands
Liebe süßsauer
Lilja und die Liebe
Ein Schokoholic will Meer
Wollsockenwinterknistern
Ein Vorurteil kommt selten allein
Herzklopfen inklusive

Prescott Sisters
Der Maskenball
Die Entführung
Der Meisterdieb
Der Amerikaner
Der Bodyguard

Prolog

Mist, schoss es Luisa durch den Kopf. Sie hatte schon wieder ihren Schlüssel im Auto vergessen. Kopfschüttelnd ruckelte sie am vorderen Kippfenster, bis es aufging. Sie steckte ihre Hand hinein und zog den Knopf an der Fahrertür hoch. Nicht ganz leicht mit der Winterjacke, aber dank regelmäßiger Übung gelang es ihr binnen Sekunden, die Autotür zu öffnen.

Und täglich grüßt das Murmeltier, dachte sie, als sie in ihren hellblauen Käfer, den sie auf den Namen Wölkchen getauft hatte, einstieg. Ein Wunder, dass noch niemand auf die Idee gekommen war, das Auto zu klauen, wo sie doch den Schlüssel immer wieder stecken ließ. Aber so eine betagte Klapperkiste wollte offenbar keiner haben.

Fahrräder hingegen hatte man Luisa bereits drei gestohlen, nur ihren uralten VW ließ man stehen. Die Diebe wussten wahrscheinlich, dass man mit so einer antiken Karre nur Ärger hatte.

Nur gut, dass die Temperatur heute nicht unter null Grad gefallen war, sonst hätte sie die Scheiben nicht nur von außen, sondern, wie immer im Winter, zusätzlich von innen freikratzen müssen.

Beim zweiten Versuch sprang der Motor glücklicherweise an. Eilig fädelte sie sich in den Verkehr, weil sie nicht zu spät zu der Verabredung mit ihren Freunden Anne und Per kommen wollte und sie sich vorher noch umziehen musste. Dabei überfuhr sie beinahe zwei rote Ampeln. Erfreulicherweise fand sie kurz darauf eine Parklücke direkt vor ihrem Wohnhaus. Das sparte ihr in etwa drei Minuten.

Zu blöd, dass sie die im Treppenhaus sofort wieder einbüßte, als sie ihrem Vermieter Klaus Henkel begegnete, der sie leider an Ort und Stelle festnagelte. Verübeln konnte sie es ihm nicht, aber dummerweise war ihr Dispo auch schon am dritten Dezember ausgereizt …, aber das interessierte Herrn Henkel natürlich nicht die Bohne.

„Frau Zimmermann", spulte er sichtlich genervt die gleiche Platte wie immer in den vorausgegangenen Wochen ab. „Wenn die Miete für die letzten drei Monate nicht bis zum fünfzehnten da ist, fliegen Sie raus."

„Aber es ist kurz vor Weihnachten", wandte Luisa kleinlaut ein und hoffte auf sein Mitleid.

Herr Henkel rieb sich über seinen voluminösen Bauch und hob eine Augenbraue. „Das ist mir scheißegal. Ich bin nicht die Wohlfahrt. Guten Abend."

Dann verschwand er in seiner Wohnung und knallte die Tür so laut hinter sich zu, dass Luisa zusammenzuckte. Verdammt. Aber sie hatte sich schon gedacht, dass der Kerl ihr nicht die Miete erlassen würde, nur weil sie ihn mit großen Augen darum bat.

Nur woher nehmen und nicht stehlen?, fragte sie sich zum tausendsten Mal, während sie sich mit pochendem Herzen nach oben schleppte. Diese unangenehmen Zusammentreffen setzten ihr immer zu. Dabei konnte sie ausnahmsweise nicht einmal was dafür, dass sie in Zahlungsverzug war.

Schließlich war nicht sie es gewesen, die tausende von Euro bei irgendwelchen Sex-Hotlines verpulvert hatte. Leider war es der Telefongesellschaft herzlich egal, wer am Hörer gewesen war, denn der Anschluss lautete auf ihren Namen, und somit hatte sie die Rechnung im Briefkasten gehabt und nicht Manuel.

Es war der letzte Tropfen gewesen, der ihr persönliches Fass an Erträglichem zum Überlaufen gebracht hatte. Sie hatte ihn daraufhin hochkant rausgeworfen, aber die Forderung musste dennoch beglichen werden. Manuel hatte, wie üblich, nicht einen Cent auf dem Konto gehabt, nur deshalb hatte er sich wahrscheinlich bei ihr eingenistet. Sicher, ihre Beziehung war anfangs ganz harmonisch gewesen, aber wenn sie ehrlich zu sich selbst war, dann war es für ihn vor allem bequem gewesen, er hatte sie ausgenutzt und nie wirklich geliebt.

Dass Luisa zu gutmütig und gutgläubig war, hatte ihr letztendlich das Genick gebrochen und sie in diese extreme finanzielle Misere gebracht.

Zu ihrer Verteidigung brachte sie immer wieder vor, dass Manuel sie um den Finger gewickelt hatte. Eine glückliche, respektvolle Beziehung sah jedoch anders aus. Noch einmal würde sie nicht auf so einen Scheißkerl reinfallen.

„Verflucht“, murmelte sie, als sie die Tür zu ihrer Wohnung aufschloss und ihre Tasche auf den alten Dielenboden fallen ließ. Eigentlich hatte sie nach der unerfreulichen Begegnung mit Herrn Henkel überhaupt keine Lust mehr auf einen Kneipenabend mit ihren Freunden, aber sie wollte nicht absagen. Sie kannte ihre Pappenheimer viel zu gut, die würden sich garantiert schnurstracks auf den Weg zu ihr machen und sie dann zu Hause nerven. Das wollte Luisa unbedingt vermeiden. Das Lokal konnte sie nach einer Stunde verlassen, wenn die beiden erst mal in ihrem Wohnzimmer festsaßen, würde es die halbe Nacht dauern, bis sie ihre Ruhe hatte. Die zwei hatten Sitzfleisch …

Schnell tauschte sie ihren Wollpullover, den sie heute bei den Proben für das Weihnachtskonzert getragen hatte, gegen ein schwarzes Shirt, bevor sie die Treppen hinunterpolterte. Natürlich war sie nach dem unerfreulichen Gespräch nun doch viel zu spät dran. Das lief ja super …

Mit einem „Da bist du ja endlich“ wurde sie kurz darauf von Anne und Per im „Mondmann“, ihrer Stammkneipe an der Ecke, begrüßt.

„Fragt nicht", antwortete Luisa und winkte ab. „Die Story wollt ihr gar nicht hören."

Anne drückte sie kurz und schob ihr anschließend einen „Kokoskuss", ihren Lieblingscocktail, über den Tisch zu. „Den haben wir dir schon mal bestellt, war doch richtig, oder?"

Luisa verzog das Gesicht. „Nein, gerade heute wollte ich einen anderen", scherzte sie ironisch.

Per rückte sich seine schwarze Brille höher auf die Nase. „Kinder, kein Gezicke heute Abend. Seid friedlich!"

„Sind wir doch", erwiderte die blonde Anne und erhob ihr Glas. „Cheers, Ladys."

Luisa sog am Strohhalm ihres Drinks und entspannte sich endlich ein wenig, als sie die Mischung aus Batida de Coco und Cachaca schmeckte. Den „Kokoskuss" bekam nur Marc, der Barkeeper im „Mondmann", so perfekt hin.

Eine Cocktail-Runde später sah es in Luisas Welt nicht mehr ganz so düster aus. Dass sie chronisch pleite war, änderte sich dadurch zwar nicht, aber an diesem Abend würde ihr sowieso keine Lösung für ihre Geldsorgen ins Haus flattern, also machte Verdrängung aktuell am meisten Sinn.

Luisas Aufmerksamkeit wurde in diesem Moment auf den Eingang gelenkt, als drei Typen ihre Stammkneipe betraten. Sie hatte sie hier noch nie gesehen, vielleicht waren es Touristen. Der Größte von ihnen trug eine dunkle, offenstehende Lederjacke und sein dunkelbraunes, fast schwarzes Haar stand ihm in allen Richtungen vom Kopf ab. *Der perfekte Out-of-bed-Look*, dachte sie und konnte den Blick nicht von ihm abwenden. Die zwei Nachzügler beachtete sie gar nicht. Unbewusst stieß sie einen leisen Seufzer aus und nahm einen Schluck von ihrem Cocktail, während sie den gutaussehenden Kerl weiter betrachtete.

„Heiß, oder?", raunte Anne ihr zu und knuffte Luisa ihren Ellenbogen in die Seite.

„Wer?“ Luisa blinzelte und ließ ihren Blick wandern.

„Na, alle!“ Anne kicherte.

„Ich nehm’ den Blonden“, verkündete Per gut gelaunt. „Ich fürchte bloß, keiner von denen ist schwul. Ein Jammer.“

Anne wedelte mit ihrer Hand vor Pers Gesicht. „Du wieder, sei doch nicht gleich so pessimistisch.“

Per seufzte theatralisch und widmete sich seinem Drink.

Luisa hörte gar nicht richtig hin, weil sie schon wieder den Dunkelhaarigen anstarrte. Er sah im gleichen Moment auf und Luisa blickte in ein Paar strahlend blaue Augen, deren Farbtönung sie an die Tiefe des Ozeans erinnerte. Ihr Herz setzte einen Schlag aus, um dann im doppelten Tempo weiterzuhämmern. Sie befeuchtete sich ihre Lippen und wollte gerade ein Lächeln aufsetzen, als er sich mit dem Rücken zu ihr am Nachbartisch niederließ.

Luisa atmete hörbar aus. „War ja klar“, murmelte sie verdrossen und schob sich eine Haarsträhne zurück. Er hatte sie nicht einmal bewusst wahrgenommen. Leider nahmen Typen wie er niemals auch nur Notiz von ihr. Vermutlich stand er mehr auf dünne Blondinen statt auf kurvige Brünette, wie sie eine war. Ernüchtert zog sie den Reißverschluss ihrer Handtasche auf und fuhr sich mit dem Kokosöl-Pflegestift über ihren trockenen Mund.

„Noch einen ‚Kokoskuss‘?“, hörte sie Anne neben sich fragen, während Luisa nach wie vor den breiten Rücken anglotzte und sich über sich selbst ärgerte.

Woher hatte sie bloß ihre dämliche romantische Ader? Zu gerne würde sie aufhören, von der großen Liebe zu träumen. Ihr Kopf wusste, dass es Geschichten, in denen ein Wahnsinnskerl wie er auf Frauen wie sie abfuhr, nur in Hollywood gab und nicht im wahren Leben.

„Unbedingt“, antwortete sie deshalb nach einigen Sekunden resigniert. Vielleicht konnte sie sich ihre Realität ja schöntrinken, wenn schon nichts anderes half.

1

Till warf einen sehnsüchtigen Blick auf den Kalender. In weniger als zwei Wochen würde seine einzige Chance verstreichen, die Oldtimerwerkstatt „Klassikschrauber“ auf das nächste Level zu bringen. Wochenlang hatte er mit seinem Kumpel und Partner Olli sinniert und davon geträumt, wie sie den leer stehenden Nachbarladen dazumieten würden, um daraus einen echten Verkaufsraum für die Kisten zu machen, die sie aufgemöbelt hatten, um sie dann gewinnbringend zu veräußern. Momentan hielten sie sich mit Reparaturen und Restaurationen mühsam über Wasser. Große Sprünge waren damit nicht drin. Leider sahen das auch die Banken so und stuften sie als nicht kreditwürdig ein. Da half es Till auch nicht, dass er schon eine sehr erfolgreiche Karriere hinter sich hatte. Allerdings in einer völlig anderen Branche, zudem war das viele Geld von damals längst verjubelt.

„Verfluchter Mist“, stöhnte er und warf seinen Kaffeepott in Richtung des Pirelli-Kalenders an die Wand. Das Krachen, das das Zerbrechen seiner Tasse verursachte, vermischte sich mit dem quietschenden Geräusch der Werkstatttür.

„Guten Tag“, grüßte die eintretende Kundin vorsichtig.

„Sorry.“ Till fuhr sich durch die Haare. „Ein Missgeschick“, ergänzte er und zuckte mit den Schultern. Er grinste die Frau in Anorak und Wollmütze schuldbewusst an.

„Ähm. Sind Sie hier zuständig?“, erkundigte sie sich und musterte ihn zweifelnd, trat dennoch einen Schritt vor. Sie ließ ihren Blick über die Scherben seiner Kaffeetasse wandern, reagierte mit einem Stirnrunzeln, sagte aber nichts dazu.

Till schätzte sie auf Ende zwanzig, vielleicht Anfang dreißig. Ihrem Kleidungsstil nach zu urteilen, handelte es sich bei ihr nicht, wie sonst oft bei seinen Kunden, um eine Tussi, die das Geld ihres Ehemannes für historische Spielzeuge aus dem Fenster warf, die sie nicht zu schätzen wusste. Er wurde augenblicklich neugierig, was die süße Schüchternheit in seine Werkstatt verschlagen hatte.

„Ja, mit mir kannst du reden.“ Er zog einen Lappen aus der Tasche seines Blaumanns und wischte seine Hände ab, bevor er ihr die Rechte hinhielt. „Ich bin Till. Worum geht es?“

„Hi“, erwiderte sie und drückte seine Hand. Ihm entging dabei nicht, dass sich ihre Wangen röteten und sie seinem Blick nach ein paar Sekunden auswich. „Ich bin Luisa.“

Dann zog sie ihre Finger zurück und rieb sich die Gliedmaßen. Er hoffte, dass er nicht zu fest zugedrückt hatte. Vermutlich aber lag es eher daran, dass sie ihn attraktiv fand. Es war nicht das erste Mal, dass eine Frau so auf ihn reagierte. Till betrachtete sie noch einmal genauer und ihm fielen einige Sommersprossen in ihrem ungeschminkten Gesicht auf. Sie hatte eine hübsche, gerade Nase, die absolut symmetrisch zum Abstand der Augen war. Er war kein Fotograf, aber wahrscheinlich würde man wohlproportionierte Züge wie ihre als natürliche Anmut bezeichnen.

„Was kann ich für dich tun, Luisa?“, fragte er schließlich.

Sie zog ihre Mütze vom Kopf und zum Vorschein kamen glänzende, dunkelbraune Haare, die ihr bis auf die Schultern reichten.

„Ich habe ein Problem mit meinem Wagen“, erklärte sie und sah zu ihm auf. Er verlor sich eine Sekunde zu lange in ihren rehbraunen Augen und etwas machte Klick in ihm. Er hatte sie schon einmal gesehen …, er konnte sich nur nicht erinnern, wo.

„Schätze, dann bist du hier richtig, Luisa.“

Er mochte den Klang ihres Namens, er fand, er passte ganz hervorragend zur ihr und ihren niedlichen Sommersprossen.

„Mein Käfer steht um die Ecke, er springt nicht mehr an. Hat auf einmal den Geist aufgegeben, dabei bin ich nur einen Block gefahren. Kaum zu glauben, dass ich die Werkstatt hier noch nie gesehen habe“, plapperte sie und ihre Wangen röteten sich zunehmend.

„Steht er etwa mitten auf der Straße?“

„Ja, auch noch zweite Reihe. Kannst du mir vielleicht helfen?“ Sie sah mit ihren unschuldigen Augen zu ihm auf und erreichte damit etwas in ihm, das er lange für verloren geglaubt hatte.

„Hm“, machte er, rührte sich jedoch nicht von der Stelle, bis ihm eine Idee kam.

Eventuell konnte Luisa der Schlüssel zu seiner Misere sein …

„Hast du einen Freund?“, sprudelte es aus ihm hervor.

Luisas schockierte Reaktion auf seine, zugegeben, sehr direkte Frage war zum Niederknien. Dass sie nicht röchelte, war alles. Sie hatte ihre hübschen braunen Augen weit aufgerissen und trat nervös von einem Fuß auf den anderen. Ihre Gesichtsfarbe hatte sich dunkelrot gefärbt. Beinahe hätte er gelacht, aber es war keine gute Idee, sich über sie lustig zu machen. Sie dachte vermutlich sowieso schon, dass er ein schrulliger Kauz war, nachdem er eben seine Kaffeetasse an der Wand zerdeppert hatte.

„Was hat das mit meinem Wagen zu tun?“ Ihre Augen waren zusammengekniffen, die Lippen leicht geöffnet.

Till hob eine Augenbraue. „Also hast du keinen Freund“, stellte er zufrieden fest.

„Nein. Hab’ ich nicht. Was soll die Frage eigentlich? Kannst du mir nun helfen oder nicht? Das ist doch hier eine Werkstatt und keine Singlebörse.“

Luisa folgerte vermutlich gerade, dass er als Kind einmal zu viel auf den Kopf gefallen sein musste, aber das war ihm egal. Da Till keine einzige Frau im Freundeskreis hatte, die für seinen Plan infrage kam, war seine Auswahl an potenziellen Kandidatinnen bisher auf sage und schreibe null zu beziffern gewesen …, bis die süße Luisa in seinen Laden geschneit war. Ihre natürliche Reaktion amüsierte ihn, er lachte laut. Sie war perfekt!

„Auch wieder wahr. Eigentlich hab' ich echt viel zu tun, schau dich mal um, hier steht alles voll", meinte er dann gelassen.

Luisa runzelte die Stirn und ließ ihren Blick durch die Werkstatt schweifen. Schließlich hob sie eine Hand. „Hier ist doch noch Platz. Mein Käfer ist nicht groß."

Till gefiel ihre Hartnäckigkeit. Obwohl er und sein Partner Olli wirklich alle Hände voll zu tun hatten, konnte er sicher ein bisschen Zeit abzwacken, um sich ihren Wagen anzusehen. Vielleicht konnte er sich im Gegenzug ja tatsächlich auf einen Deal mit Luisa einigen, denn für ihn stand viel auf dem Spiel. Er würde es daher zumindest versuchen.

Aber eins nach dem anderen, fürs Erste hatte er sie genug geschockt. „Gut. Dann lass uns mal nach deinem Wagen schauen", verkündete er knapp, nahm seine Mütze vom Tisch und bedeutete ihr, ihm zu folgen.

Luisa stand neben ihrem Auto, Till saß auf dem Fahrersitz ihres blauen Käfers und drehte den Zündschlüssel. Außer einem müden Gurgeln tat sich nichts.

Schade, indessen hatte sie so auf den Vorführeffekt gehofft. Dabei hatte Wölkchen vielleicht schon in den letzten Tagen versucht ihr anzukündigen, dass da was im Busch war. Immer häufiger hatte der Motor in das so geliebte Knattern ein Blubbern von sich gegeben, das sie nicht hatte zuordnen können. Dumm, wie sie war, hatte sie es ignoriert.

Tja, und nun stand sie mitten auf der Straße, wie bestellt und nicht abgeholt. Nie im Leben hätte sie vermutet, ausgerechnet Mr. Sexy aus der Bar in einer Oldtimerwerkstatt wiederzutreffen, und schon gar nicht, dass er sich nun persönlich um ihren Käfer kümmern würde.

„Dann müssen wir wohl schieben", stellte Till nüchtern fest.

„Ist gut, hab' ich mir schon gedacht." Luisa ging ans Heck des Wagens. „Sag Bescheid, wenn du den Gang raushast."

Till stieg aus, ein spöttischer Zug lag um seinen sinnlichen Mund: „So weit kommt es noch, dass ich eine Frau alleine schieben lasse. Und ich setze mich faul auf den Fahrersitz, oder wie? Vergiss es, wir schieben zusammen. Vorsichtshalber übernehme ich die Lenkung."

Er zwinkerte ihr zu und Luisa blieb die Spucke weg. Er sah vielleicht gut aus, aber der Kerl war mehr als nur frech.

„Du denkst, ich bin nicht in der Lage zu schieben und gleichzeitig zu lenken?"

„Das hab' ich nicht gesagt …"

„Aber gedacht", vervollständigte sie seinen Satz, biss sich aber sofort auf die Lippe. Sie hatte nicht vergessen, dass sie dankbar sein sollte, dass er an einem Freitagnachmittag seine Arbeit liegen ließ, um ihr behilflich zu sein. Sie wollte nicht riskieren, ihn zu verärgern. Deshalb schluckte sie einen gepfefferten Kommentar herunter, auch wenn sie sich so was sonst nicht gefallen lassen würde.

„Nun mach schon, Luisa. Sonst frieren wir hier fest."

Eine Gänsehaut überzog ihren Körper – und das lag nicht an den Außentemperaturen. Sie fand es leider ganz hinreißend, wie er ihren Namen aussprach.

„Schon gut", brummte sie und folgte seinen Anweisungen.

Luisa war es durchaus gewohnt, dass andere Autofahrer freundlich winkten, wenn sie ihren Käfer sahen, oder dass Passanten stehen blieben und den hellblauen Inbegriff des Wirtschaftswunders der Sechziger lächelnd bestaunten. Aber die Aufmerksamkeit, die sie nun erregten, während sie Wölkchen schoben, war beinahe schon lächerlich.

Zum Glück hatten sie ihren geliebten Schrotthaufen im Nullkommanichts eine Straße weiter zur Werkstatt der „Klassikschrauber“ befördert. Da Sport in der Schule nicht unbedingt Luisas Lieblingsfach gewesen war, schwitzte sie unter ihrem dunkelblauen Anorak mittlerweile heftig. Ihr keuchender Atem hinterließ kleine weiße Wölkchen in der kalten Luft. Till hingegen sah überhaupt nicht angestrengt aus, sicher war er es gewohnt, mal anzupacken.

Hitze schoss in ihr Gesicht, als sie sich den letzten gedachten Satz noch einmal durch den Kopf gehen ließ. Sie musste sich dringend zusammenreißen, denn die Diskussion über die mögliche Stundung der Reparaturkosten hatte sie noch vor sich. Dafür brauchte sie ihren Verstand, egal ob sie ihn attraktiv fand oder nicht.

„Hast du kurz Zeit?“, wandte sich Till an sie, als sie den Käfer über der Grube geparkt hatten. „Dann schau ich gleich mal, ob es eventuell nur ’ne kleine Sache ist.“

Luisa verzog den Mund. „Im Prinzip haben sich meine Pläne fürs Wochenende gerade erledigt.“

Till neigte seinen Kopf, dann nickte er. „Gut, dann guck ich direkt mal nach.“

Gesagt, getan. Er verschwand über eine Leiter in der Grube unter dem Auto. Rein monetär betrachtet war es absolut hirnrissig, den alten Luftverpester weiter zu fahren, aber das sollte mal jemand ihrem Herzen sagen. Wölkchen hatte einst ihrer Großmutter gehört und nach ihrem Ableben hatte sie ihr den Wagen vermacht. Seitdem hatte sie mit dem himmelblauen Käfer so einige herrliche Reisen zu verschiedenen Musikfestivals und gerne mal an die Ostsee erlebt. Der Wagen hatte Luisa Unabhängigkeit gegeben, die sie als Studentin sonst nicht gehabt hätte. Aber irgendwann war das Polster, das ihr Oma mitgegeben hatte, um die Unterhaltungskosten für den Wagen stemmen zu können, aufgebraucht … Und dann war da auch noch Manuel gewesen, der sie über Monate hinweg nach

Strich und Faden ausgenutzt und belogen hatte. Natürlich verdiente sie jetzt, seit sie als Musiklehrerin arbeitete, ihr eigenes Geld, aber das reichte bei Weitem nicht, um die aktuellen Schulden zu begleichen.

Nein, sie wollte nicht mehr an das Arschloch denken, sondern positiv bleiben. Till würde ihren Wagen sicher in Nullkommanichts wieder flottbekommen. Vielleicht war es ja wirklich nur eine Leitung, die sich irgendwo gelockert hatte.

Während der Wartezeit schickte sie eine Nachricht an ihre ehemalige Studienfreundin Simone, die sie in Hannover hatte besuchen wollen. Sie schrieb ihr, dass sie wegen einer Autopanne nicht kommen könne und sich nachher melden würde.

Nachdem Luisa ihr Handy wieder in die Jackentasche geschoben hatte, sah sie sich um. Die Werkstatt war aufgeräumt, der Boden – bis auf die Scherben der Tasse – gefegt, aber mit Ölflecken übersät. An der einen Wand hingen eine ganze Reihe Werkzeuge. Neben einem silbernen Mercedes SL stand ein Wägelchen, auf dem sich Schraubenzieher und alle möglichen Utensilien befanden, die Luisa nicht mal benennen konnte. In der Ecke thronte ein riesiger, uralter Schreibtisch. Er sah aus, als wäre er noch vor dem Zweiten Weltkrieg zusammengeschreinert worden. So groß, wie er war, so überhäuft mit Papieren war er gleichermaßen.

Wahnsinn, und sie hatte gedacht, sie wäre unordentlich. Dagegen sah es in ihrer Arbeitsecke zu Hause wie in einem sterilen Operationssaal aus. Sie musste grinsen.

Neben dem Papierchaos hing ein Kalender an der Wand, den Fotos mit nackten Frauen zierten, am Boden lagen die Überbleibsel der Tasse. Der Henkel war das Einzige, was heile geblieben war. Warum Till sich vorhin wohl so aufgeregt hatte, als sie reingekommen war?

Luisa rief sich in Erinnerung, dass sie das gar nichts anging, und vergrub die Hände in den Taschen ihres Anoraks.

Sie ging ein paar Schritte in Richtung Fenster, dort hatte sie einen guten Blick auf den Innenhof, in dem sich einige Wracks aneinanderreihten. Vermutlich das Ersatzteillager der „Klassikschrauber“, schlussfolgerte sie. Ihre Mundwinkel bogen sich nach oben, als sie einen weißen Käfer entdeckte, dem zwar eine Tür und zwei Sitze fehlten, der aber sonst noch ganz okay aussah. Vielleicht gab es ja ein paar Ersatzteile für Wölkchen direkt vor der Tür.

„Sieht nicht gut aus“, hörte sie in der gleichen Sekunde Tills Stimme, der gerade aus der Grube kletterte und noch einmal in den Motorraum schaute, der bei allen Käfern im Heck saß. Für einige Minuten herrschte Stille, er griff hier und ruckelte dort, dann richtete er sich auf und knallte die Klappe zu. Er zog erneut den Lappen aus dem Blaumann und säuberte sich seine Finger.

„Was meinst du? Wie schlimm ist es?“ Luisas Herz klopfte bis zum Hals.

Er sah sie einen Augenblick sehr intensiv an. Ihr wurde heiß und kalt zugleich, dann sprach er weiter. „Es sind ein paar Leitungen defekt, die kann man ganz einfach austauschen. Aber der Motor hat was abbekommen, das muss ich mir genauer angucken. Wenn du Glück hast, sind es nur ein paar Teile, wenn du Pech hast, ist der Motor im Eimer. Wärst du mal gekommen, als das Blubbern anfing. Ich vermute, mit der Nockenwelle stimmt auch was nicht.“

Luisa atmete hörbar aus. „Scheiße.“

Eine teure Reparatur hatte ihr zu allem Übel noch gefehlt. Nein, sie würde jetzt nicht an die rückständige Miete und das Geld denken, das ihr fehlte, um nicht in zwei Wochen auf der Straße zu landen. Wenn sie nun auch noch Wölkchen aufgeben musste …

„So schlimm?“ Mit gerunzelter Stirn und mitfühlendem Blick kam er auf sie zu.

Jetzt bloß nicht anfangen zu heulen, nahm sich Luisa vor und schluckte den Kloß im Hals herunter.

„Hab gerade ’ne Pechsträhne“, die bereits Monate andauert, ergänzte sie im Stillen.

„Ich mach dir ’nen Vorschlag, Luisa.“

Sie hob ihren Kopf und war vom intensiven Blau seiner Augen fasziniert, sodass sie für eine Sekunde sogar vergaß, warum sie überhaupt hier war. Vielleicht sollte sie ihn einfach bitten, eine Sonnenbrille aufzusetzen, damit sie sich wieder konzentrieren konnte.

„Du heiratest mich, und ich mach deinen Käfer wieder flott.“

Luisa verschluckte sich und prustete los. „Was?“ Sie musste sich verhört haben.

Er hatte ihr eben nicht wirklich einen Heiratsantrag gemacht.

Oder doch?

Ja, hatte er.

Der Kerl musste verrückt sein, dabei hatte er bis eben halbwegs normal auf sie gewirkt.

„Nur auf dem Papier. Nicht in echt. Ich brauche eine Frau, ganz dringend“, fügte er hastig hinzu.

Luisa kniff die Augen zusammen und legte ihren Kopf schräg. „Ich verstehe nicht, worauf du hinauswillst.“

„Ich brauche eine Ehefrau. Du einen Mechaniker. Comprende?“

Luisa schnappte nach Luft. „Du meinst das ernst, oder?“

Till grinste schief und vergrub seine Hände in den Taschen seines Blaumanns. Leider sah er in dieser Haltung äußerst sexy aus. Super sexy.

„Natürlich wäre es keine echte Hochzeit. Wir knipsen ein paar Fotos und das war’s.“

Sie kratzte sich am Kopf und ließ ihn dabei nicht aus den Augen.

„Und aus welchem Grund brauchst du eine Ehefrau? Das klingt alles ein bisschen merkwürdig für mich. Willst du mich verarschen?“

Er musterte sie einen Moment schweigend, bevor er antwortete. „Keineswegs, Luisa. Ich würde über so etwas Wichtiges nicht scherzen. Über meine Beweggründe brauchen wir eigentlich nicht sprechen, das ist völlig nebensächlich. Oder doch, vielleicht sollten wir über die Gründe, warum du mir helfen solltest, reden.“

Er ließ seinen Blick durch die Werkstatt wandern und blieb an Wölkchen hängen.

Dieser Mistkerl.

Till kramte nun seelenruhig eine Schachtel blaue Gauloises und ein Zippo aus der Hosentasche, dann steckte er sich eine Fluppe zwischen die Lippen, ließ das Feuerzeug aufschnappen und zündete sich den Glimmstängel an. Er zog daran und schaute Luisa abwartend an.

Endlich blies er den Rauch aus. „Bis wann brauchst du dein Auto wieder?“

Dass das eine rhetorische Frage war, lag auf der Hand. Luisa gefiel es nicht, wie selbstherrlich Till plötzlich mit ihr umging. Natürlich war dem Kerl bewusst, was für eine Wirkung er auf Frauen – und damit auch auf sie – hatte. Aber irgendwie kam ihr dieser Vorschlag doch äußerst durchgeknallt vor, und sie fragte sich immer noch, was dieser Quatsch von wegen Hochzeit sollte.

„Ich weiß nicht“, gab sie daher kühl zurück. Nach der Misere mit Manuel war sie vorsichtiger geworden. „Machen wir es doch so: Du schreibst mir einen Kostenvoranschlag und ich lasse mir die Sache in der Zwischenzeit durch den Kopf gehen.“

Till sah aus, als ob er dem Messias höchstpersönlich begegnet wäre. Vermutlich hatte er eine andere Antwort erwartet. Beinahe hätte Luisa gelächelt, aber ihr war klar, dass sie nicht in der Position war, Till zu verärgern. Irgendwie hoffte sie immer noch auf seine Hilfe.

Bevor er etwas erwiderte, zog er noch einmal an seiner Zigarette und wirkte nachdenklich.

Der sexy Monteur bekam garantiert äußerst selten eine Abfuhr, – auch wenn sie noch nicht wirklich Nein gesagt hatte. Eigentlich hätte sie nach einigen Hintergrundinformationen fragen können, denn es war ja nicht unbedingt alltäglich, dass jemand eine Hochzeit vortäuschte, aber momentan hatte sie selbst zu viel im Kopf, als dass sie sich näher mit Tills Kram befassen konnte oder wollte. Die Vorweihnachtszeit und damit einhergehend die vielen Veranstaltungen, die sich in der Musikschule häuften, ihre persönlichen Probleme ... Selbst wenn sie mitmachen wollte, sie hatte überhaupt keine Zeit …

„Wie du willst. Bis Montag brauche ich eine Antwort. Den Kostenvoranschlag kannst du dir früh um neun abholen.“

„Da muss ich arbeiten.“

„Du kannst den Käfer auch direkt wieder mitnehmen, äh, mitschieben“, bot er ihr mit einem spöttischen Zug um den Mund an und verschränkte die Arme vor der Brust.

Luisa schnaubte leise. So ein Arsch. „Na schön. Dann bis Montag.“

„Willst du mir nicht deine Telefonnummer dalassen? Für Rückfragen …“

Luisa presste die Lippen kurz aufeinander, dann antwortete sie: „Klar, wo soll ich sie notieren?“

Till ging zum Schreibtisch, zog einen Zettel aus einem Stapel, schnippte Asche in einen übervollen Aschenbecher und wandte sich ihr wieder zu. „Schieß los!“

Luisa teilte ihm ihre Handynummer mit und ließ ihn dabei nicht aus den Augen. Seine schlanken Hände weckten schon wieder Vorstellungen in ihr, die nicht nur etwas mit der Reparatur von Automotoren zu tun hatten. Der ganze Kerl machte einen trainierten Eindruck auf sie. Wer zur Hölle sollte ihnen abnehmen, dass sie ein Paar waren, das den Bund der Ehe eingehen wollte? Sie schaute sich noch einmal um, ob sie vielleicht irgendwo eine versteckte Kamera entdecken konnte und sie nach diesem albernen Quatsch gleich von dem blonden Kerl aus „Verstehen Sie Spaß“ begrüßt wurde. Aber nein, da war keine …

Till fixierte sie und inhalierte währenddessen seelenruhig den blauen Dunst seiner Kippe.

„Du weißt schon, dass Rauchen krebserregend ist?“ Den Kommentar konnte sie sich nicht verkneifen. Sie hasste Zigarettenqualm in geschlossenen Räumen und fand den Geruch von kaltem Rauch absolut ekelhaft. Sie war zwar kein militanter Nichtraucher, aber sie würde nie mit einem Mann zusammen sein, der wie ein Aschenbecher schmeckte. Gott sei Dank, war das in Bezug auf Till nicht ihr Problem.

Till zog derweil noch einmal absichtlich lange, hob eine Augenbraue und pustete seinen Lungeninhalt anschließend in kleinen weißen Kringeln aus. „Und?“

Provokation bekam einen neuen Namen: Till wie-auch-immer.

Luisa spürte, wie ihr das Blut in die Wangen schoss. Der Kerl hatte etwas an sich, das sie zutiefst irritierte.

„Na schön, dann geh ich jetzt“, beeilte sie sich zu sagen. Sie verkniff sich ein ‚Ruf mich an, wenn du Näheres weißt‘, da sie befürchtete, einen weiteren irritierenden Spruch von ihm zu kassieren. Stattdessen brannte ihr eine ganz andere Frage auf der Zunge. „Warum hast du denn ausgerechnet mich gefragt, ob ich deine Ehefrau spielen will?“

Till drückte die Zigarette aus und hob seinen Kopf an. „Weil ich keine weiblichen Freunde habe. Und wenn ich dir im Gegenzug einen Gefallen tue, bin ich dir nachher nichts schuldig. Ich würde eventuell sogar noch eine Schippe drauflegen, wir wären danach absolut quitt und damit hätte sich die Sache. Keine Verpflichtungen oder sonst was.“

Luisa verstand, was er meinte, und versuchte ihre Kränkung zu verbergen.

Natürlich, er brauchte sie wahrscheinlich, um irgendeine super hartnäckige Stalkerin loszuwerden. Er war jedenfalls nicht auf der Suche nach einer Beziehung. Warum er keine Frauen in seinem Freundeskreis hatte, konnte sie sich ebenfalls vorstellen. Offensichtlich war Till ein Weiberheld – und wollte es auch bleiben.

In diesem Moment hörte sie, wie ein Wagen mit quietschenden Reifen vor der Werkstatt abgestellt wurde. Eine Autotür knallte und kurze klappernde Schritte ertönten. Nach wenigen Sekunden ging die Tür auf. Herein kam eine wasserstoffperoxidgefärbte Blondine mit blutrot geschminkten Lippen und knallroten Lackpumps. Die ganze Frau schien nur aus Beinen zu bestehen. Besucherinnen wie diese könnten gut und gerne der Grund dafür sein, warum er eine Fake-Ehefrau brauchte, wenn es davon mehrere gab. Sie verschlang ihn förmlich mit Blicken und hatte Luisa noch nicht einmal bemerkt. Sie konnte die neue Besucherin auf Anhieb nicht ausstehen.

„Till, Schätzchen“, flötete die Storchenfrau und stakste auf ihn zu. Vielleicht war das ja tatsächlich die Stalkerin … Vorstellbar wäre es, denn Till verspannte sich merklich, je näher die Frau auf ihn zukam.

„Janine“, brachte er gerade noch rechtzeitig hervor, ehe sie ihm rechts und links ein Küsschen auf die Wange drückte. Luisa stieg eine Duftnote ihres Parfums in die Nase und sofort begannen ihre Schleimhäute unangenehm zu kribbeln.

„Bin dann weg“, murmelte Luisa und trollte sich.

Till war voll und ganz mit Frau Storch beschäftigt, falls er noch etwas erwiderte, so hörte sie es nicht, bevor die Tür hinter ihr ins Schloss fiel.

So viel dazu.

2

Zwei Tage und vier Bleche Vanille-Cupcakes mit Kokosfrosting später hatte Luisa nicht nur Bauchschmerzen, sondern auch einen Entschluss gefasst.

Ihr Problem mit der Miete war zwar nach wie vor ungelöst, aber in ihrer jetzigen Lage konnte sie nicht auch noch ihren heißgeliebten Käfer aufgeben. Schlimm genug, dass sie möglicherweise ihre Wohnung verlor.

Auf dem Küchentisch flackerte die erste von vier Kerzen auf ihrem Adventskranz. Vielleicht hätte sie lieber Kokosmakronen backen sollen, aber dafür war bis Weihnachten noch ausreichend Zeit.

Sie verpackte ihre Bäckereien in kleine durchsichtige Tütchen, die sie mit einer rosafarbenen Schleife verschloss. Die würde sie morgen bei den Proben und ihren Unterrichtsstunden verteilen. Ihre Schüler kannten das schon von ihr und ihre Freunde Anne und Per aus dem Friseurladen „Hairspray" gegenüber würden auch nicht Nein sagen, wenn sie ihnen ein paar Cupcakes anbot.

Gestern Abend hatte sie noch lange mit Anne telefoniert und ihr von der seltsamen Begegnung in der Werkstatt erzählt. Ihre Freundin war viel durchgeknallter als sie, daher hatte es Luisa nicht überrascht, dass sie ihr gut zugeredet hatte, die Ehefrau zu spielen, dafür, dass Till ihr mit Wölkchen behilflich sein würde.

„Süße, du musst das machen. Vielleicht springt dabei sogar noch guter Sex für dich raus", hatte Anne ins Telefon gekichert. „So heiß, wie der aussieht, ist er bestimmt auch im Bett."

Natürlich hatte sich Luisas Freundin an den Typen mit der Lederjacke und den verwuschelten Haaren aus dem „Mondmann“ erinnert. Luisa hatte nur leise geseufzt und mit den Augen gerollt.

„Na schön, ich überleg’ es mir“, hatte sie schließlich geantwortet, Anne hatte nur laut gelacht.

„Trau dich mal was, Luisa. Sonst versauerst du am Ende. Du bist im besten Alter, wart’s mal ab. In fünf Jahren fragt dich keiner mehr, ob du die Fake-Ehefrau spielen willst. Erlebe ich oft genug im Laden. Wenn der erste Lack mal ab ist, kräht kein Hahn mehr nach dir.“

„Na, danke auch, du Mistbiene“, hatte Luisa verschnupft erwidert, aber sich ein Grinsen nicht verkneifen können.

Sie war dennoch gespannt, wie Till gleich reagieren würde. Vielleicht hatte er es sich übers Wochenende ja auch anders überlegt, denn gehört hatte sie nichts mehr von ihm.

War das nun ein gutes oder schlechtes Zeichen, dass er sich nicht mit einem Kostenvoranschlag bei ihr gemeldet hatte? Andererseits, er hatte ihr ja klipp und klar gesagt, dass sie Montag um neun bei ihm antanzen sollte, um alles Weitere zu besprechen.

Luisa biss in einen Cupcake und überlegte. Sie hatte keinen blassen Schimmer, was sie jetzt tun sollte, und das machte sie fast verrückt.

Till schwang seine Beine aus den Federn. Die Blondine in seinem Bett murrte etwas Unverständliches, aber klar war, dass sie noch keine Lust hatte aufzustehen. Gut, ihm sollte es egal sein. Hauptsache sie war weg, wenn er am Abend wieder nach Hause kam. Was ihn hingegen viel mehr interessierte, war, wann Luisa von sich hören lassen würde. Ob sie wirklich kommen würde, um sich ihren Kostenvoranschlag abzuholen?

Till schlüpfte nach einer kurzen Dusche in Jeans und Sweatshirt und ging barfuß auf seinen Balkon, um eine Zigarette zu rauchen. Gerne hätte er einen Kaffee dazu getrunken, aber er war zu faul, außerdem wollte er seine Ruhe und nicht, dass die Blonde ihm womöglich doch noch auf den Zeiger ging und ihn vollquatschte. Den üblichen Fragen, wann sie sich wiedersehen würden, wie es nun weiterginge, wollte er unter allen Umständen aus dem Weg gehen. Die Antworten würden ihr nämlich nicht gefallen – gar nicht. Diskussionen dieser Art ging er liebend gerne aus dem Weg.

Er zündete eine Zigarette an und blies den Rauch in die kühle Dezemberluft. Da bemerkte er einen Besucher auf seinem Geländer.

„Na, was machst du denn schon wieder hier?“ Till streckte seine Hand aus. Seit ein paar Tagen tauchte immer wieder eine schwarzweiß gescheckte Katze auf. Aus Spaß hatte er sie Panda getauft, weil ein Auge schwarz umrahmt war. Mit einem Schnurren schmiegte sie sich an seine Hand.

„Du hast Hunger, hm? Warte, ich hab' da was.“

Till legte seine Zigarette auf dem Rand des Aschenbechers ab, schlich in die Küche und füllte ein Schälchen mit Trockenfutter. In einem Anfall von Tierliebe hatte er am Samstag bei seinem Wochenendeinkauf eine Packung besorgt.

Kopfschüttelnd über diesen Anflug von Weichheit kehrte er auf seinen Balkon zurück, wo Panda geduldig wartete und wie ein Hund „Sitz“ machte. So schnell konnte man sich also aneinander gewöhnen, dabei konnte er sonst eigentlich nicht so viel mit Tieren anfangen.

„Hier, Kleine. Ich weiß noch nicht mal ob du ein ‚Er‘ oder eine ‚Sie‘ bist.“

Eifrig stürzte sich das Kätzchen auf den Napf und Till rauchte in Ruhe zu Ende, während er es beim Fressen beobachtete.

„Vermutlich bist du eine ‚Sie‘, sonst würdest du mir nicht hinterherlaufen …“, beantwortete er sich seine Frage selbst und schmunzelte. Ja, das passte. An Verehrerinnen mangelte es ihm nicht, sein Interesse an einer stabilen Beziehung ging jedoch gegen null.

„Du weißt, dass du ein Arsch bist, oder?“ Olli boxte Till an die Schulter, nachdem er ihm später in der Werkstatt von seinem Plan der vorgetäuschten Hochzeit berichtet hatte. Anschließend nahm Olli seine Tasse vom Schreibtisch. Till wusste selbst, dass es nicht ganz fair war, Luisa mit dem Käfer zu ködern, denn die Reparatur würde ihn wirklich nicht die Welt kosten. Beinahe alle Ersatzteile konnte er für kleines Geld besorgen.

Er nahm sich vor, ihr einen Bonus anzubieten, natürlich nur, falls sie ihm einen Korb geben würde und etwas mehr Überzeugungsarbeit nötig sein würde.

„Du bist nicht der Erste, der mich ‚Arschloch‘ nennt, mein Freund. Du willst doch auch expandieren, oder nicht?“, stellte Till trocken fest. „Wenn wir nicht langsam mal zu Potte kommen, ist der Laden nebenan weg und damit unsere Chance vertan.“

Sein Kumpel hob eine Augenbraue und nahm einen Schluck von seinem Kaffee. „Jo. Dann mach halt, wenn es nicht anders geht. Aber ich bin nicht schuld, wenn es eine Frau mehr gibt, die dich hasst …“

Das quietschende Geräusch der Werkstatttür zog Tills Aufmerksamkeit auf sich. Er ließ sich seine Erleichterung, dass Luisa kurz vor der verabredeten Zeit auftauchte, nicht anmerken. Ihre Nasenspitze war von der Kälte gerötet und ihr braunes Haar, wie schon am Freitag, unter einer Wollmütze verborgen.

„Guten Morgen“, grüßte Till und ein Lächeln schlich sich auf sein Gesicht. Er bemerkte, dass Olli neben ihm die Stirn runzelte. Mit einem warnenden Blick gab er seinem Kumpel zu verstehen, dass er bloß die Klappe halten sollte.

„Guten Morgen“, sagte Luisa und schaute ihn unter ihren dichten Wimpern an.

„Hey, schön, dich zu sehen. Was geht?“, erwiderte Till gut gelaunt und machte einen Schritt auf sie zu.

Entgegen seiner Erwartungen wandte sie sich an Olli.

„Hi, ich bin Luisa“, stellte sie sich seinem Kumpel vor und streckte ihm ihre Hand hin.

„Olli, freut mich.“

Till beobachtete die Szene mit einem Grummeln im Bauch. „Luisa, wie war dein Wochenende?“, mischte er sich ein. Er war es nicht gewohnt, als Nummer zwei behandelt zu werden. Irgendwie gefiel es ihm überhaupt nicht.

Luisa ließ Ollis Hand los und zog ein durchsichtiges Tütchen mit Gebäck hervor.

„Hier, Kokos-Cupcakes“, erklärte sie und drückte ihm ihr Mitbringsel in die Hand.

Till hob eine Augenbraue und nahm sein Präsent entgegen. „Und die hab’ ich mir verdient, weil …?“

Er spürte, dass sein Kumpel ihn schon wieder mit einem amüsierten Gesichtsausdruck musterte, dann schien er sich zu besinnen und trollte sich. Sein Glück, sonst hätte er ihn sowieso höchstpersönlich rausgeworfen.

„Ich hab’ zu tun, bin gleich wieder da“, verkündete Olli, bevor die Tür hinter ihm ins Schloss fiel. Beinahe hätte Till laut geseufzt, dass der Depp doch noch kapiert hatte, dass er unter vier Augen mit Luisa sprechen wollte.

„Hast du die Kosten der Reparatur für mich zusammengeschrieben?“, fragte Luisa. Till legte die Tüte mit den süßen Törtchen beiseite.

Es gefiel ihm, wie sich ihre Wangen in seiner Gegenwart röteten. Ihre Sommersprossen ließen ihr ebenmäßiges Gesicht jung und frisch wirken. Luisa fiel zwar nicht unter sein übliches Beuteschema, aber es war zum Glück gar nicht vonnöten, dass er sie heiß fand. Hauptsache, seine Oma nahm ihm ab, dass er mit ihr verheiratet war. Und für die Bilder konnte man sie sicherlich ein bisschen stylen und schminken. Luisa war genau der Typ Frau, den sich jede Mutti als Schwiegertochter wünschen würde, bodenständig und natürlich. Ein blonder Vamp hingegen würde absolut nicht passen, auch wenn das eher seinem Geschmack entsprach.

„Pass auf, ich hab' nachgeschaut, ich könnte deinen Wagen in ungefähr vierzehn Tagen wieder flottmachen, alle nötigen Teile kann ich relativ kurzfristig besorgen. Mit Arbeitszeit und allem wärst du mit summa summarum zweitausend dabei."

Sie zuckte bei der Zahl merklich zusammen.

„Zweitausend?", wiederholte sie tonlos und schaute ihn mit weit aufgerissenen Augen an.

Er hob die Schultern. „Ja, sorry. Manche Sachen sind bei so alten Autos teurer als Ersatzteile für Neuwagen."

Luisa schluckte. Ohne ein weiteres Wort fischte er seine Gauloises-Packung aus dem Blaumann und zündete sich eine Kippe an. Es kam nicht überraschend für ihn, dass ihr die Summe der Reparaturkosten den Boden unter den Füßen weg-zog, genau das hatte er beabsichtigt. Ja, er war ein Arschloch, aber es gab gute Gründe, die ihn zu dem hatten werden lassen, der er heute war.

Das Geräusch des Zippo-Feuerzeugs durchbrach die Stille in der Werkstatt. Till nahm sich alle Zeit der Welt und wartete gespannt, wie Luisa sich entschied.

Sie zog ihre Mütze vom Kopf und fächelte sich damit Luft zu. Für eine Sekunde tat sie ihm beinahe leid.

„Na schön. Mir bleibt ja wohl nichts anderes übrig. Wann können wir diese bescheuerten Fotos machen?"

Till drückte seine Kippe aus und wandte sich ihr zu.

„Du machst mit?"

Sie presste ihre hübschen Lippen aufeinander, bevor sie antwortete. „Ja, ich mach' mit. Kann ich dir auch vertrauen?"

Er hob eine Augenbraue. „Wie bitte?"

Luisa trat einen Schritt auf ihn zu. „Ich meine, wenn ich hier mitspiele und mein Gesicht auf irgendwelchen Hochzeitsfotos erscheint, kann ich mir sicher sein, dass du Wölkchen auch wirklich wieder flottmachst?“

„Wölkchen?“ Seine Mundwinkel zuckten und Luisas Wangen wurden feuerrot.

„Ja, mein Käfer hat einen Namen. Na und?“ Sie reckte ihr Kinn trotzig nach vorne.

Till winkte ab. „Okay, okay. Also, wir haben einen Deal?“ Er hielt ihr die Hand hin und sie schlug ein.

Luisas Händedruck war erstaunlich kräftig für ihre zarten Glieder. Ihre weiche Haut fühlte sich angenehm auf seiner an. Für einen Augenblick durchflutete ihn eine seltsame Wärme, dann ließ sie ihn abrupt los.

„Schön, dann hätten wir das“, krächzte sie und räusperte sich.

Till folgte einem Impuls, hob sie von ihren Füßen und drehte sich mit ihr durch die Werkstatt. Ein Hauch von Kokos stieg ihm in die Nase.

Luisa schrie vor Überraschung auf und klammerte sich reflexartig an ihm fest. Die Erleichterung und Vorfreude, die ihn nach ihrem „Ja“ überwältigt hatte, war unbeschreiblich gewesen. Anders konnte er sich seinen Gefühlsausbruch nicht erklären.

Endlich würde er die „Klassikschrauber“ auf das nächste Level bringen können und musste sich dafür auch nicht prostituieren. Janine, seine aufdringlichste, aber beste Kundin, hatte ihm mehr als nur einmal zu verstehen gegeben, dass sie unter Umständen eine Finanzspritze für den Laden übrighätte, wenn er nach ihrer Pfeife tanzte. Aber Till wollte sich nicht von jemandem abhängig machen, und schon gar nicht von einer Frau, die ihn als Sexspielzeug benutzen wollte. Üblicherweise lief es anders herum, und dabei sollte es, wenn es nach Till ging, auch bleiben.

„Was geht denn hier ab?“, hörte er Ollis Stimme hinter sich.

Schlagartig wurde Till bewusst, was er gerade tat. Hastig setzte er Luisa ab, die ebenso perplex dreinschaute, wie er sich fühlte.

„Sorry“, murmelte Till und rieb sich über das unrasierte Kinn.

Luisa trat von einem Fuß auf den anderen. „Weiß er Bescheid?“, fragte sie Till.

Olli verschränkte die Arme vor der Brust und grinste breit. „Klar weiß ich, was hier gespielt wird. Immerhin geht es auch um meine Zukunft.“

Tills Blick flog von Olli zu Luisa. Was sie dachte, war klar: Sie hielt Olli und ihn für ein Paar. „Ihr seid zusammen?“, fragte sie unnötigerweise auch noch.

Ollis Lachen erfüllte den Raum. Till atmete scharf ein. „Spinnst du? Ich bin doch nicht schwul.“

Sein Kumpel kam auf ihn zu und boxte ihn in die Seite. „Ich hab’ dir schon öfter gesagt, du sollst deine Haare nicht so tuntig lang wachsen lassen.“

„Hey, jetzt bleibt mal korrekt. Habt ihr was gegen Schwule?“ Zwischen Luisas Augen hatte sich eine steile Falte gebildet.

Till hob eine Hand. „Stopp. Das reicht. Nein, Luisa, wir haben nichts gegen Homosexuelle, aber *ich* bin definitiv nicht schwul.“

„Du solltest sie einfach aufklären, warum du eine Ehefrau brauchst“, meinte Olli.

„Das ist ja wohl meine Sache“, knurrte Till und presste seine Kiefer zusammen.

Luisas Augen verengten sich beinahe gleichzeitig zu zwei Schlitzen. „Ja, klär mich mal auf, Till.“

Gott, die Frau könnte anstrengend werden. Zum Glück hatte er nicht vor, sich mit ihr anzufreunden, sondern würde sie, nachdem das Geld auf seinem Konto eingegangen war, nicht mehr wiedersehen. Aber für ein paar Fotos würde er sie wohl ertragen können.

„Fuck, Olli“, stöhnte Till.

„Also?“ Luisa verschränkte die Arme vor ihrer Brust und tippte immer wieder mit der Fußspitze auf den Boden.

Till verdrehte erst die Augen und warf seinem Kumpel dann einen finsteren Blick zu. „Na schön. Meine Oma will mich verheiratet sehen, erst dann bekomme ich von ihr eine Finanzspritze, um den Laden hier auszubauen.“

Einen Moment herrschte Schweigen. „Deine Oma?“, wiederholte Luisa ungläubig.

„Ja, sieht so aus, als gäbe es mehrere anstrengende Frauen auf der Welt“, knurrte Till.

Luisas Mund klappte auf.

„Du, ich muss auch nicht mitmachen“, warnte sie ihn und zuckte mit den Schultern.

„Schon gut. Kommt nicht wieder vor. Und du, Olli, könntest dich mal verpissen, echt. Hast du nichts zu tun?“

Olli grinste. „Doch, genau hier. Ich fange vielleicht direkt mit dem Käfer an.“

Till sparte sich einen Kommentar. „Na schön. Wie machen wir es?“, wandte er sich an Luisa.

„Welche Art Fotos hattest du dir vorgestellt? Und vor allem, wo lebt deine Oma? Wird sie nicht deine Ehefrau kennenlernen wollen?“ Luisas Stirn lag in Falten.

Till atmete hörbar ein. „Ach du Scheiße. So weit hab’ ich noch gar nicht gedacht …“

Luisa stöhnte und schüttelte ihren Kopf. „Na klar. Du bist ja auch ein Mann.“

Er überging die Bemerkung. Natürlich würde Oma Frieda seine Angetraute spätestens bei ihrer Geburtstagsfeier am vierzehnten Dezember persönlich kennenlernen wollen. Vielleicht hatte der alte Drachen die Deadline für ihr „Angebot“ deshalb auch genau auf diesen Tag gelegt. Mann, er war so blöd. Till sah seine Felle in Form von vielen bunten Scheinchen bereits davonschwimmen.

Aber nein, so einfach würde er nicht aufgeben. Nicht jetzt, wo er Luisa vor sich stehen hatte. Sie war die perfekte Ehefrau.

„Was machst du am übernächsten Wochenende?“, fragte er daher.

Die Furchen auf Luisas Stirn wurden tiefer. „Mein Kalender ist total dicht, es ist Vorweihnachtszeit.“

Sie sagte es ganz selbstverständlich, dabei hatte er natürlich keinen blassen Schimmer, womit sie ihren Lebensunterhalt verdiente.

„Wo arbeitest du?“

„Ich bin Musiklehrerein und am Vierundzwanzigsten haben wir ein Konzert. Bis dahin gibt es hundert Proben und kleine Aufführungen hier und da.“

„Auch am Wochenende? Hm. Na schön. Organisieren wir erst mal die Bilder und die Hochzeitsurkunde. Das wird nicht lange dauern, und dann sehen wir weiter.“

„Urkundenfälschung kommt auch noch mit ins Spiel? Ach du Scheiße! Damit will ich aber nichts zu tun haben.“

Sie sah schockiert aus. Er hielt es daher für besser, ihr noch nicht mitzuteilen, dass sie sich auf einen kleinen Ausflug an den Timmendorfer Strand einstellen konnte, wo seine Oma und seine Eltern lebten. Es war sicherlich schlauer, ihr die Folgen der Idee, seine Fake-Ehefrau zu spielen, häppchenweise zu servieren. Wenn die Fotos erst mal im Kasten waren, würde sie bestimmt nicht „Nein“ zu einem Tagesausflug sagen. Nicht, wenn sie ihr Auto fahrtüchtig wiederbekommen wollte, jedenfalls.

3

Luisas Kopf rauchte. Worauf hatte sie sich da nur eingelassen?

„Wie stellst du dir das vor? Wo soll ich ein weißes Kleid hernehmen? Hast du denn überhaupt einen hochzeitstauglichen Anzug?“, fragte sie ihn, und ihre Stimme überschlug sich.

Till schob sich eine neue Zigarette zwischen die Lippen. Er war sichtlich überfordert von ihren organisatorischen Fragen. *Natürlich*, dachte sie, *ein Mann wie er kann nur so weit denken, wie sein Schwanz ihn führt.*

„Kann man sich so was nicht leihen?“

„Weißt du eigentlich, was das kostet?“ Luisas Stimme war schrill geworden. Sollte das hier auch noch zu einem Zuschussgeschäft werden? Nie im Leben. Sie hätte gar nicht erst zustimmen dürfen.

Er zündete sich die Kippe an und zuckte mit den Schultern. „Nö.“

Meine Güte, das konnte doch nicht sein Ernst sein? Sie dachte an ihren Wagen und ihre Schulden. Leider konnte aktuell nur Till ihr helfen, Wölkchen wieder flottzumachen, sie hatte keine Wahl.

„Argh. Das kann ja heiter werden. Und welche Geschichte willst du deiner Oma auftischen? Dass wir uns spontan kennengelernt und ganz plötzlich geheiratet haben? Wer sollte denn so einen Scheiß glauben? Ist sie dement?“

Er inhalierte und rieb sich die Stirn. „Stimmt, das ist ganz und gar unglaubwürdig. Ich denke, es wäre besser, wenn wir eine ganze Reihe Bilder hätten, auch von den Flitterwochen. Dann erzähle ich ihr, dass wir schon im Sommer geheiratet haben, aber es so lange niemandem erzählt haben, um meine

Eltern nicht zu verärgern. Die sind nämlich in Rente und waren sechs Monate nicht in Deutschland. Weltreise zum Start des neuen Lebensabschnitts."

„O Gott. Flitterwochen auch noch? Ich kann nicht fassen, dass ich zugesagt habe." Luisa wischte mit der Hand vor ihrem Gesicht, um ihm klarzumachen, dass sie ihn für plemplem hielt. „Was hast du geraucht? Sicher nicht nur deine stinkigen Zigaretten …"

„Mit Photoshop kann man doch heutzutage alles machen", wandte er ein.

Luisa ahnte, dass ihr das volle Ausmaß ihres Arrangements mit Till noch lange nicht bewusst war. Urkundenfälschung, Hochzeitsfotos und nun auch noch Flitterwochen. Was kam als Nächstes?

„Wir müssen einen Plan machen", sagte sie mehr zu sich selbst als zu Till.

„Das ist mein Mädchen." Till lachte und klopfte ihr auf die Schulter.

Luisa warf ihm einen vernichtenden Blick zu. „Ich sollte Schmerzensgeld verlangen, das weit über die Reparatur meines Autos hinausgeht", brummte sie. „Haare und Make-up kann meine Freundin machen, sie arbeitet in einem Friseurladen, den Rest müssen wir noch mal genauer durchdenken."

Warum fing sie jetzt auch noch an, alles für Till zu organisieren? Mann, ihr Helfersyndrom war echt ausgeprägter, als ihr bislang klar gewesen war.

„Okay, ich überleg' mal, wer der Photoshop-Experte in meinem Freundeskreis ist", meinte Till schließlich.

„Und wegen der Klamotten? Hm, warte mal. Ich habe eine Idee. Neben dem Friseurladen, zwei Häuser weiter ist eine Reinigung. Anne versteht sich ganz gut mit Johanna. Wir waren schon ein paarmal zusammen aus."

Till begriff offensichtlich nicht, worauf sie hinauswollte, denn er schaute sie komplett verständnislos an.

Luisa winkte ab. „Ich hab' jetzt keine Zeit, muss zur Arbeit. Ich spreche mit Anne, vielleicht fällt ihr noch eine andere Lösung ein. Meine Freundin ist mitunter sehr … erfinderisch."

„Wir brauchen die Bilder so schnell wie möglich", meinte Till. „Ich muss die Bombe rechtzeitig vor der Geburtstagsfeier platzen lassen."

„Wieso?"

„Es gibt eine Deadline."

Luisa stöhnte. „Was gibt es noch alles, was du mir verschweigst?"

Till drückte seine Zigarette aus und blies den Rauch in die Luft. „Hast du heute Abend Zeit?"

„Willst du ein Date?" Luisas sarkastischer Unterton war nicht zu überhören.

Till verzog sein Gesicht. „Da ist aber jemand witzig heute."

„Na schön. Ja, heute Abend hab' ich Zeit. Aber bis halb acht bin ich sicher mit Proben beschäftigt. Danach ist es kein Problem. Anne und Per sag ich auch Bescheid."

„Per? Sagtest du nicht, du hättest keinen Freund?"

Luisa zog sich ihre Mütze auf. „Er ist ein Freund, aber nicht mein Freund."

„Hm", machte Till.

„Also, bei dir oder bei mir?" Sie grinste.

„Haha", gab Till leicht gestresst zurück.

„Dann treffen wir uns im ‚Mondmann'. Kennst du doch, den Laden."

„Ja. Komischerweise war ich erst einmal dort, aber man hat halt so seine Stammkneipen."

Etwas flackerte in seinem Blick auf, als er sie ansah. Erinnerte er sich vielleicht an sie?

Nein, sie sollte gar nicht erst damit anfangen, sich irgendwas einzubilden.

„Schön, dann gegen acht, okay?"

„Gut, bis später."

„Und vergiss meinen Käfer nicht.“

„Wölkchen heißt er doch, du kannst es ruhig sagen, ich weiß es ja eh schon.“ Till grinste breit. Es sollte ihr egal sein, ob er sich über sie lustig machte, weil sie ihrem Auto einen Namen gegeben hatte. Seltsamerweise war es das aber nicht.

„Tschüss“, brummte sie und schaute ihn nicht noch einmal an.

Auf dem Weg zur Bushaltestelle machte sie noch kurz einen Zwischenstopp im Friseurladen. Anne und Per waren schon bei der Arbeit, die Chefin Nicole zum Glück momentan außer Haus. Sie sah es nicht gern, wenn Luisa zum Quatschen vorbeikam und nicht als zahlende Kundin.

„Hat jemand 'nen Kaffee für mich“, stöhnte Luisa und ließ sich in einen freien Stuhl plumpsen. Zwar hatte sie zu Till gesagt, sie müsse zur Schule, aber das war glatt gelogen gewesen. Sie hatte ihre nächste Stunde nämlich erst um elf, aber keine Lust mehr gehabt, sich von ihm in noch mehr Pläne verwickeln zu lassen. Der Mann war intensiv, viel zu intensiv, um sich länger als nötig in seiner Gegenwart aufzuhalten.

„Schätzchen, einen Moment Geduld“, flötete Per, während er seiner Kundin den Kopf einshampoonierte.

Anne saß auf einem rollbaren Drehhocker und schnitt einer betagten Dame die Haare. Vermutlich hatte sie zuvor eine Dauerwelle bekommen, die Pracht auf dem Kopf kräuselte sich, obwohl sie noch nass war. „Schieß' los, Süße. Ich bin ganz Ohr.“

„Ich hab' zugesagt und jetzt sitz' ich richtig in der Scheiße.“

Per schaute sie eindringlich an, sie verstand ihn auch ohne Worte: Hüte deine Zunge, wir haben Kunden im Geschäft.

Schuldbewusst räusperte sich Luisa. „Ähm. Ja also, ich brauche ein Hochzeitskleid und er einen Anzug.“

Ihre Freunde warfen sich vielsagende Blicke zu, die Dame mit dem Kopf im Waschbecken öffnete die Augen. „Na, da sind wohl Glückwünsche angebracht.“

Luisa lächelte gequält. „Danke.“ Dann wandte sie sich wieder an Anne. „Du hast doch gute Connections da drüben zur Reinigung.“

Annes Gesichtsausdruck zeigte ihr, dass sie nur Bahnhof verstand.

Weil sie nicht aussprechen konnte, was sie genau wollte, zupfte sich Luisa vielsagend am Anorak und deutete dann mit dem Daumen auf die Wand hinter ihr, in die Richtung, in der besagte Reinigung lag.

„Oh“, formte Per lautlos mit den Lippen, als er dahinterkam, was sie meinte. „Das ist aber nicht legal, Schätzchen.“

Luisa seufzte. „Wenn mir jemand mit einem besseren Vorschlag kommt, gerne. Ich erwarte euch heute Abend um acht im ‚Mondmann‘.“

Sie stemmte sich, auch ohne einen Kaffee bekommen zu haben, aus dem Stuhl hoch.

„Wir sind heute ja gar nicht herrisch“, scherzte ihr Freund, legte seiner Kundin ein Handtuch um die nassen Haare und half ihr auf.

„Frau tut, was sie tun muss“, erwiderte Luisa und winkte zum Abschied. „Bis später, lasst mich nicht hängen!“

„Würden wir nie tun“, rief Anne ihr nach. „Und du, verlieb dich bloß nicht in den Kerl.“

Luisa war froh, dass sie darauf nichts mehr antworten musste. Natürlich würde sie sich nicht verlieben. Ihr ging es nur um ihr Wölkchen und sonst nichts.

Luisas Kopf dröhnte und sie hatte Mühe, sich auf ihre nachmittäglichen Unterrichtsstunden in der Musikschule zu konzentrieren. An drei Vormittagen lehrte sie an der Rosa-Luxemburg-Schule, allerdings war sie nicht fest angestellt. An den meisten Nachmittagen hatte sie Privatstunden, die manchmal in den Örtlichkeiten der Musikschule, manchmal auch bei den Kunden zu Hause stattfanden. Freiberuflich tätig zu sein, hatte immense Vorteile, brachte aber auch Nachteile mit sich. Sie konnte sich nicht beruhigt im Sofa zurücklehnen, weil das Gehalt jeden Monat von selbst ins Haus flatterte. Sie musste um jeden Cent kämpfen und als nicht festangestellte Mitarbeiterin wurde sie zudem auch nicht besonders gut bezahlt.

Aber die Musik hatte ihr immer schon viel bedeutet und sie hatte ihr Studium nicht gewählt, weil sie damit das große Geld verdienen wollte. Am meisten Spaß machten ihr die Gesangsstunden. Leider hatte sie so großes Lampenfieber, dass sie nie selbst auftreten konnte, obwohl ihre Stimme ganz passabel war, – das hatte man ihr bis auf einmal zumindest permanent erzählt. Einer ihrer Professoren war ein wahnsinniges Arschloch gewesen und hatte mit seinen fiesen Kommentaren erreicht, dass sie sich nicht mehr traute alleine auf einer Bühne zu singen. Er hatte ihr mehr als nur einmal zu verstehen gegeben, dass sie nicht das Zeug hatte, um eine Menge mitreißen zu können, – und sie hatte ihm geglaubt. Eine halbwegs schöne Stimme war eben nicht genug, und ihre Nerven spielten auch nicht mit. Deshalb war sie glücklich, dass sie die Weihnachtsaufführung, die gemeinschaftlich von der Musik- und der Rosa-Luxemburg-Schule veranstaltet wurde, mit organisieren durfte, aber nicht in der ersten Reihe singen musste.

„Kinder, also noch einmal von vorne“, verlangte Luisa von ihren drei Schützlingen, die an einem Geigenstück probten. „Auf drei. Eins, zwei, drei …“

Die drei siebenjährigen Mädchen Emily, Nora und Mathilda legten los und sägten auf ihren Kindergeigen „O du fröhliche“. Luisa hatte sich daran gewöhnt, dass die Kleinen noch nicht jeden Ton trafen, aber für Außenstehende war es hart. Oft genug sah sie die verzerrten Gesichter, aber Kratzen und Quietschen war bei Anfängerkindern ganz normal.

„Frau Zimmermann, hallo, da sind Sie ja“, platzte der Direktor der Musikschule dazwischen. „Darf ich kurz stören?“ Es war äußerst ungewöhnlich, dass Herr Becker sie während ihres Unterrichts aufsuchte. Die Mädchen waren abgelenkt, eine nach der anderen unterbrach ihr Spiel. Luisa sah, dass der Gast beinahe erleichtert ausatmete. Er hatte offenbar wenig für Geige übrig – und das als Musikschulleiter. Aber gut, sein Ressort waren Blasinstrumente; Tuba, Trompete und Posaune.

„Hallo Herr Becker", entgegnete Luisa.

„Frau Zimmermann, ich hab' eine ganz tolle Nachricht."

„Ja?"

„Ja! Ich hatte doch erzählt, dass ich für die Aufführung die Sopranistin Carolin Liepinski angeschrieben habe. Und sie hat zugesagt."

„Wow, das ist ja toll."

„Sie wird das Duett mit Michael singen."

Michael Kellner war der zweite Gesangslehrer der Musikschule, er hatte einen durchdringenden, sehr angenehmen Bariton.

„Das freut mich aber sehr! Herzlichen Glückwunsch."

„Na, ich wollte es Ihnen gleich sagen, weil Sie ja die Chefin des Programms sind."

Luisa schluckte. „Ja, richtig. Die wollte ich diese Woche schon in den Druck geben, dann können wir das ja gerade noch ändern."

„Das Highlight sollte ja unbedingt am Ende kommen, nicht?"

„Selbstverständlich, der Höhepunkt zum Schluss."

„Gut, gut, Frau Zimmermann." Er zog sich ein Taschentuch aus der Innentasche seines Tweed-Sakkos und wischte sich damit über die Stirn. Wenn er so weitermachte, würde er irgendwann noch einen Herzinfarkt erleiden. Der Mann musste sich dringend beruhigen.

„Ich werde Sie mal nicht weiter stören. Bis dann", flötete er und dackelte wieder aus dem Raum.

Luisa sah auf ihre Armbanduhr. Kurz vor fünf.

„Mädels, ihr habt das super gemacht. Einmal noch und dann habt ihr es für heute geschafft. Und schön weiter üben bis nächste Woche, ja?“

„Ich freue mich schon auf die Aufführung“, sagte die blonde Emily, sie war immer besonders eifrig bei der Sache und hatte von den Dreien definitiv die größte Portion Talent abbekommen.

„Ich freue mich auch, euch zu hören. Das wird toll. Also, legt noch mal los.“

„Ja, Frau Zimmermann“, echoten die drei und auf drei spielten sie das Lied noch einmal.

Glücklicherweise hatte sie danach nur noch eine Stunde Klavier mit einem ganz netten Zwölfjährigen. Und dann wurde es auch fast schon Zeit für die Verabredung am Abend.

Bei dem Gedanken, Till in Kürze zu treffen, schlug ihr Herz schneller.

4

Till zog die letzte Zigarette aus der Packung, steckte sie sich in den Mund und knüllte die Schachtel zusammen, bevor er sie in den Mülleimer neben seinem Schreibtisch feuerte. Er saß in der Werkstatt und grübelte mal wieder über das leidige Thema nach. Die ganze Sache war ihm so einfach erschienen, aber jetzt wurde es auf einmal doch verdammt kompliziert.

Er hatte absolut nicht bedacht, was für einen Rattenschwanz so eine Fake-Hochzeit nach sich ziehen würde. Er hatte keinen blassen Schimmer, was er tun konnte, damit seine Oma ihm die Nummer abnahm. Aber noch kritischer als die Großmutter waren wahrscheinlich seine Eltern und Schwester, davon hatte er eben bereits einen kleinen Vorgeschmack bekommen.

Genervt klappte er sein Zippo-Feuerzeug auf und zündete sich die Kippe an. Er setzte sich auf die Kante des Schreibtisches und inhalierte den ersten Zug. Seine Schwester Clarissa hatte er eben nämlich angerufen und ihr von der Geschichte erzählt. Sie hatte sich halb totgelacht und ihm viel Glück gewünscht. Oma sei zwar alt, aber nicht geistig weggetreten, hatte sie nur gekichert.

„Verdammt", fluchte er und legte den Kopf in den Nacken. Gefrustet schloss er für eine Sekunde die Augen. Clarissa konnte er definitiv nicht glaubhaft anschwindeln; wenn jemand Lügen enttarnen konnte, dann seine große Schwester. Er hatte also weder dementiert, dass es eine Fake-Hochzeit war, noch versucht, sie vom Gegenteil zu überzeugen.

„Was ist dir denn für eine Laus über die Leber gelaufen?", erkundigte sich Olli, der sich mit dem Rücken liegend auf einem Rollbrett unter dem silbernen SL hervorschob.

„Das weißt du ganz genau", blaffte Till.

„Meine Idee war es aber nicht, mein Herr."

„Hast du 'nen besseren Vorschlag, wie wir sonst an die Kohle meiner Oma kommen sollen?"

Olli stand auf. „Nee, aber ihr muss doch klar sein, dass du deswegen nicht gleich heiratest."

„Offenbar nicht. Keine Ahnung. Jetzt ist es jedenfalls so. Und du hilfst mir dabei." Till zeigte mit der Hand, in der er die Kippe hielt, auf seinen Freund, als ob er ihn so festnageln könnte.

„Und wie sollte ich das machen?"

„Du bist doch der Hobbyfotograf unter uns, nicht ich."

Olli hob eine Augenbraue. „Und?"

„Hast du nicht Photoshop auf dem Rechner?"

„Äh, ja, hab' ich."

„Kannst du auch damit umgehen?"

„Geht so."

„Du Penner, ich hab' doch gesehen, wie du Fotos von Oldtimern irgendwo ausgeschnitten und sie dann in andere Bilder reinkopiert hast."

Olli schüttelte den Kopf und lachte. „Da sieht man mal, dass du absolut keine Ahnung von dem Programm hast. Man schneidet nicht aus, man stellt etwas frei."

Till zog erneut an seinem Glimmstängel. „Mir scheißegal, du steckst da mit drin. Das hier ist unser Laden, nicht nur meiner."

Olli seufzte. „Na gut. Mach du erst mal die Bilder, ich photoshoppe euch dann in die Karibik."

„Gut. Und heute Abend kommst du mit in diese Kneipe."

„Welche Kneipe? Warum?"

„‚Mondmann'. Weil ich dich als Unterstützung brauche."

„Scheiße, Mann, du klingst wie eine Pussy."

Till drückte seine Zigarette aus. „Halt die Fresse."

„Selber." Olli verkniff sich ein Lachen und machte die Motorhaube des SL auf. „Wäre gut, wenn du trotzdem mal was arbeiten würdest, sonst nützt uns auch die Kohle deiner Oma nichts, wenn du nur rumhängst und paffst. Ist eh ungesund."

„Willst du jetzt auch noch meine Mutter spielen?"

Till wusste, dass Rauchen schädlich war. Allerdings hatte er momentan nicht die Energie, es sich abzugewöhnen. Ein kläglicher Versuch vor drei Jahren war nach einer wilden Party gescheitert, seitdem hatte er es nicht wieder probiert.

„Nein, Till, ganz sicher nicht", entgegnete Olli knapp.

Tills Laune besserte sich nicht, als er eine Liste anlegte, woran er denken musste, damit die Hochzeit für seine Familie glaubwürdig wirken würde.

Einige Stunden später saßen die beiden Freunde und Geschäftspartner wie verabredet im „Mondmann". Till überlegte, ob er sich nicht was Stärkeres als Bier bestellen sollte, entschloss sich aber dagegen. Nicht, dass Luisa so eine Anti-Trinkerin war und sich womöglich doch noch anders entschied und nicht mitspielte. Zudem konnte es nicht schaden, wenn er einen klaren Kopf behielt.

Als die zwei Pils für Olli und ihn serviert wurden, betrat Luisa mit ihren Freunden im Schlepptau die Kneipe. Nach einer knappen Vorstellungsrunde, in der Hände geschüttelt wurden und man sich gegenseitig beschnuppert hatte, nahm jeder Platz. Till und Olli auf der einen Seite, Luisa und ihr Gefolge auf der anderen. Till kam sich beinahe so vor, als ob sie gegnerische Parteien wären, und nicht ein paar Leute, die einen Komplott schmiedeten, um Geld abzuzocken. Es überraschte ihn, dass Luisa einen Cocktail bestellte, der „Kokoskuss" hieß. Er hätte sie eher in die Apfelschorlenfraktion gesteckt. Er war gespannt, in welchen Punkten er sich noch bei ihr täuschte. Er hoffte jedenfalls, dass sie nicht ganz so kompliziert war, wie es in den wenigen Gesprächen, die sie bisher gehabt hatten, angeklungen war.

„Das Problem mit Photoshop haben wir gelöst, fotografieren kann mein Kumpel hier auch.“

Er klopfte Olli auf die Schulter. Sein Freund zwinkerte in die Runde und hob die Arme. „Ich bin unschuldig an der ganzen Sache und werde nur als Handlanger missbraucht.“

Till entging nicht, dass Annes Augen aufleuchteten, als Olli sie mit einem Lächeln bedachte.

Ja, sein Kumpel war – wie er – kein Kostverächter. Deshalb verstanden sie sich auch so gut. Olli und sein anderer bester Freund Miro hatten genauso wenig Interesse an einer festen Beziehung wie Till. Zudem teilten sie die Liebe zu motorisierten Vehikeln, wobei Miro eher auf Motorräder abfuhr und nicht auf Oldtimer wie Olli und Till.

Wo steckte Miro eigentlich? Er hatte ihm vorhin eine SMS geschickt, aber noch keine Antwort erhalten. Wahrscheinlich hatte er einfach viel zu tun. Egal, um seinen verschollenen Kumpan konnte er sich ein andermal sorgen. Und das, was er mit ihm zu besprechen hatte, konnte aktuell noch warten.

„Was ist mit dem Brautkleid?“, wollte Till wissen.

„Gute Frage“, meinte Luisa und wandte sich an Anne.

Diese atmete hörbar aus und warf die Hände in die Luft. „Ich weiß nicht, ob das so eine gute Idee ist. Ich meine, ich kann mit Johanna sprechen, aber jetzt ist auch nicht gerade Hochzeitssaison. Das hätte euch mal im Mai einfallen sollen.“

„Hmpf“, machte Luisa und zog eine Schnute.

„Na schön“, stöhnte Anne. „Ich frag sie.“

„Danke, du bist ein Schatz.“ Luisa drückte ihre Freundin.

„Ja, ja. Ich erinnere dich daran, wenn ich mal einen Gefallen brauche.“

„Ich kann dir ja Gesangsstunden geben“, schlug Luisa vor, und Till verschluckte sich an seinem Bier.

„Gesangsstunden?“

„Ja, ich hab’ dir doch erzählt, dass ich Musiklehrerin bin. Ich unterrichte Gesang, Geige und Klavier und an drei Tagen ganz normal Musik in der Schule.“

Olli hob eine Augenbraue und sah angestrengt in die Schaumkrone seines Pils’.

„Was ist? Nicht spannend genug für den Herrn Mechaniker?“, zischte Luisa ungehalten.

Till rieb sich verlegen das Kinn, das hatte sie natürlich komplett falsch verstanden. Kein Wunder, so wie er reagiert hatte. Sie hatte ja keine Ahnung. „Nein, das meinte ich nicht. Überhaupt nicht. Entschuldige, wenn das so rübergekommen ist.“

Luisa wirkte nach wie vor verstimmt, er konnte es ihr nicht mal verdenken. Per mischte sich ein. „Ihr Lieben, man könnte meinen, ihr wärt wirklich verheiratet.“ Er kicherte. „So, wie ihr euch angiftet:“

Alle am Tisch lachten.

Nur Till und Luisa nicht.

„Auf jeden Fall müsst ihr noch eine Menge auswendig lernen, Kinder“, fuhr Per fort und rückte sich sein schwarzes Brillengestell gerade. „Gott, das ist ja wie im Kino“, begann er zu schwärmen. „Dann schreib mal mit, Till. Also, Luisa ist kokossüchtig und außerdem liebt sie es, im Sommer mit ihrem Käferchen von Musikfestival zu Musikfestival zu tuckern.“

„Kokossüchtig?“, fragte Till mit zuckenden Mundwinkeln.

„Na, so schlimm ist es auch nicht“, verteidigte sich Luisa.

Anne und Per brachen in schallendes Gelächter aus. Till bemerkte, dass Olli mit den Schultern zuckte, als ob er sagen wollte: „Es gibt schlimmere Angewohnheiten als das.“

Till war es im Prinzip völlig egal, ob sie Kokos oder Lakritz mochte, er hatte nicht vor, sich näher mit Luisa anzufreunden, und solange er nicht ständig selbst Süßigkeiten essen musste, war es ihm schnuppe. Aber wissen sollte er natürlich einiges über sie, sonst würde ihre Lüge bei Omas Geburtstag direkt auffliegen, deshalb schrieb er es sich hinter die Ohren: Luisa mochte also alles, was mit Kokos zu tun hatte. Seltsame Angewohnheit, wenn er so darüber nachdachte.

„Ähm. Ja. Deswegen der Drink?“ Till erinnerte sich, dass er tatsächlich einen Hauch Kokos an ihr wahrgenommen hatte, als er sie in der Werkstatt umhergewirbelt hatte. „Ach, und die Muffins waren auch damit“, fügte er noch hinzu.

Tatsache, ohne Kokos ging bei ihr offensichtlich wirklich nichts.

Luisa sog scharf die Luft ein. „Das waren Cupcakes“, korrigierte sie ihn. „Okay, also schön. Ja, ich habe eine kleine Vorliebe, ist das so schlimm?“ Sie funkelte ihre Freunde böse an, sie verstummten zwar, grinsten aber nach wie vor breit.

„Lasst uns doch erst mal das Organisatorische regeln“, schlug Till vor, da er sah, wie unangenehm Luisa das Ganze war. Immerhin nahm sie mit der gespielten Hochzeit einiges auf sich, obwohl sie am wenigsten von dem Deal hatte. Sein schlechtes Gewissen deswegen meldete sich.

Er könnte ihr ja vielleicht doch noch einen Bonus zahlen, sobald er das Geld von seiner Oma auf dem Konto hatte. „Also, Fotograf und Bilder-Zusammenschneiden haben wir. Dann brauchen wir uns um die Kulisse keine Sorgen mehr machen. Make-up und Haare übernehmen Per und Anne. Fehlt nur noch das Brautkleid. Sommerklamotten und Bikini wirst du ja wohl haben, oder?“

Luisa hustete und ihre Augen weiteten sich. „Was?“

Olli zog den Kopf ein und nahm einen großen Schluck von seinem Getränk. Anne und Per schauten ebenso verständnislos wie Luisa.

„Wir brauchen natürlich auch ein paar Bilder von der Hochzeitsreise. Da wir im Sommer geheiratet haben, sind wir logischerweise auch im Sommerurlaub gewesen.“

Luisa tippte sich hektisch an die Stirn. „Bis hierhin und nicht weiter. Ich lasse mich bestimmt nicht im Bikini für deine Familie ablichten. Du spinnst wohl.“

„Badeanzug?“, fragte Till vorsichtig.

Anne kicherte. Dann schrie sie spitz auf und sprang vom Stuhl. Vermutlich hatte Luisa sie unter dem Tisch getreten.

„Vergiss es. Strandkleid. Maximal. Hier gibt es keinen Verhandlungsspielraum“, verkündete Luisa in einem sehr endgültigen Tonfall.

Till unterdrückte ein Schmunzeln. „Na schön. Strandkleid. Von mir aus. Aber ein kurzes.“

„Treib es nicht zu weit, Freundchen“, warnte Luisa ihn und trank ihren Cocktail aus. „Ich glaube, ich brauche noch einen“, murmelte sie, vermutlich mehr zu sich selbst als an ihre Tischgesellschaft gerichtet.

„Gut, also. Das hätten wir.“ Till nahm sich vor, ihr beim nächsten Treffen, nach dem Fototermin, von dem Ausflug zu seiner Großmutter zu erzählen. Er fürchtete, dass sie diese zusätzlichen Informationen zum jetzigen Zeitpunkt gnadenlos überfordern würden.

„O Fuck“, zischte er, als die Tür aufging und die Blonde vom letzten Wochenende reinkam. Die Köpfe der am Tisch Sitzenden schnellten herum. Er versuchte sich kleinzumachen, aber es war zu spät. Sie hatte ihn gesehen und kam auf ihn zu.

„Hey Till, was für ein Zufall“, säuselte die Blonde, deren Namen er mittlerweile längst vergessen hatte, und gab ihm ein Küsschen auf die Wange. Ihr aufdringliches Parfum stieg ihm in die Nase, weil sie auch nach der Begrüßung noch viel zu dicht bei ihm stand. Alle am Tisch beobachteten die Szene gespannt und Till wurde immer unruhiger. Er musste sie loswerden, dringend.

„Hey Schätzchen. Wir planen hier gerade eine Hochzeit, ich glaube, du bist aktuell fehl am Platz“, mischte sich Anne als Erste ein, legte ihren Kopf leicht schräg und schaute herausfordernd nach oben.

Die Gesichtszüge der Blonden ohne Namen entgleisten.

„Du heiratest?“ Ihre Augen schleuderten Blitze. „Die da?“ Sie zeigte auf Luisa.

Luisa richtete sich im Stuhl auf, aber Till entging nicht, wie unangenehm ihr die Situation war. Ihre Wangen waren gerötet und ihre Pupillen geweitet.

Till hatte keine Ahnung, was er sagen sollte. Olli stand kurz vor einem Lachkrampf, dem würde er nachher auch noch eine verpassen.

Anne hatte ihre Arme vor der Brust verschränkt und Per versteckte sich hinter seinem Cocktail. Es half nichts, er musste die Situation irgendwie lösen, ohne dass Luisa gleich abhaute, weil sie dachte, er wäre ein Arschloch. Nur, wie zur Hölle sollte er das anstellen?

Till atmete tief ein. „Luisa, Schatz. Es ist nicht, wie du denkst, es hat nichts bedeutet.“

Er nahm Luisas Hand und schenkte ihr sein wärmstes Lächeln. Es fühlte sich mehr als seltsam an, diesen Satz zu sagen, aber Luisa zog ihre Hand nicht weg. Im Gegenteil, ihr Daumen streichelte über seinen Handrücken und sie sah ihm direkt in die Augen. Für einen Moment hielt er den Atem an.

„Das tun sie doch nie, *Schatz*. Weißt du“, wandte Luisa sich nun an die Blondine, „wir führen eine offene Beziehung. Till hat sich ja überhaupt nur darauf eingelassen, weil ich ihn darum gebeten habe. Es fällt mir so schwer, monogam zu leben. Aber er akzeptiert es, und hin und wieder schicke ich ihn dann raus, um sich bedeutungslose Zerstreuung zu suchen, obwohl er es eigentlich gar nicht möchte. Ich wette, er erinnert sich nicht mal mehr an deinen Namen“, plauderte Luisa lässig drauflos.

Till war von ihrer Schlagfertigkeit beeindruckt. Sie überraschte ihn schon wieder und er musste ein Schmunzeln unterdrücken.

„Ihr zwei Idioten habt euch offenbar verdient.“ Die Blondine straffte sich und machte auf dem Absatz kehrt, dabei zog sie ihre Begleitung, der bisher niemand Aufmerksamkeit geschenkt hatte, mit sich. Dann wurde die Tür des „Mondmanns“ auch schon lautstark zugeknallt, nachdem die zwei den Laden wieder verlassen hatten.

Till atmete hörbar aus.

„Ach du Scheiße“, rief Per und rieb sich mit der Hand über seine Glatze. Dann lachte er schallend und klopfte Luisa auf die Schulter. „Du bist gut, Süße.“

Luisa grinste zufrieden und winkte Marc zu, damit er ihr noch einen „Kokoskuss“ mixte. „Wo waren wir stehen geblieben?“, fragte sie und schaute Till herausfordernd an.

Jetzt war der Zeitpunkt gekommen, an dem er sich einen Sambuca bestellen würde. Sein Blutdruck lag mindestens bei hundertachtzig. Diese Aktion würde ihm graue Haare bescheren, da war er sich sicher.

5

„Es ist zu eng“, jammerte Luisa, während Johanna, Annes Freundin aus der Reinigung, an ihr zerrte und drückte, weil der Reißverschluss des geliehenen Brautkleides nicht zuging. „War ja klar, dass ich zu fett bin.“

„Stell dich nicht so an. Wir haben nur das hier, dann bleibt es halt hinten offen. Sieht ja eh keiner. Die echte Braut war sicher monatelang auf einer kohlenhydratfreien Diät, um da reinzupassen. Mach dir keinen Kopf. Du siehst hübsch aus.“ Anne betrachtete das Ganze mal wieder praktisch, sie hatte gut lachen, denn sie steckte nicht in dem Fetzen aus Spitze und Taft.

Johanna raufte sich unterdessen hektisch die Haare. „Wehe, ihr macht es kaputt, ich brauche den Job noch. Ich weiß gar nicht, warum ich überhaupt zugestimmt habe …“

Anne legte ihr beschwichtigend eine Hand auf den Arm. „Keine Sorge, Liebes. Ich schwöre dir, wir machen nicht noch mehr Rotweinflecken drauf.“

Johanna verdrehte die Augen. „Ist ja gut. Aber auch keine Löcher bitte.“

„Kann ich es dann wieder ausziehen? Jetzt, wo du es erwähnst: Es wird echt ’ne Herausforderung, die Flecken nicht mit aufs Foto zu bekommen.“ Luisa blickte am Kleid herunter, auf dem sich in Kniehöhe mehrere dunkle Farbtupfer aneinanderreihten.

„Jetzt beklag dich noch“, schimpfte Johanna.

„Nein, mach ich ja gar nicht.“ Luisa atmete tief ein und aus, bevor sie es herunterzog und vorsichtig herausstieg. Sie musste dankbar sein, dass der einzige zu reinigende Brautfummel nicht nur aus Rüschen und Tüll bestand. Immerhin etwas. Es hätte schlimmer kommen können …

Eigentlich war das Kleid sogar ganz hübsch, es ließ ihre Schultern frei und betonte ihren schlanken Hals. So ziemlich die einzigen beiden Stellen ihres Körpers, die Luisa wirklich mochte. Ansonsten fühlte sie sich nicht besonders attraktiv. Dass sie zu viel auf den Rippen hatte, war ihr gerade erst wieder schmerzhaft vor Augen geführt worden, als der Reißverschluss nicht hatte zugehen wollen.

Egal, versuchte sie sich aufzumuntern, sie wollte Till ja nicht wirklich für sich gewinnen, sondern stellte nur ein paar Bilder mit ihm nach. Danach hatte sich die Sache und sie war zumindest das Problem mit dem Käfer los, den er im Gegenzug für sie reparieren würde. Blieb noch das Dilemma mit der Miete, aber das musste sie später lösen. Irgendwie.

„Was ist, willst du hier festwachsen?“, meckerte Anne. „Ich muss dich noch frisieren und schminken, dein Verlobter will sicher nicht warten.“

Der sarkastische, aber dennoch amüsierte Unterton in Annes Stimme war nicht zu überhören, und Luisa war versucht, ihr einen fiesen Kommentar entgegenzuschleudern. Sie hielt sich dennoch zurück, denn ihre Freundin konnte nun wirklich nichts dafür, dass sie gezwungen war, bei diesem Schwachsinn mitzumachen.

Eineinhalb Stunden später erkannte sich Luisa kaum wieder.

„Wie hast du das nur gemacht?“, fragte sie ungläubig, als sie sich im Spiegel betrachtete.

Anne lächelte zufrieden, sie war sichtlich stolz auf ihre Leistung. Das konnte sie auch sein.

Luisas Gesicht sah aus wie gemalt. Keine Augenringe mehr zu erkennen, keine roten Flecken, keine fahle Haut. Es war zwar nicht so, dass sie von Akne geplagt oder ihre Haut großporig und unrein wäre, aber wer sah im Dezember schon frisch und strahlend aus? Sie jedenfalls nicht. Heute aber doch, und das freute sie ungemein.

Insgesamt war das Make-up trotzdem eher schlicht gehalten, den zentralen Mittelpunkt bildete der knallrote Kussmund, der den perfekten Kontrast zu ihrer hellen Haut darstellte. Die Augen waren nur dezent geschminkt, aber die Wimpern als Highlight künstlich verlängert worden.

Luisa blinzelte ein paarmal und bestaunte sich selbst. „Krass." Sie betastete ihre Hochsteckfrisur, aber Anne klopfte ihr auf die Finger.

„Wirst du das wohl sein lassen!", schimpfte ihre Freundin.

Sofort schnappte sie sich wieder das Haarspray und betonierte noch einmal kräftig nach. Luisa musste husten.

„So, und jetzt Hände weg. Was du in zwei Stunden machst, wenn ihr mit den Bildern fertig seid, ist mir egal, aber bis dahin werde ich Wache halten."

„Schon gut. Ich fasse nichts mehr an. Wahnsinn, ich hätte nie gedacht, dass man mit Schminke so viel erreichen kann."

Anne warf ihr einen vielsagenden Blick zu. „Weil du mir nicht glaubst, Süße. Ich hab' dir hundertmal gesagt, du könntest viel mehr aus deinem Typ machen. Ein bisschen Concealer und Puder könnten Wunder wirken, du hast von Haus aus eine wahnsinnig schöne, zarte Haut."

„Ja, ich erinnere mich. Aber ich mag das Gefühl nicht, total zugeklatscht zu sein."

„Das ist doch albern. Puder ist so leicht, das merkst nicht mal du."

„Ist ja schon gut. Können wir dann?", lenkte Luisa vom Thema ab und stand auf. Sie war froh, wenn der Abend endlich vorbei war. Dann hätte sie das Schlimmste hinter sich. Dass sie auch nervös war, wie Till wohl auf ihren Look reagieren würde, wollte sie sich jedoch nicht eingestehen.

Fünf Minuten später waren sie auf dem Weg zu Tills Wohnung. Zu ihrer Überraschung lag sie nur drei Straßen von ihrer eigenen entfernt. Ein Wunder beinahe, dass sie sich vorher noch nie über den Weg gelaufen waren.

Ihr Herz pochte schnell, als sie den Klingelknopf drückte. Anne war mitgekommen und hatte natürlich auch ihr Schminktäschchen dabei, falls hier oder da noch ein bisschen Puder oder frischer Lippenstift nachgelegt werden musste. Der Türsummer ertönte und sie gingen durch einen Korridor über den Hof, wie von Till gestern beschrieben, ins Hinterhaus. Tills Wohnung lag im ersten Stock. Geöffnet wurde von Olli und Luisa spürte Enttäuschung in ihrer Magengrube.

Wie dämlich von ihr! Es war doch klar gewesen, dass Till nicht scharf darauf war, sie unbedingt als Erster persönlich zu begrüßen. Sie hatte auch gewusst, dass Olli da sein würde, um die Bilder zu schießen. Warum, zur Hölle, machte es ihr überhaupt etwas aus? Glücklicherweise hatte sie keine Zeit, über die naheliegendste Antwort zu dieser Frage nachzudenken.

„Kommt rein." Olli grinste breit.

Luisa drückte sich mit dem verpackten Brautkleid an Tills Freund vorbei und schlüpfte zuerst aus den Schuhen, legte dann Kleid und Anorak ab.

„Hi", säuselte Anne und folgte ihrem Beispiel mit Jacke und Schuhen, nachdem sie Olli rechts und links ein Küsschen aufgedrückt hatte. Luisa hob eine Augenbraue, weil ihr klar war, dass Anne längst ein Auge auf Tills Kumpel geworfen hatte. Sie würde jedoch den Teufel tun und ihr den Typ auszureden versuchen. Sie schätzte ihn jedoch als genau so einen Womanizer ein, wie Till einer war. Beide Kerle waren maximal für ein Abenteuer zu haben. Anne suchte aber nach ihrem ganz persönlichen Mister Right …

Im Gegensatz zu Luisa hatte sie sogar das Aussehen, einen Mann wie Olli auf sich aufmerksam zu machen. Luisa hingegen, … ach, was sollte der Quatsch. Sie wollte niemanden auf sich aufmerksam machen, hatte sie denn überhaupt nichts gelernt aus der Sache mit Manuel? Männer, die gut aussahen, machten nur Probleme. Nachdem sie ihren Ex rausgeschmissen hatte, hatte sie sogar seine Nummer blocken müssen. Er war ihr schon drei Tage nach dem Rauswurf dermaßen auf die Nerven gegangen, dass sie es kaum noch hatte ertragen können. Vor allem nicht, weil sie wusste, dass er sie nur weiter ausnutzen wollte. Nein, von solchen Männern hatte sie ein für alle Mal genug … und doch war sie hier.

Luisa überlegte kurz ihren Kopf gegen die Wand zu schlagen, hielt es aber für schlauer, es nicht zu tun. Olli sollte nicht sofort mitbekommen, was für ein Psycho sie war.

„Wo kann ich mich umziehen?“, wandte sie sich etwas zu schroff an Olli. Je eher sie den Quatsch hinter sich bringen würde, desto besser.

Nur ein paar Fotos, nichts sonst, rief sie sich in Erinnerung. Till gab ihr etwas als Gegenleistung, er nutzte sie nicht so aus, wie Manuel es getan hatte. Das hier waren zwei grundverschiedene Paar Schuhe. Vielleicht half das Mantra ihr ja dabei, dass sie sich nicht so dämlich fühlte. Ja, sie würde einfach immer an Wölkchen denken, das sie bald wieder fahrtauglich zurückbekommen würde.

„Schau mal“, Olli zeigte auf eine Tür. „Da ist das Bad.“

„Hilfst du mir, Anne?“

Anne war noch dabei, Olli anzustrahlen, kam aber schließlich Luisas Aufforderung nach, als sie spürte, dass diese ungeduldig wurde.

Tills Badezimmer war klein. Wie in Altbau-Wohnungen üblich, kam man sich vor wie in einem langen Schlauch. Es war nicht leicht, zu zweit neben der Badewanne mit dem Brautkleid zu hantieren, aber irgendwie schafften sie es.

„Wenn du aufs Klo musst, gehst du lieber jetzt“, meinte Anne und warf erst einen Blick auf das Kleid und dann auf Luisa.

„Nee, ich war doch eben erst im Laden.“

„Na schön, wie du willst. Dann steig mal rein, Süße.“

Anne hielt ihr das Kleid hin und Luisa folgte ihren Anweisungen. Zum Glück hatte ihre Freundin mitgedacht und ihr einen halterlosen BH eingesteckt, der dankenswerterweise auch passte. Luisas Wäscheregal hatte kaum Extravagantes zu bieten, und besondere Trägerformen schon gar nicht. Spitzenwäsche und Aufreizendes waren zudem nicht so ihr Ding. Sie mochte es lieber praktisch.

„Scheiße, ich bin jetzt schon so nervös. Wie sollen sich da echte Bräute am Hochzeitstag fühlen?“, kicherte Luisa.

„Glaub mir, die muss ich oft erst mal mit einem Sektchen beruhigen, dann geht's meistens, wenn Frisur und Make-up sitzen. Willst du?“

„Was meinst du?“

„Na, einen Piccolo!“

Luisas Mund klappte auf. „Du hast daran gedacht?“

„Süße, ich bin Profi und kein Anfänger wie du.“ Anne kramte eine kleine Sektflasche aus ihrer Handtasche und drehte den Schraubverschluss auf.

Luisa und Anne kicherten. „Kann ich nicht einfach dich heiraten?“, fragte Luisa immer noch grinsend.

„Trink und dreh dich um, ich will den Reißverschluss ein Stück hochziehen und dann mit der Sicherheitsnadel festmachen, damit es nicht rutscht.“

„Wenn es mal mit dem Friseurladen nicht mehr klappt, kannst du dich auch als Domina versuchen“, schlug Luisa vor und nahm einen großen Schluck.

Anne zog den Reißverschluss mit einem kräftigen Ruck nach oben, sodass Luisa sich beinahe verschluckt hätte.

Ihr blieb die Luft weg. Gott, war das Ding eng!

„Shit. Willst du mich umbringen?“ Luisa japste nach Sauerstoff.

Unmöglich, das ging so nicht. Sie würde ersticken, wenn sie länger als fünf Minuten in diesem Kleid aushalten musste.

„Der ist zu“, bemerkte Anne zufrieden. „Dein Dekolleté ist der Hammer, Süße.“

„Was? Eben war da doch noch keine Chance …?“

Vielleicht konnte sie ja doch für einen Moment flacher atmen? Ihrem Ego würde es jedenfalls helfen, wenn sie vor Till das Kleid nicht mit einer Sicherheitsnadel befestigen musste. Und ja, ihr Busen wurde ziemlich gut in Szene gerückt …

Warum zur Hölle scherte sie sich überhaupt darum, was er dachte?

Sie war ein hoffnungsloser Fall, das hatte sie ja vorhin schon festgestellt. Mehr darüber nachzudenken, brachte im Moment auch nichts.

Luisa nahm noch einen tiefen Schluck von ihrem Piccolo und hoffte, dass die Wirkung des Alkohols bald einsetzte. Diese verfluchte Aufregung machte sie fertig.

„Ha. Genial. Wo ein Wille, da ein Weg.“ Anne klatschte zufrieden in die Hände und sprühte noch einmal Haarspray auf ihre Frisur.

„Amen.“

Ein lautes Klopfen an der Tür ließ die Freundinnen zusammenzucken. „Wenn ihr so weit seid, könnten wir anfangen.“

Tills dunkle Stimme drang durch die Tür und Luisas Magen machte eine nervöse Umdrehung.

„Wir sind gleich da“, gab Anne gelassen zurück. „Mach mal keinen Stress, okay?“

Till brummte etwas Unmissverständliches, dann entfernten sich seine Schritte auf dem alten Dielenboden.

„So, Süße. Trink aus und dann los. Du rockst das, ich weiß, dass du ganz bezaubernd sein wirst. Hab einfach Spaß.“

Luisa atmete tief durch und schloss für eine Sekunde die Augen. „Es ist nur fingiert, ich muss also gar nicht nervös sein. Ich krieg’ das schon hin.“

„Das ist meine Süße.“ Anne drückte sie kurz. „Und denk dran, die Seite mit den Flecken nicht in die Kamera zu halten. Brust raus, Bauch rein.“

Till fühlte sich unwohl mit Anzug und Schlips. Als er das letzte Mal so festlich gekleidet gewesen war, hatte seine Schwester geheiratet. Aber das war Jahre her. Damals hatte er zudem so viel getrunken, dass er sich kaum mehr an die Feier entsann. Die ganze Hochzeit hatte er nur verschwommen erlebt. Schnell verdrängte er die Erinnerungen an die Gründe für seinen exzessiven Alkoholkonsum zu jener Zeit.

Olli drehte derweil am Objektiv seiner Kamera und richtete anschließend zwei Stehlampen neu aus.

„Ich hoffe, das reicht“, murmelte er stirnrunzelnd.

„Die Bilder müssen ja nicht perfekt sein, ich geh noch schnell eine rauchen.“

„Tu, was du nicht lassen kannst, Mann.“

Till schnappte sich seine Gauloises und schlurfte auf den Balkon.

Er erschauderte. Es war schweinekalt geworden, diese Nacht würde es auf jeden Fall Frost geben. Er war etwas überrascht, als Panda plötzlich auftauchte. Sonst kam sie meist morgens vorbei. „Na, ist dir auch kalt?“

Das Kätzchen schlängelte sich um seine Beine und er gab dem Impuls nach, es zu streicheln, bevor er sich seine Zigarette anzündete.

„Du kriegst morgen wieder was, okay?“

Als Antwort folgte ein Schnurren.

„Zerkratz mir nicht den Stoff, sonst killt mich Miro.“

Glücklicherweise hatte sich sein Kumpel doch noch gemeldet. Er hatte genügend Anzüge im Schrank hängen, war er doch aus beruflichen Gründen gezwungen, sie zu tragen. Auch wenn er in seiner Freizeit Lederjacke und Jeans bevorzugte. Als Anwalt kam es aber nicht so gut an, wenn man sich zu lässig kleidete. Hätte er sich wohl einen anderen Beruf suchen müssen, dachte Till und schmunzelte. Für ihn war es nur von Vorteil, also wollte er sich nicht beschweren.

„Mach mir den Stoff nicht mit deinen Krallen kaputt, Panda. Los, verschwinde", forderte er sie sanft auf und drückte seine Kippe im Aschenbecher aus.

Er pustete den Rauch in die Luft und ging wieder rein.

Als er die Balkontür hinter sich geschlossen hatte, traf ihn beinahe der Schlag.

Luisa und Anne standen neben Olli und unterhielten sich. Er hatte allerdings nur Augen für seine „Braut".

„Wow", war das Einzige, was ihm dazu einfiel.

War das wirklich die gleiche Luisa wie gestern in der Kneipe?

Luisas Haut strahlte rosig und mit dem knallroten Lippenstift erinnerte sie ihn ein bisschen an Schneewittchen. Ihre Haut schimmerte im gedämpften Licht wie Porzellan und ihre schön geschwungenen Schlüsselbeine wurden durch den Schnitt des Kleides sehr vorteilhaft betont. In dieser Sekunde trafen sich ihre Blicke und sein Atem stockte.

Er bemerkte, dass Luisa schluckte. Sie wich ihm jedoch nicht aus, sondern sah ihn weiter an. Ihre Hände lagen auf dem dünnen cremefarbenen Stoff und ihr Busen hob und senkte sich in regelmäßigen Abständen.

O mein Gott, hatte die Frau ein Dekolleté!

Unter ihren Schlabberklamotten war ihm das bis jetzt nicht aufgefallen …

„Hey", durchbrach Till schließlich die Stille. Etwas Besseres fiel ihm im Moment leider auch nicht ein.

Es war noch nie vorgekommen, dass ihm die passenden Worte gefehlt hatten. Allerdings hatte er auch noch nie eine Fake-Hochzeit arrangiert. Das alles war irgendwie absurd.

„Schick", fand Anne mit Blick auf seinen, bzw. Miros Anzug und verschränkte ihre Arme vor der Brust. Sie war die

Lässige, die Coole. Luisa wirkte neben der taffen Blondine beinahe zerbrechlich. Ihre langen Wimpern flatterten, ehe sie wegsah. Till ging auf Luisa zu und gab ihr einen Kuss auf die Wange.

„Du siehst sehr hübsch aus“, murmelte er an ihrem Ohr und inhalierte einen Hauch von Kokos.

Natürlich, erinnerte er sich und musste grinsen. Kokos gehörte zu Luisa wie Sand zum Meer. Langsam fand er Gefallen an ihrer speziellen Note …

„Du musst das nicht sagen“, blaffte sie und starrte auf den Boden. „Du riechst wie ein Aschenbecher.“

Er schüttelte den Kopf und atmete scharf ein. Das hatte man also davon, wenn man nett sein wollte. „Gut, also keine Komplimente mehr. Wollen wir dann? Olli, bist du so weit?“

Till bot Luisa seinen Arm, ihm war klar, dass das ein bisschen provokant war, denn er musste sie ganz sicher nicht irgendwohin führen. Schon gar nicht zum Altar. Aber nachdem sie eben so unfreundlich zu ihm gewesen war, hatte er dem Impuls schließlich nachgegeben. Er war gekränkt, dass sie so barsch auf sein Kompliment reagiert hatte, denn üblicherweise freuten sich die Damen, wenn er etwas Nettes sagte.

„Jo, kann losgehen.“

„Wo sind die Ringe?“, fragte Olli.

Till zog ein Kästchen aus dem Anzug. Sie waren zwar nur aus Silber, aber das würde auf den Fotos hoffentlich nicht auffallen. Man könnte denken, es wäre Weißgold.

Er war heute tatsächlich in einen Schmuckladen gedackelt und hatte zwei schlichte Exemplare erstanden. Die Verkäuferin hatte sich vor Hilfsbereitschaft beinahe überschlagen. Es war ihm super unangenehm gewesen, deswegen hatte er es schnell hinter sich gebracht und war dann aus dem Laden gestürzt.

Luisas Augen wurden groß. „Sag jetzt bloß, du hast auch an einen Strauß gedacht?“

„Ja, klar, der steht noch in der Küche im Wasser."

„Echt?" Sie hob eine Augenbraue. Till schnappte sich ihre Hand und steckte ihr einen der Ringe an den rechten Ringfinger.

„Passt", stellte er erfreut fest und schaute auf sie herunter. Wieder fielen ihm die vereinzelten Sommersprossen in ihrem Gesicht auf, die von der Schminke nicht überdeckt waren. Er mochte es, wenn Frauen nicht zugekleistert waren. Am nächsten Morgen erwarteten einen da mitunter unliebsame Überraschungen.

Luisa zog ihre Hand ruckartig zurück.

„Du schaffst es ja wohl selbst, dir deinen Ring anzustecken?"

„Klar." Till räusperte sich und spürte die Blicke von Olli und Anne auf sich. Was für eine seltsame Situation.

„Hey Anne, wenn du was trinken willst, im Kühlschrank ist bestimmt ein Bier oder so", bot Till Luisas Freundin hastig an. Sie winkte jedoch ab, es schien beinahe so, als würde sie das Schauspiel genießen. Vermutlich tat sie das auch. Genau wie sein Kumpel Olli.

Na schön, er würde an ihrer Stelle wahrscheinlich auch nicht anders reagieren.

„Nein, ist in Ordnung. Ich melde mich schon. Macht ihr mal. Soll ich dir dein Gesicht pudern, damit du auf den Bildern nicht glänzt?", bot sie ihm mit einem amüsierten Funkeln in den Augen an.

„Bloß nicht. Also, bringen wir es hinter uns. Luisa, hast du deine Strandklamotten dabei?"

Luisa stöhnte theatralisch. „Ja. Hab' ich. Aber dafür müsste ich mich erst mal abschminken und das alles. So werde ich ja wohl nicht mit dir – wohin eigentlich – geflogen sein?"

„Na gut. Eins nach dem anderen."

Da Luisa keine Anstalten machte, ihm ihre Hand zu reichen, schnappte Till sie einfach und zog Luisa mit sich vor die

Wand. Olli und er hatten zuvor das Sofa in die andere Ecke zum Schreibtisch geschoben.

Anne zog sich einen Stuhl heran und setzte sich an den Rand des Geschehens. Olli positionierte sich unterdessen mit seiner Kamera in der Mitte des Raums.

„Leute, wenn ihr wollt, dass es glaubhaft ist, müsst ihr euch schon ein bisschen näher kommen als drei Meter. Momentan seht ihr nicht aus wie ein verliebtes Brautpaar“, scherzte Olli.

Luisa schnaubte leise und machte einen Schritt auf Till zu.

„Los, Mann. Schnapp sie dir, du bist doch sonst nicht so zimperlich“, witzelte Olli weiter, bis es Till endgültig zu blöd wurde.

Mit einem Ruck zog er Luisa an seine Seite und legte seine Hand um ihre Taille. Sie war viel schmaler, als er gedacht hatte. Obenrum war sie hingegen äußerst üppig ausgestattet. Er hatte einen exzellenten Einblick in ihren Ausschnitt. Ihre Hüften konnte er unter dem weiten Rock natürlich nicht ausmachen, er stellte sich allerdings vor, dass sie ordentliche Rundungen hatte … Plötzlich wurde ihm sehr heiß unter seinem Anzug.

„So, wenn ihr jetzt noch mal lächeln könntet, wäre das super. Ihr seid auf eurer Hochzeit, ihr seid das glückliche Paar“, motivierte sie Olli.

Till stöhnte leise und versuchte das Pochen in seiner Hose zu ignorieren und an etwas anderes zu denken, rosa Elefanten zum Beispiel. Olli fuhr indes fort: „Nee, so wird das nichts. Ich hab’ mir vorhin mal ein paar Fotos auf Google angeschaut. Da hatten die Paare alle funkelnde Augen und haben gelächelt. Ihr seid verkrampft und wirkt echt nicht happy.“

„Ich bin auch nicht *happy*“, brummte Luisa.

„Scheiße, Leute, ihr macht das doch nicht für mich! Gut, probieren wir es mit einer anderen Übung. Luisa, stell dir vor, dein Traummann steht vor dir. Schmieg dich mit geschlossenen Augen an Tills Rücken. Leg deine Wange ab und schließ die Augen."

Olli war auf Luisa zugekommen und drehte sie in die von ihm geforderte Position.

„So, gut. Und deine Hände schieben sich unter Tills Armen durch und liegen hier so, halb auf seiner Brust. Und dein Gesicht, Till, nehm' ich erst mal gar nicht mit drauf, nur Luisa mit geschlossenen Augen. Versuch trotzdem mal in die Kamera zu lächeln, so zur Übung."

Till hob eine Augenbraue, folgte jedoch Ollis Anweisungen. Luisa schmiegte sich an ihn und ihre schlanken Finger lagen auf seinem Brustkorb. Vermutlich konnte sie seinen Herzschlag unter ihrer linken Hand spüren. Es fühlte sich gut an, überraschend gut, sie so nah bei sich zu haben.

„Ah, na seht ihr. Es geht doch. Super. Weiter so." Der Auslöser klackerte ein paarmal. „Jetzt beide mal die Augen auf und verliebt in die Kamera lächeln. Ja, genau so."

Olli schoss eine ganze Reihe Bilder.

„Und jetzt mal andersherum. Till hinter Luisa, tu so, als flüstertest du ihr was Nettes ins Ohr."

„Gebt dem Mann bitte erst mal ein Pfefferminz", protestierte Luisa.

Anne lachte, kramte ein Bonbon aus ihrer Tasche und reichte es Till.

Er hatte keinen Kommentar von sich gegeben, obwohl er Luisas Spruch albern fand. So schlimm konnte sein Atem wohl nicht sein.

„Na schön, wenn es Ihnen dann jetzt pfefferminzig genug ist, Frau Gemahlin?", hauchte er in ihr Ohr und spürte, wie sie erschauderte. Er grinste schadenfroh, erinnerte sich aber schnell wieder daran, aus welchem Grund er die Bilder brauchte.

„Viel besser", krächzte sie.

Es war offensichtlich, dass sie sich nicht wohlfühlte. Till nahm sich vor, ab sofort umgänglicher zu sein und sich nicht wie ein Arsch zu verhalten. Er hatte nicht vergessen, dass sie ihm hier einen Riesengefallen tat.

„Super! So bleiben! Jetzt kommt ihr richtig in Fahrt“, lobte Olli, und der Auslöser ratterte unentwegt. „Die hab’ ich im Kasten. Jetzt, wo das erste Eis gebrochen ist, können wir ja mal was anderes versuchen. Till und Luisa, bitte stellt euch mal gegenüber. Luisa, du legst ihm jetzt die Hände um den Nacken und du, Till, auf ihre Taille. Und dann schmachtet euch an. Gebt alles!“

Luisa kam sich nach wie vor dämlich dabei vor, die Verliebte zu mimen. Was ihr gänzlich gegen den Strich ging, war jedoch, dass ihr blöder Körper total verrücktspielte. Als Till ihr eben ins Ohr geflüstert hatte, hatte sie doch tatsächlich eine Gänsehaut bekommen. Als sie seinen warmen Atem so dicht gespürt hatte, hatten ihre Hormone einfach am Rad gedreht. Unfassbar.

Und aktuell wurde es auch nicht besser. Wie von Olli gefordert, blickte sie Till tief in die Augen. Aus der Nähe war das strahlende Blau noch intensiver und erinnerte sie an einen endlosen, unergründlichen Ozean. Seine Pupillen waren geweitet und sein Ausdruck so durchdringend, dass sie nach Luft schnappen musste.

„Luisa?“, hörte sie Ollis Stimme wie aus weiter Ferne an ihr Ohr hallen. Sie blinzelte ein paarmal und atmete tief ein und aus, was mit dem engen Kleid gar nicht so leicht war.

„Was?“, murmelte sie und schaute zu Boden. Wenn sie weiter in Tills Augen starren musste, würde sie womöglich Herzflattern bekommen. Ihre Knie waren leider längst zu Pudding geworden.

„Du sollst lächeln, guck Till nicht an, als wäre er der Teufel, tu so, als ob du ihn mögen würdest.“

Sie atmete hörbar aus. Sie war einfach eine schlechte Schauspielerin. Zum Glück hatte Olli ihr Anschmachten völlig falsch interpretiert. Schlimm genug, dass sie wusste, dass sie Till tatsächlich angehimmelt hatte.

Sie wollte sich nicht von ihm angezogen fühlen, aber sie war machtlos gegen diese Schmetterlinge in ihrer Magengrube, die dermaßen wild umherflatterten, als hätten sie eine Extradosis Adrenalin gefrühstückt. Till hatte bedauerlicherweise diese gewisse Ausstrahlung, die ihr Blut schneller durch ihre Adern rauschen ließ, – ob sie das nun wollte oder nicht.

„Bitte, Luisa, so schlimm bin ich nun wirklich nicht“, meinte Till fast vorwurfsvoll.

Der Mann hatte ja keine Ahnung, dass er viel mehr in ihr in Bewegung brachte, als ihr lieb war!

„Schon gut“, seufzte sie. „Ich geb’ mir ab sofort mehr Mühe.“

Luisa warf Anne einen flehenden Blick zu, diese nickte aufmunternd und deutete mit dem Daumen nach oben. Sie wünschte sich ein Stück von Annes Optimismus.

„So, Turteltäubchen. Jetzt flirtet euch mal richtig an, zeigt es mir!“

„Olli, treib es nicht zu weit“, warnte Till seinen Kumpel. „Ich bin dir super dankbar, dass du das machst, aber wenn du nicht gleich deine dämliche Fresse hältst, bin ich versucht, sie dir zu polieren.“

Luisa kicherte.

„Na schön. Also, macht weiter.“ Olli ließ sich nicht beirren. „Schmachten und lächeln bitte.“

Luisa legte wieder die Hände in Tills Nacken und schaute zu ihm auf.

Sein Ausdruck war freundlich, er versuchte damit wahrscheinlich, sie aufzumuntern. Zum Glück hatte er keinen Schimmer, dass ihre seltsamen Reaktionen nicht daher rührten, dass sie ihn nicht mochte … Tills Nähe verwirrte sie.

Es verwirrte sie, dass die Wärme seiner Hände auf ihrer Taille etwas in ihr zum Flattern brachte. Es verwirrte sie, dass es sich so gut anfühlte, ihre Finger um seinen Nacken zu legen. Und es war noch schlimmer, dass sie es genoss, sich im Blau seiner Augen zu verlieren.

Wie, zur Hölle, sollte sie dabei auch noch selig lächeln?

Dennoch versuchte sie es und offenbar funktionierte es zumindest ein bisschen, da Olli sich lobend äußerte.

„Ja, so ist es gut. Macht weiter. Noch ein Quäntchen mehr."

Wieder das Rattern des Fotoapparates.

„Mist, wir haben den Brautstrauß ganz vergessen", stellte Olli stöhnend fest, als er sich die Bilder auf der Kamera ansah.

„Verdammt", stieß Till genervt aus und fuhr sich durch die Haare.

„Ich geh schon." Anne stand auf und verschwand für einen Augenblick, um kurz darauf mit einem Strauß roter Rosen zurückzukehren. „Hey, die passen perfekt zum Lippenstift", stellte Anne fest. Luisa sagte nichts, sondern nahm das Bouquet wortlos entgegen.

„Stell dich mal frontal vor die Wand. Schließ die Augen und rieche an den Rosen, Luisa."

„Und ich?", fragte Till.

„Du hast Sendepause", erklärte Olli.

Luisa folgte Ollis Anweisungen. Seltsamerweise beruhigte sie der Duft der Blüten und sie entspannte sich ein wenig. Dennoch spürte sie Tills Blick auf sich. Umso besser fand sie es, dass sie die Augen geschlossen halten konnte und ihn nicht schon wieder anhimmeln musste. Warum hatte genau dieser Kerl diese besondere Wirkung auf sie? Dieses Kribbeln würde sie nur zu gerne abstellen.

„Schön", schwärmte Anne, als das Geräusch des Auslösers für einen Moment verstummte. „Du bist *so* hübsch, Luisa."

Luisa öffnete die Lider und bemerkte als erstes Till, der mit verschränkten Armen und breitbeinig neben Anne stand und sie beobachtete. Es lag etwas in seinem Ausdruck, das sie nicht deuten konnte. Dann wandte er sich ab.

„Ihr habt es gleich geschafft, nur noch ein paar Fotos“, munterte Olli die Runde auf. „Stellt euch jetzt mal nebeneinander. Luisa, den Strauß bitte vor euch in die Mitte halten. Till, mit der einen Hand auf Luisas unteren Rücken und mit der anderen über ihre Hand am Strauß, damit man auch mal den Ring sieht. Dann, Luisa, bitte in die Kamera lächeln und Till drückt dir dann einen Kuss auf die Stirn.“

Till stöhnte. „Geht es noch komplizierter?“

„Mach schon und heul nicht rum.“

Till blies die Backen auf, folgte aber Ollis Anleitungen.

Luisa wurde heiß und kalt zugleich, als sie Tills Lippen auf ihrer Stirn spürte. Sie waren sanft und dennoch fest und sandten kleine Blitze durch ihren Körper.

„Ein bisschen lockerer, Luisa. Till, du bist gut, bleib so.“

Der Kerl hatte ja gut reden, er wurde ja nicht von einem heißen Typen geküsst. Obwohl Luisa vorhin über seinen Raucheratem gelästert hatte, musste sie jetzt feststellen, dass kein Hauch von Nikotin mehr in seinem Atem lag. Sein herbes Aftershave roch hingegen außerordentlich gut. Viel zu gut.

Sie schloss einen Moment die Lider, legte den Kopf ein wenig zurück und unterdrückte ein wohliges Seufzen.

„Ja, das ist genial.“ Sie hörte Olli reden, aber sie hatte Mühe, sich zu konzentrieren, wenn Till ihr so nah war wie jetzt.

Irgendwie verselbstständigte sich gerade alles. Tills Hand auf ihrem Rücken kreiste leicht. Die Finger der anderen Hand lagen nach wie vor über ihrer, die den Brautstrauß umklammerte. Sein Mund aber wanderte über die Nasenspitze, verharrte einen Moment darauf und sein heißer Atem, der jetzt nach süßer Pfefferminze duftete, strich über ihr Gesicht. Das einzige Geräusch, das sie wahrnahm, war ihr rasender Herzschlag und das Rattern des Fotoapparates im Hintergrund.

Luisa hatte Schwierigkeiten, ihre Atmung zu kontrollieren, und dann spürte sie zu allem Übel auch noch Tills herrliche Lippen auf ihren. O Gott, es war traumhaft. Heiß und sinnlich drückte sich sein Mund auf ihren.

Ihr war bewusst, dass es ein Fotokuss war, aber es fühlte sich verdammt echt an. Seine vollen Lippen schmeckten leider genauso gut, wie sie aussahen. Auch wenn die Versuchung groß war, sie würde diesen Kuss nicht erwidern. Es kostete sie größte Mühe, nicht an seinen Lippen zu knabbern, ihn ganz und gar zu kosten. Hitze wallte in ihr auf.

Ach du Scheiße, was war hier eigentlich los?

Warum, verdammt, gab Olli keine Anweisungen mehr? Was sollte sie jetzt tun? Aber aufhören wollte sie auch nicht. Der Sauerstoff in ihren Lungen wurde auch immer weniger. Die Luft im Raum reichte nicht mehr aus, um vernünftig zu atmen.

Das konnte nur an diesem vermaledeiten Fetzen liegen, den sie aus der Reinigung ausgeliehen hatten. Zum denkbar ungünstigsten Zeitpunkt wurden nun auch noch ihre Knie vollends weich. Sie verfluchte sich innerlich, dass ein simpler Kuss sie so aus der Bahn warf.

Luisa war schwindelig und alles drehte sich, obwohl sie die Augen geschlossen hatte. Sie würde gleich ohnmächtig werden, sie bekam keine Luft mehr. Das Kleid war viel zu eng. Der Raum zu klein. Und Tills Lippen zu intensiv. Und dann wurde es dunkel um sie …

6

„Ach du Scheiße“, rief Till, als Luisas Beine wegknickten. Er konnte sie gerade noch auffangen, sodass sie nicht hart auf dem Boden aufschlug.

Er legte sie sanft auf die Dielen und wurde panisch, dann war auch schon Anne an ihrer Seite.

„Hol ein nasses Tuch“, wies sie Olli an, der bis jetzt regungslos mit seiner Kamera dagestanden war. Anne machte sich inzwischen am Reißverschluss des Kleides zu schaffen, als Luisas Lider leicht flatterten.

Sie war tatsächlich umgekippt. Einfach so. Nachdem er sie geküsst hatte.

Unglaublich, so was hatte er noch nie erlebt. So schlecht konnte sein Atem ja wohl nicht gewesen sein.

Okay, Scherze dieser Art waren momentan nicht unbedingt angebracht, zum Glück hatte er das nur gedacht und nicht laut ausgesprochen. Nach dem ersten Schock fand er die Situation mittlerweile tatsächlich ein wenig komisch.

Luisa blinzelte, und nachdem Anne den Reißverschluss im Rücken geöffnet hatte, atmete sie tief in den Bauch ein. Er versuchte, nicht auf ihre nackte Haut zu starren …

Leider war das gar nicht so leicht, deshalb drehte er sich einfach weg.

Olli kehrte indes mit einem nassen Handtuch zurück und reichte es Anne.

„Hier, was hat sie denn?“

„Sicher die Aufregung. Luisa, Süße, wie geht’s dir?“ Er sah aus dem Augenwinkel, dass Anne sich zu ihr herunterbeugte, ihr sanft über die Stirn strich und sie dann mit dem feuchten Handtuch abtupfte.

Luisa stöhnte und schloss die Augen wieder. Sie wollte sich aufrichten, Anne half ihr dabei.

„Willst du was trinken?"

„O Gott. Bin ich echt umgekippt?" Ihr Gesicht war wächsern bleich und Till fiel auf, dass sie zitterte.

Mit drei langen Schritten war er beim Sofa, zog eine Decke zu sich und legte sie um Luisas Schultern. Sofort tat es ihm leid, dass er sich gedanklich über die Situation lustig gemacht hatte.

„Hier. Vielleicht geht es damit besser", murmelte er verlegen.

Luisa sah nicht auf. Er trat vorsichtshalber etwas zurück. „Kann ich sonst noch was tun?"

„Nein", meinte Anne. „Ich mach' das schon. Könnt ihr uns mal kurz alleinlassen?"

Till nickte. „Klar. Ich geh' eine rauchen."

Auf dem Balkon setzte sich Till auf einen der beiden Klappstühle und zündete sich eine Kippe an. Das war bisher der merkwürdigste Abend seit Langem, und er hatte wirklich schon einiges erlebt.

Er inhalierte den blauen Dunst und fuhr sich mit der freien Hand durch die Haare. Till hatte keine Ahnung, was eben über ihn gekommen war, als er sie geküsst hatte, aber in der Situation hatte es sich richtig angefühlt. Es hatte sich sogar verdammt gut angefühlt, ihre Lippen auf seinen zu spüren.

Er musste bescheuert sein. Ja, nun war es so weit. Er war endgültig durchgeknallt.

„Ey Alter", hörte er Ollis Stimme, als dieser aus dem Wohnzimmer zu ihm kam. „Was war das denn da drinnen?"

Till verdrehte die Augen. „Du wolltest glaubhafte Fotos, also bitte."

„Ernsthaft, Mann?"

„Ja, was dachtest du denn? Dass ich sie küsse, weil ich Bock drauf habe? Sie ist doch nicht mal mein Typ."

Als er sein Gesicht in Ollis Richtung wandte, bemerkte er, dass Luisa hinter ihm stand. Zunächst weiteten sich ihre Augen, dann drehte sie sich abrupt weg.

O nein! Sofort bereute er, was er gesagt hatte. Er war doch auch zu dämlich! Nun auch noch das!

Till unterdrückte den Impuls, mit der Faust aufs Geländer zu schlagen.

„Ich hab' genug für heute. Tut mir leid, aber ich geh jetzt besser nach Hause. Ich hoffe, die Bilder sind was geworden“, verkündete Luisa mit dünner Stimme und war bereits halb verschwunden.

Verdammte Scheiße. Dümmer hatte es ja nicht laufen können. Dabei hatte er sich nur vor seinem Kumpel rechtfertigen wollen, weil er keine Lust gehabt hatte, nun wochenlang von ihm aufgezogen zu werden, dass er sich zu einem Kuss hatte hinreißen lassen. Till verstand ja selbst nicht, warum er sie auf einmal abgeknutscht hatte. Es war einfach passiert, einfach so.

Wenn ihm das jemand erzählen würde, würde er denjenigen für verrückt erklären. Es war ja auch absurd.

Am schlimmsten aber war, dass er es genossen hatte und gerne wiederholen würde. Zum Glück blieb ihm keine Zeit, das im Augenblick näher zu analysieren.

Er stand auf und wollte Luisa hinterher. Olli hielt ihn jedoch mit festem Griff an der Schulter zurück.

„Luisa, tut mir leid, so war das nicht gemeint“, rief er ihr nach, aber sie und Anne waren schon so gut wie aus der Wohnung.

Ihr Verschwinden hatte etwas von einer Flucht, und er konnte es ihr nicht übel nehmen. Er schuldete ihr eine Erklärung, aber er musste sich erst einmal selbst sammeln. Der Abend war heftig und höchst verwirrend gewesen.

„Du bist so ein Idiot“, meinte Olli. „Lass sie lieber erst mal in Ruhe, du siehst doch, dass es ihr nicht gutgeht.“

„Und jetzt ergreifst du noch Partei für sie, oder wie? Was kann ich denn dafür, wenn sie einfach umkippt!“ Till wurde wütend und sog noch einmal tief an seiner Zigarette.

„Merkst du eigentlich noch was, Till? Du bist mein Freund, aber manchmal halte sogar ich dich für ein Arschloch. Wenn ich du wäre, würde ich mich morgen bei Luisa entschuldigen.“

Till raufte sich die Haare und drückte die Kippe aus, sagte jedoch nichts.

„Ich geh jetzt nach Hause und schau mir die Bilder an. In der Zwischenzeit kannst du dir überlegen, wohin eure Hochzeitsreise gehen soll, dann mach' ich das morgen fertig.“

„Mist, wir haben die Fotos für den Urlaub ja noch nicht im Kasten.“

„Nein, und wer weiß, ob Luisa das jetzt noch machen wird.“

„Ich hab' das eben echt nicht so gemeint.“

„Sag das ihr, nicht mir. Aber nicht mehr heute. So wie sie aussah, muss sie sich hinlegen und nicht von einem Idioten wie dir vollgelabert werden. Ciao, Alter.“

„Tschüss.“

Nachdem auch Olli gegangen war, lockerte Till seine Krawatte und streifte unruhig durch seine Wohnung. Schließlich griff er sich ein Bier aus dem Kühlschrank, lehnte sich ans Fensterbrett in seiner Küche und glotzte die Wand an. Eigentlich würde er lieber seinen Kopf gegen die Mauer schlagen, aber das würde den Fauxpas auch nicht rückgängig machen.

Bevor er ins Bett ging, schickte er eine SMS an Luisa.

Luisa, was ich vorhin gesagt habe, tut mir leid und war überhaupt nicht so gemeint. Ich war nach deiner Ohnmacht selbst ein bisschen durch den Wind. Du warst eine wunderschöne Braut. Liebe Grüße, der Idiot Till

Hoffentlich würde sie seine Entschuldigung akzeptieren. Und diesmal nicht nur, weil er das Geld seiner Oma haben wollte. Er hatte ein verdammt schlechtes Gewissen, dass er so einen blöden Spruch rausgehauen hatte. So ungern er es zugab, es hatte ihm gefallen, Luisa zu küssen. Sehr sogar.

„Guten Morgen, Frau Zimmermann."

Luisa zuckte zusammen, als sie die Stimme ihres Vermieters hinter sich hörte. Der hatte ihr nach dem peinlichen Abend gestern gerade noch gefehlt. Dabei war sie schon fast draußen gewesen.

„Hallo Herr Henkel", erwiderte sie so lässig wie möglich und drehte sich zu ihm um.

Er hob seine Hand und zeigte auf seine Armbanduhr. Dazu sagte er nur: „Tick Tack."

Sie musste schlucken.

So ein Arschloch.

„Keine Sorge, nächste Woche bekommen Sie das Geld." Die Lüge war ihr einfach so über die Lippen gekommen. Aber der überraschte Gesichtsausdruck ihres nervtötenden Vermieters entschädigte sie einigermaßen für das schlechte Gewissen wegen ihrer Lüge.

Sein Mund stand weit offen, bevor er sich wieder fing. „Schön. Ich warte."

Und dann verschwand er mit einem lauten Türknallen wieder in seiner Bude.

„Verdammt", murmelte sie, als sie die Tür zur Straße hinter sich schloss. Sie nahm sich vor, sobald sie genug Geld hatte, nach einer neuen Wohnung zu suchen. Der Kerl als Vermieter war einfach nur eine Plage. Aber aktuell hatte sie andere Sorgen, als sich nach einer Bleibe mit angenehmerer Nachbarschaft umzusehen.

Zum gefühlt millionsten Mal überlegte sie, woher sie die drei Monatsmieten bekommen sollte, die sie Herrn Henkel noch schuldete. Knapp zweitausend Euro trieb man nicht mal „eben so" auf. Ihre Eltern könnten ihr vielleicht aushelfen, aber denen konnte sie natürlich nichts von Manuels Sex-

Hotline-Eskapaden erzählen, die der Grund dafür waren, dass sie im Mietrückstand war. Eher würde sie vor Peinlichkeit sterben, dann hätte sich auch das Problem mit der Miete erledigt.

Die Telefonfirma hatte die Kosten natürlich einfach abgebucht und ihr Konto damit überzogen, mehr als nur das. Sie erinnerte sich daran, wie sie am Geldautomaten stand und das blöde Ding nichts ausgespuckt hatte. Völlig überrascht hatte sie den Kontostand gecheckt und festgestellt, dass ihr Dispo bis auf den letzten Cent ausgereizt war. Den Rest der Rechnung hatte sich ihr Anbieter im Folgemonat geholt. Da blieb neben den wenigen Ausgaben des täglichen Lebens leider nichts mehr für die Miete übrig. Dem Problem lief sie jetzt blöderweise immer noch hinterher. Ihren Bruder Matthias brauchte sie ebenfalls nicht anzuhauen, der kam selbst kaum über die Runden. Er steckte im letzten Jahr seines Medizinstudiums und verdiente nichts. Und ihre anderen Freunde würde sie nie um Geld bitten, das würde die Freundschaft belasten, weil sie keine Ahnung hatte, wie lange sie für das Abstottern der Schulden brauchen würde. Bei ihrem Glück flatterte demnächst eine neue horrende Rechnung für irgendwas ins Haus. Sie dachte an Wölkchen, wenigstens das Problem war halb gelöst. Nein, mit Till und der peinlichen Nummer von gestern Abend würde sie sich jetzt nicht auch noch befassen.

Viel Zeit blieb ihr nicht mehr, um das Geld für die Miete aufzutreiben. Verdrängen würde leider auch nicht mehr ewig helfen, aber gerade an diesem Morgen wollte sie nicht länger über ihre ausufernden Schulden nachdenken. Sie wollte an gar nichts denken. Eigentlich würde sie sich viel lieber verkriechen und nicht zur Arbeit gehen, aber das funktionierte natürlich nicht. Wenn sie auch noch ihren Job verlöre, wäre es ganz aus.

Luisa zog sich die Mütze tiefer in die Stirn, als ihr auf der Straße eisiger Wind entgegenschlug. Fehlte nur noch, dass es regnete.

Sie schaute noch kurz bei Anne im Salon vorbei, aber die Chefin Nicole stand schon Gewehr bei Fuß, und so konnte sie nicht offen über den gestrigen Abend sprechen. Der Laden war hübsch weihnachtlich dekoriert worden, seit sie das letzte Mal da gewesen war. An der Kasse hing eine Lichterkette, ein kleines Bäumchen mit bunten Kugeln stand neben dem Tresen und Strohsterne zierten die Fenster. Ihr war leider noch so überhaupt nicht nach Weihnachten zumute.

„Dann sehen wir uns nachher?“, fragte sie ihre Freundin noch, bevor sie sich auf den Weg zur Arbeit machte.

„Auf jeden Fall. Schießt ihr heute Abend noch die Urlaubsbilder?“

Luisa verzog ihr Gesicht und zuckte mit den Schultern. „Weiß nicht.“

„Da wär’ ich dann aber gern dabei“, warf Per ein, der seinen Kopf aus dem Nebenraum hervorstreckte. Er rührte gerade eine Farbmischung für eine Kundin zusammen.

„Ihr macht mich fertig. Ich geh’ jetzt in die Schule.“

Luisa hatte wenig bis gar keine Lust, sich gleich mit den Schülern der achten Klasse auseinanderzusetzen, aber es war nicht zu ändern. Wenn sie jemals finanziell wieder auf einen grünen Zweig kommen wollte, musste sie das durchziehen.

„Oh“, entfuhr es ihr, und sie wich einen Schritt zurück. Um ein Haar wäre sie mit Till zusammengestoßen, der den Griff der Ladentür noch in der Hand hielt. Was machte er überhaupt hier?

Na, die Haare wollte er sich sicherlich nicht schneiden lassen, dachte sie sarkastisch und versuchte, einen möglichst neutralen Gesichtsausdruck aufzusetzen. Es fiel ihr wahnsinnig schwer, denn ihr Puls raste, zum Teil wegen der Überraschung, zum anderen Teil einfach wegen seiner Gegenwart. Ihr war schlicht nicht mehr zu helfen …

„Hey Luisa. Super, dass ich dich treffe. Können wir kurz reden?“

Sie spürte die Blicke ihrer Freunde und deren Chefin im Nacken, daher sagte sie nichts, sondern ging an Till vorbei nach draußen. Erst als die Ladentür hinter ihnen geschlossen war, schaute sie ihn an und erwiderte kurz angebunden. „Was gibt's? Sind die Bilder nichts geworden?“

Sie sah zu ihm auf und musste schlucken, als sie echte Reue von seinen blauen Augen ablas.

„Luisa, ich bin so ein Idiot. Es tut mir leid, ich hatte das so überhaupt nicht gemeint, wie es angekommen ist. Ich war nur selbst so verwirrt, als du einfach umgekippt bist … Und dann hat Olli auch noch blöde Sprüche gemacht von wegen, weil ich dich geküsst habe, wärst du zusammengeklappt und so …“ Er fuhr sich durch seine Haare und trat von einem Fuß auf den anderen. Seine Lederjacke war nicht geschlossen, anscheinend störte ihn die Kälte nicht besonders. Irgendwie hatte sie jedoch kein Mitleid mit Till, sie war ihm nichts schuldig. Er sollte ruhig ein schlechtes Gewissen haben, nach dem Scheißspruch gestern.

„Komm, machen wir uns doch nichts vor. Mir ist klar, dass du nicht auf Frauen mit fetten Ärschen stehst, die langweilig sind und das Bewusstsein verlieren, weil ihr Kleid zu eng ist. Du musst dich nicht entschuldigen, dass du die Wahrheit gesagt hast. Dumm nur, dass ich danebenstand, aber egal, ich kann die Realität vertragen. Ich bin nicht blind und habe einen Spiegel, ich weiß also, dass ich nicht auf deinem Radar auftauchen würde, wenn du auf die Pirsch gehst. Wir hatten einen Deal, und damit hat sich die Sache. Du musst dich für rein gar nichts entschuldigen.“ Es gab ihr eine große Genugtuung, ihm einfach alles an den Kopf zu werfen, was ihr in den Sinn kam.

Dann marschierte sie los. Ob und was er noch zu sagen hatte, interessierte sie momentan nicht.

Till folgte ihr jedoch und hatte sie im Nullkommanichts eingeholt. Mit den langen Beinen kein Wunder … „Hey, das stimmt so doch gar nicht“, versuchte er sich zu verteidigen, während er neben ihr herging.

Was Besseres fiel ihm nicht ein?

Luisa verdrehte die Augen. Sie wollte absolut keine Lügen aus Tills Mund hören, von wegen, dass er sie hübsch fand und diesen ganzen verlogenen Mist. Deswegen hatte sie die SMS auch nicht beantwortet, verarschen konnte sie sich selbst.

„Na schön. Ist auch egal. Sind wir dann durch mit dem Thema? Was macht mein Auto, ich brauche nämlich einen fahrbaren Untersatz.“

„Ich bin dran, so schnell geht das nicht. Die Nockenwelle muss ausgetauscht werden und ich frag’ mich grad durch, wo ich eine auftreiben kann.“

„Also gut“, seufzte sie. „Ich muss zur Arbeit. Du kannst dich ja dann melden.“

Till hielt sie an der Schulter fest. „Bitte, Luisa, können wir das noch zu Ende bringen?“

„Zu Ende?“

„Können wir vielleicht vier oder fünf Fotos schießen, die wir als Urlaubsbilder nehmen können? Heute Abend?“

Luisa stöhnte theatralisch und blickte flehend zum Himmel. „Von mir aus. Peinlicher kann es für mich ja sowieso nicht mehr werden. War es das dann?“

„Ich bin dir sehr dankbar, Luisa. Ehrlich. Kann ich dich irgendwohin bringen?“

„Nein, danke, ich nehme den Bus.“

„Ach, Mensch, Luisa. Sei doch nicht sauer auf mich.“

„Bin ich gar nicht.“

Sie hörte Tills Seufzen. „Na schön. Dann um acht bei mir?“

„Toll. Ich freue mich.“ Ihre Stimme troff vor Sarkasmus.

Als sie am Kiosk an der Ecke vorbeikamen, überlegte sie, ob sie vielleicht anfangen sollte, Lotto zu spielen, aber selbst wenn sie gewinnen würde, hätte sie das Geld bestimmt nicht bis zum Stichtag, an dem Herr Henkel sie vor die Tür setzen würde, beisammen.

„Okay, ich verstehe, dass das gestern nicht optimal gelaufen ist, aber ich verspreche hoch und heilig, heute wird es nett. Ich werde mir sehr viel Mühe geben, ein guter Gastgeber zu sein, und mache auch bestimmt keine blöden Sprüche."

Luisa blieb stehen und sah Till an. „Nett?" Sie runzelte die Stirn.

„Ja, ich bestelle Pizza, kauf' eine Kiste Bier und du wirst sehen, die Bilder sind ratzfatz im Kasten."

Luisa schüttelte den Kopf. „Das kann ja nur ein Mann unter ‚nett' verstehen."

Till grinste. „Ja? Was verstehst du darunter?"

„‚Nett' ist die kleine Schwester von ‚langweilig', den Spruch dürftest sogar du kennen. Wenn du einer Frau einen schönen Abend machen wolltest, müsstest du schon einen guten Rotwein im Haus haben und dich selbst an den Herd stellen. Aber da wir ja erstens kein Date haben und du zweitens deine Frauen wahrscheinlich nicht mal füttern musst, bevor du sie fickst, kann es mir auch egal sein. Also ja, bestell halt eine Pizza. Ich mag keinen Thunfisch."

Tills Mundwinkel bogen sich nach oben. „Mein Gott, so viele zusammenhängende Worte habe ich seit Jahren nicht aus dem Mund einer Frau gehört. Wenn man meine Mutter und Schwester mal außen vorlässt."

Luisa musste gegen ihren Willen lachen. „Ja, das denke ich mir." Üblicherweise bekamen seine Schnittchen wahrscheinlich keinen geraden Satz heraus.

„Soll ich dich nicht doch bringen? Wo wohnst du eigentlich?"

„Ich nehm' den Bus, weil ich, wie gesagt, zur Arbeit muss, aber danke. Und meine Wohnung liegt direkt gegenüber vom Friseurladen, auch wenn dich das gar nicht interessieren müsste. Bis später, Till."

Als Till in der Werkstatt ankam, saß Olli bereits am Rechner und fummelte im Programm Photoshop an den Bildern herum.

„Zeig mal", verlangte Till und trat hinter seinen Kumpel.

Till erstarrte für einen Moment, als er das Foto von sich und Luisa entdeckte, auf dem sie sich verliebt in die Augen schauten. Olli hatte es bereits so verändert, dass sie nun auf einer grünen Wiese unter einem blauen Himmel standen. Wenn er es nicht besser wüsste, würde er glauben, es wäre echt. Nicht nur die Umgebung, auch die Gefühle. Wow.

„Und?" Olli sah zu ihm auf.

„Nicht übel."

„Nicht übel? Du hast einen an der Waffel, das Bild ist genial."

Till kratzte sich am Kinn. „Zeig mal die anderen."

„So weit bin ich noch nicht, aber das hier, das ist *das* Foto. Wenn du dieses an Oma schickst, stellt sie dir direkt einen Scheck aus."

Till atmete hörbar aus. „Dein Wort in Gottes Ohr."

Das Röhren eines vertrauten Motors vor der Werkstatt ließ ihn aufhorchen. Es klang nach einer Achtundsechziger Corvette. Er verdrehte die Augen. Auf Janine und ihre Aufdringlichkeit hatte er momentan echt keine Lust. Zum Glück hatte er nie wirklich was mit ihr gehabt, sonst würde er sie überhaupt nicht mehr loswerden. *Was für ein Problem sie wohl heute mit ihrem Wagen hatte?*, dachte er leicht genervt, als die Tür auch schon aufflog.

„Hallöchen", tönte es durch die Werkstatt, dicht gefolgt von klappernden Absätzen.

„Hey Janine, guten Morgen", begrüßte er seine „treuste" Kundin.

Sie warf Olli einen kurzen Blick zu, nickte gönnerhaft und widmete sich dann ganz Till. „Ach, mein Lieber. Ich weiß auch nicht. Könntest du dir mein Auto noch mal ansehen? Es macht ab und zu so komische Geräusche."

Er zwang sich, nicht das Gesicht zu verziehen. „Ja, natürlich. Kannst du es näher beschreiben?"

Sie warf sich ihre wasserstoffperoxidblonden Haare über die Schulter, streckte ihren Rücken noch ein wenig mehr durch und schob ihren Busen nach vorne. Nicht, dass sie es nötig hätte, der Chirurg hatte nicht an Silikon gespart … „Du weißt doch, dass ich mit so was nicht so gut bin. Ich glaube, das Beste wäre, wenn wir eine kurze Probefahrt zusammen machen."

Er bekam mit, dass Olli mit einem Lachkrampf kämpfte. Seinem Kumpel würde er nachher eine reinhauen, aber zuerst musste er Janine wieder loswerden.

„Natürlich", erwiderte Till äußerlich gelassen. „Wir schauen uns das an."

Er erinnerte sich zu gut an eine der letzten Probefahrten, bei der sie auf Tuchfühlung gegangen war. Ihre Hand war zunächst von seinem Oberschenkel immer höher gewandert. Auch wenn es ihm unangenehm gewesen war, er war auch nur ein Mann, und sein Körper hatte dementsprechend reagiert. Gott sei Dank, waren sie kurz darauf zurück an der Werkstatt gewesen und er ihren Fängen entkommen. Er würde dieses Mal darauf achten, dass sie sich nicht zu weit entfernten. Wer wusste schon, wozu die Frau fähig war. Er hatte überhaupt keine Lust, ihre Marionette zu werden. Widerwillig setzte er sich in Bewegung. „Dann wollen wir mal ..."

Janines Gesichtsausdruck hellte sich auf. Als Till ihr aufdringliches Parfum in die Nase stieg, musste er sich zusammenreißen, nicht zu husten. Dagegen war Luisas zarter Duft nach Kokos paradiesisch.

Janine plauderte langweiliges Zeug, während er sich den Sitz einstellte. Er drehte den Zündschlüssel und der Motor heulte auf. Klang alles ganz normal. Till unterdrückte ein Seufzen, es war ja fast klar gewesen, dass sie nicht wegen des Wagens hergekommen war.

„Ich bin ja so dankbar, dass du dir die Zeit nehmen kannst, mein Lieber.“ Sie tätschelte sein Knie und ließ ihre Hand direkt liegen. An der nächsten Ampel wurde es Till zu bunt. Heiß und unangenehm drückten sich ihre Finger in sein Fleisch, er konnte es einfach nicht ertragen und war es leid, es über sich ergehen zu lassen, nur um sie als Kundin zu behalten.

„Pass auf, Janine“, fing er sichtlich genervt an und schob ihre manikürten Finger weg. „Ich denke, dein Wagen läuft einwandfrei. Was dagegen ganz und gar nicht einwandfrei läuft, ist die Kundenbeziehung zwischen uns. Ich denke, du hast da vielleicht was missverstanden.“

Janine sog scharf die Luft ein. „Bitte?“

Die Ampel sprang auf Grün und Till trat das Gaspedal durch, sodass sie beide in die Sitze gedrückt wurden. „Wenn du darauf bestehst, dann fahre ich gerne noch auf die Grube und mache einen Check, aber die Inspektion war ja erst vor vier Wochen. Aber für alles andere …“, er warf ihr einen finsteren Blick zu, „… bin ich nicht zu haben. Verstehst du?“

Janine hob eine Augenbraue, spitzte die Lippen und atmete hörbar durch.

„Ich habe keine Ahnung, wovon du sprichst. Ich denke, du kannst mich jetzt wieder selbst fahren lassen, wenn der Wagen, wie du sagst, in Ordnung ist.“

Till musste sich ein Grinsen verkneifen und setzte den Blinker rechts. Er hielt in zweiter Reihe und stieg aus. Janine stöckelte an ihm vorbei, sprang in die Corvette und brauste mit quietschenden Reifen davon.

„Die wäre ich wohl endlich los." Zufrieden zog er die Packung Gauloises aus dem Blaumann und schob sich eine Zigarette zwischen die Lippen. Er nahm gerne in Kauf, die zwei Blocks zur Werkstatt in der Kälte zurückzulaufen, solange er sich nicht mehr von ihr betatschen lassen musste. Das hatte er nun wirklich nicht mehr nötig.

Die Chorproben gehörten zu Luisas Lieblingsstunden. Momentan trafen sie sich häufiger, da sie für die Weihnachtsaufführung einiges zu üben hatten.

„So, noch einmal von vorne, bitte. Seid ihr so weit?"

Ungefähr zwanzig Mädchen und Jungen nahmen regelmäßig an den Proben teil, für Weihnachten studierten sie gerade das Lied „Hallelujah" ein. Nicht unbedingt das typische Weihnachtslied, aber ihre Empfehlung, „Stille Nacht", war nicht besonders gut angekommen. Sie hatte es sogar mit der englischen Version „Silent Night" versucht, aber auch da war sie auf taube Ohren gestoßen. Schließlich hatte ihr eine Schülerin im Oktober den Vorschlag gemacht, „Hallelujah" zu singen. Nachdem sie ihr den Mix von „Pentatonix" auf Youtube vorgespielt hatte, war Luisa überzeugt gewesen. Was sie dabei nicht bedacht hatte, war allerdings, dass eine männliche und eine weibliche Stimme einige Soloteile zu singen hatten. Michael Gerber, einer der anderen Musiklehrer, war sofort bereit gewesen, den männlichen Part zu übernehmen. Sein Bariton war klar und kräftig. Glücklicherweise hatte sich für den weiblichen Part Carolin Liepinski bereit erklärt. In den Proben übernahm sie bislang noch ihren Teil, denn sie war eine vielbeschäftigte Sängerin und würde erst kurz vor der Generalprobe dabei sein. Luisa war mehr als nur erleichtert deshalb, es wäre die Hölle für sie, vor vielen Leuten auf der Bühne stehen und singen zu müssen. Das konnte sie nicht, hatte sie noch nie fertiggebracht. Ihr Lampenfieber war schlimmer als jede Phobie. Ihren alten Prof würde sie heute liebend gerne umbringen, damals hatte sie sich seine Sticheleien viel zu sehr zu Herzen genommen. Wer hörte schon gerne, dass man absolut talentfrei und ohne Gefühl sang? Es war so peinlich gewesen, vor allen anderen heruntergemacht zu werden, dass sie seitdem irgendwie traumatisiert war. Sprechen vor Menschen war nicht so schwierig, aber singen, das traute sie sich nicht mehr. Sie wusste, dass ihr Prof sie einfach nicht leiden konnte, denn ihre Stimme war nicht schlecht, aber … Nichts aber.

Sie konnte nicht mehr vor einem echten Publikum singen, auch wenn sie wusste, dass ihre Stimme den meisten Menschen sehr gut gefiel. Bei Proben hatte sie das Problem nicht, aber hier kannte sie auch jeden, und niemand von ihren Bekannten würde auch nur jemals in ähnlicher Weise kritisieren wie ihr Prof.

„Auf drei, bitte“, sagte sie und begann zu zählen.

Wie immer bei dem Song bekam Luisa sofort eine Gänsehaut, wenn sie die ersten Töne hörte.

„I’ve heard there was a secret chord. That David played and it pleased the Lord …“, sang Michael und die Chormitglieder gaben den Background in a cappella. Für dieses Lied brauchten sie keine andere musikalische Untermalung. Die Verse und die Töne waren eindrucksvoll genug, und sie hoffte, dass es bei der Aufführung auch genauso laufen würde, wie sie es sich vorstellte.

Nach dem ersten „Hallelujah“-Refrain hatte der Chor ein kleines Solo, dann war wieder Michael dran. Sie nickte ihm zu, und als er wieder einsetzte, begann Luisas Haut zu prickeln. Nach dem nächsten Refrain war sie dran.

Aber, halt. Der Chor war viel zu laut. Dieses Mal musste mehr Gefühl in die Wiederholungen der Hallelujas.

„Stopp, Leute“, unterbrach sie das Ganze. Es dauerte ein paar Sekunden, bis alle aufgehört hatten zu singen. „So geht das nicht. Es ist immer wieder diese Stelle. Hier müsst ihr leiser werden, mit ganz viel Gefühl singen. So in etwa."

Luisas helle, klare Stimme tönte durch den Raum, als sie vorsang.

„Versteht ihr? So ungefähr. Also noch mal, Michael, mach mit ‚well your faith' weiter, okay?"

Er nickte und sie stellte sich vor den Chor und hob ihre Hände.

Sie hatten noch gute drei Wochen Zeit, um es auf die Reihe zu bekommen und dann noch ein paarmal mit Frau Liepinski zu proben. Sie war ein Profi, es würde bestimmt alles klappen. Der Gedanke löste die Anspannung in ihr. Ganze Felsbrocken plumpsten in diesem Moment vor Erleichterung auf den Boden.

7

Luisa summte „I am dreaming of a white Christmas“ vor sich hin, als sie auf dem Weg zu Tills Wohnung war. So langsam kam sie doch in Weihnachtsstimmung, auch wenn sie noch kein einziges Geschenk für ihre Familie und Freunde gekauft hatte. Wovon auch?

Sie mussten sich dieses Jahr vielleicht einfach mit einem Gutschein zufriedengeben, ihr Geldbeutel gab es nicht her, dass sie etwas Schönes für jeden besorgen konnte. Aber daran wollte sie jetzt nicht denken.

Sie drückte den Klingelknopf und nach wenigen Sekunden ertönte der Türsummer. Sie rechnete damit, dass wieder Olli öffnen würde, aber zu ihrer Überraschung wartete Till grinsend im Türrahmen.

„Guten Abend, Luisa, hereinspaziert.“ Er trat zur Seite und sie schaute mit gekräuselter Stirn zu ihm auf.

„Hallo“, brummte sie, trat ein und schlüpfte aus den Schuhen.

„Hast du deine Freundin nicht mitgebracht?“

„Nein, wie du siehst, bin ich alleine. Sie hat heute keine Zeit und Per auch nicht. Aber für die Urlaubsfotos brauche ich auch kein großartiges Make-up, oder?“ Ehrlich gesagt hatte sie ihren Freunden verboten, heute hier aufzuschlagen, aber das musste Till nicht wissen. Sie hatte keine Lust gehabt, hinterher von Anne und Per auf Ewigkeiten verspottet zu werden, weil sie im Strandkleidchen mit einem heißen Kerl posierte, und alles nur, um seine Oma zu verarschen.

Sie spürte, dass Till seine Augen ganz unverhohlen an ihrem Körper auf- und abwandern ließ und dann an ihrem ungeschminkten Gesicht hängen blieb.

Es verunsicherte sie, er verunsicherte sie mit seinen durchdringenden, ozeanblauen Augen. Ihr Herz stolperte, als sich ihr Blick für eine Sekunde mit seinem verhakte.

„Nein, nein. Natürlich brauchst du heute kein großes Make-up. Ich dachte nur, ihr drei wirkt so, als ob ihr unzertrennlich wärt.“ Er ging zur Seite und rieb sich über seinen Bartschatten.

Luisa zuckte mit der Schulter, nachdem sie ihre Jacke abgelegt hatte. „Nein, so ist es nicht.“

Selbstverständlich traf sie sich häufig mit ihren Freunden, aber Till sollte nicht denken, dass sie so eine Tussi war, die immer Vertraute im Schlepptau brauchte, um sich einigermaßen sicher zu fühlen. So war es nicht. Und auch wenn Per oder Anne dabei gewesen wären, so wäre sie trotzdem schrecklich nervös gewesen. Es lag einfach an Till …

„Komm mit ins Wohnzimmer. Hat mit der Rückgabe des Brautkleids noch alles geklappt?“

Sie warf ihm einen finsteren Blick zu. „Was denkst du? Ja, ich konnte mich daraus befreien.“

Till seufzte. „Nein, das meinte ich nun gerade nicht. Ob ihr es wieder in der Reinigung abgeben konntet, ohne dass es jemand mitbekommen hat.“

„Ach so.“ Sie schüttelte den Kopf. „Ja, kein Problem. Es ist heil geblieben und die Flecken waren ja vorher schon drauf.“

Luisa riss die Augen überrascht auf, als sie ins Wohnzimmer kam. Dort lagen zwei aufgeblasene Luftmatratzen und ein Wasserball, daneben stapelten sich zwei Strohhüte. Sogar Kokosnüsse hatte er halbiert und mit Strohhalmen und Lamettasticks dekoriert.

„Wow“, entfuhr es ihr. „Du hast dir ja ganz schön Mühe gegeben. Wohin geht unsere Reise eigentlich? Und wo ist der Fotograf?“

„Der kommt gleich, hatte noch was in der Werkstatt zu erledigen. Cocktail?“

Till reichte ihr eine Kokosnuss, die sie zögerlich entgegennahm.

Als sich ihre Finger für eine Sekunde berührten, begann ihre Haut zu kribbeln.

„Was ist das?“, fragte sie und wich seinem Blick aus, weil sie fürchtete, er könnte darin lesen, was in ihr vorging.

„Ich hab’ mich erkundigt. Batida de Coco, Cachaca und süße Kondensmilch.“

„Ehrlich?“ Nun schaute sie doch auf und das Funkeln in seinen Augen verwirrte sie gleich wieder.

„Ehrlich. Aber Dosenmilch? Du magst das Zeug wirklich?“

Luisa nickte verlegen. „Ich find’s lecker.“

„Na schön, dann Prost. Olli müsste jede Sekunde hier sein.“

Sie schlugen ihre Kokosnüsse leicht gegeneinander. Wenn es nach ihr ginge, könnte Olli sich ruhig verspäten.

Halt! Nein. Was dachte sie da?

Sie musste sofort damit aufhören.

Hektisch blinzelte sie und nahm einen tiefen Zug von ihrem Drink.

„Huch, der ist ganz schön … stark“, meinte sie, nachdem sie den ersten Schluck im Magen hatte.

Ein spöttischer Zug erschien um Tills sinnlichen Mund. „Dachte, wir könnten was vertragen, um locker zu werden. Geht es dir auch wirklich gut?“

Luisa war klar, worauf er anspielte. „Ja, keine Sorge. Ich kipp‘ nicht wieder um.“

Sie war erleichtert, dass in dieser Sekunde die Türklingel schrillte und sie dieses Thema beenden konnten.

Till stellte seine Kokosnuss ab und Luisa ebenfalls. Während Till Olli reinließ, verschwand sie im Badezimmer. Dort fischte sie drei Sommerkleider aus ihrer Tasche und überlegte, welches sie zuerst anziehen sollte.

Vielleicht hätte sie den Cocktail erst austrinken sollen, dachte sie unentschlossen. Ihr fehlte der Mut, in einem kurzen

Hängerchen rauszugehen. Auch wenn man es auf den Bildern wahrscheinlich nicht sehen würde, sie wusste, dass es absurd war im Dezember Sommerkleidung zu tragen. Und ihre kalkweiße Haut verriet leider auch, dass es ganz und gar nicht passte. Okay, sie wurde auch im Sommer nicht wirklich braun, da sie nie die Zeit fand, um am See zu liegen. Oder vielmehr fehlte ihr die Geduld, sich wie ein Hähnchen in der Sonne braten zu lassen.

Ein energisches Klopfen an der Tür ließ sie zusammenzucken. „Ja, ich bin gleich so weit."

„Okay, Luisa. Wir machen drüben schon mal alles klar."

Augen zu und durch. Sie entschied sich für ein gelbes Kleid mit roten Punkten und warf noch einen letzten prüfenden Blick in den Spiegel. „Gut, besser wird's nicht."

Auf Schminke hatte sie heute komplett verzichtet, dafür steckte sie sich eine Sonnenbrille ins Haar. Der Ausschnitt des Kleides war eigentlich viel zu tief, fand sie. Für den Strand wäre es okay, aber momentan in Tills Bude – eindeutig zu wenig Stoff. Sie konnte problemlos die Spalte zwischen ihren Brüsten erkennen, und wenn sie das konnte, dann sahen Till und sein Kumpel das auch.

„Herr, bitte lass es mich ohne weitere Peinlichkeiten überleben", murmelte sie und warf einen flehenden Blick an die Zimmerdecke, bevor sie ins Wohnzimmer tapste. Ihre nackten Füße verursachten mit jedem Schritt ein platschendes Geräusch. Leider war sie keine Person, die elfenhaft durchs Leben schwebte … im Gegenteil. Im Sportunterricht war sie immer eine der Letzten am Seitenrand gewesen, wenn es darum gegangen war, die Teams für irgendein dämliches Spiel wie Völkerball oder Brennball zu wählen.

Schnell schüttelte sie den Gedanken an ihre wenig glorreiche Sportlerkarriere ab und versuchte sich locker zu machen. Aber nur halb bekleidet und barfuß war das gar nicht so leicht, sie fror. Kein Wunder, draußen regnete es und in der letzten

Stunde hatten sich Schneeflocken daruntergemischt. Diese Altbauwohnungen waren zudem zugig und immer kalt, … vor allem, wenn man die Balkontür halb offenstehen hatte, so wie Till. Wahrscheinlich war er eben noch rauchen gewesen.

„Hi Olli“, sagte sie, als sie ins Wohnzimmer kam, und griff nach ihrer Kokosnuss. „Könnt ihr vielleicht mal die Heizung anmachen? Momentan fühle ich mich noch nicht wie in der Karibik. Es ist eiskalt hier.“

„Hey Luisa. Na klar, machen wir. Schickes Kleid übrigens.“ Olli lächelte. Es war ein offenes und ehrliches Lächeln, sie mochte ihn, und er nahm ihr damit ein wenig von ihrer Anspannung.

„Es wird nicht lange dauern“, meinte er noch und zückte seine Kamera. Tills Blick war unergründlich, während er von seinem Cocktail trank. Dann wandte er sich ab, schloss die Balkontür und drehte die Heizung hoch. Luisa versuchte sich nichts von ihrer Nervosität anmerken zu lassen, es war jedoch fraglich, ob es ihr gelang.

„Magst du Griechenland?“, fragte Till unvermittelt und hob eine der Luftmatratzen an.

„Klar, ist doch auch egal, oder? Schließlich wird mir keiner Fragen dazu stellen. Noch sind Bilder zum Glück nicht interaktiv.“ Sie kicherte.

Olli und Till warfen sich einen Blick zu, den Luisa nicht deuten konnte. Schnell zupfte sie sich den Ausschnitt des Kleides noch einmal zurecht, aber es wurde nicht mehr Stoff.

„Na schön, dann fangen wir an“, brummte Till und positionierte sich wieder vor der Wand. Er trug mittlerweile eine dunkle Shorts und ein graues, ausgewaschenes T-Shirt. Seine Waden waren kräftig und dunkel behaart. Gott sei Dank, keiner dieser Radfahrer, die sich alles abrasierten. Es gab kaum etwas, das sie weniger attraktiv fand als ein Männerbein, das ölig glänzte. Wobei, sie überlegte. Bei David Beckham sah es ganz gut aus, wie hieß der Trend noch mal?

Sie kam nicht darauf, aber es war im Prinzip auch egal. Der Kerl könnte wahrscheinlich auch Herzchen auf den Hinterkopf rasiert haben und würde immer noch heiß aussehen.

Hm. Sie legte sich einen Finger an die Lippen, wenn sie so darüber nachdachte, wäre Till vermutlich *sogar* noch mit rasierten Schenkeln attraktiv.

„Luisa?“ Tills Stimme riss sie aus ihren Gedanken.

„Äh, sorry. Bin schon da.“ Schnell tapste sie zu ihm hin. „Soll die Kokosnuss ernsthaft mit aufs Bild?“

Er verzog den Mund. „Ja, wieso nicht?“ Ein Hauch von Pfefferminz umgab ihn. Sie musste ein Schmunzeln unterdrücken. Wahrscheinlich hatte er Angst gehabt, sich einen Spruch von wegen „kaltem Rauch“ einzufangen, und vorsorglich etwas für seinen Atem getan.

„Passt das zu Griechenland?“, fragte sie stirnrunzelnd.

Till stöhnte leise und fuhr sich durch die Haare. „Klar, ist doch egal. So sehr kommt es wohl nicht aufs Detail an.“

„Ich bin irgendwie gar nicht in Urlaubsstimmung. Können wir vielleicht bisschen Musik anmachen?“ Sie sah sich in Tills Wohnzimmer um. Einen Fernseher konnte sie an der gegenüberliegenden Wand entdecken, aber eine Stereoanlage oder etwas Ähnliches gab es leider nicht.

Olli runzelte die Stirn und warf Till einen beinahe vorwurfsvollen Blick zu.

„Was ist?“ Luisa wurde langsam ungeduldig, die Jungs schauten bedröppelt drein, als ob sie gefordert hätte, in einer Sänfte getragen zu werden, dabei wollte sie nur ein bisschen musikalische Hintergrunduntermalung. Das war doch wohl nicht zu viel verlangt?

Till zuckte mit den Schultern. „Ich hör’ nicht so viel Musik. Nicht so mein Ding.“

„Hm“, machte Luisa und nagte an ihrer Unterlippe. Ein Mensch, der keine Musik mochte? Sie hatte keine Ahnung, in welche Kategorie das passen sollte. „Dann eben nicht. Bringen wir es einfach hinter uns.“ Sie entschied sich dafür, es dabei zu belassen, sonst würden sie morgen noch hier stehen.

Während sie verschiedene Bilder schossen, sie zwischendurch noch die anderen beiden Kleider anzog und auch Till sein Outfit zweimal tauschte, überlegte sie die ganze Zeit, was das für ein Typ war, der nicht mal ein Radio besaß. Sie konnte sich ein Leben ohne Musik, Gesang und Instrumente nur schwer vorstellen.

Nein, eigentlich überhaupt nicht.

Sie waren gerade fertig, als es an der Tür klingelte.

„Kommt doch noch jemand?“, fragte sie und Tills Mundwinkel bogen sich nach oben.

„Die Pizza, hab sie für neun Uhr bestellt.“

„Wow, gutes Timing.“ Sie nickte anerkennend.

Olli klappte den Laptop auf und zog die Bilder von der Kamera auf den Rechner, während Till sich um das Abendessen kümmerte.

Obwohl sie nur einen Cocktail getrunken hatte, fühlte sie sich leicht beschwipst.

Till kehrte mit drei Pizzakartons ins Wohnzimmer zurück. Olli hockte am Schreibtisch und war in seine Aufgabe vertieft. Luisa hatte sich in der kurzen Zeit wieder umgezogen und saß nun in Jeans und Rollkragenpullover auf seinem Sofa. Mittlerweile war es heimelig warm im Raum, er musste die Heizung runterdrehen, sonst würde seine Bude noch zu einer Sauna werden.

„Kann ich dir noch einen Cocktail mixen?“, bot er ihr an. Sie hob den Blick und schüttelte leicht den Kopf, während er das Fenster kippte und den Heizkörper regulierte.

„Nein, vielen Dank. Der war ganz schön stark und ich muss morgen arbeiten. Kopfschmerzen kann ich im Vorweihnachtsstress gar nicht gebrauchen.“

Er stellte die Kartons auf dem kleinen Couchtisch ab. Die Möbel nachher wieder an ihren ursprünglichen Platz zu wuchten, würde er nach dem Essen in Angriff nehmen.

„Bitte, für dich mit extra viel Thunfisch“, wandte er sich an Luisa und klappte den Deckel der obersten Box auf.

Sie warf ihm einen zweifelnden Blick zu und er musste lachen. „Schon gut, ich erinnere mich. Du magst keinen Thunfisch, die ist für mich. Hier, für dich habe ich eine Hawaii bestellt, passt gut zu Kokos.“

Ihr Gesichtsausdruck war zum Schießen. Entweder hatte er damit den Nagel auf den Kopf getroffen oder sie würde gleich wütend aufspringen und verschwinden.

„Gut kombiniert, Watson.“ Sie kicherte, zog den mittleren Karton heraus und legte ihn sich auf die Oberschenkel.

Till atmete erleichtert aus, ihm war bis eben nicht klar gewesen, dass er die Luft angehalten hatte.

„Dann guten Appetit. Olli, für dich hab’ ich eine Diavolo bestellt.“

„Mhm“, machte sein Kumpel, sah aber nicht vom Bildschirm auf. Till entschied sich, ihn werkeln zu lassen, die Fotos waren sowieso wichtiger als das Abendessen. Er würde ihm so viele Pizzen kaufen, wie er wollte, sobald er die Kohle von seiner Oma hatte.

„Es war schön mit dir in Griechenland, Luisa“, scherzte er und biss von einer Ecke der Thunfischpizza ab.

„Gleichfalls, super Flitterwochen“, erwiderte sie kauend.

Till fielen wieder die kleinen, sehr niedlichen Sommersprossen auf ihrer Nase auf. Er beobachtete, wie sie, ohne zu zögern, das zweite Stück verputzte. Plötzlich hielt sie in der Kaubewegung inne und ihre Augen weiteten sich.

„Was? Hab’ ich da was?“ Sie legte das Pizzastück zurück und wischte sich mit der Hand über den Mund. „Das ist ja mal wieder typisch für mich“, plapperte sie nervös weiter. „Ich kann nicht mal normal essen …“

„Nein“, unterbrach Till sie. „Ich hab’ nur gerade überlegt.“

Sie kräuselte die Nase und kratzte sich am Kopf. „Wenn Männer überlegen, heißt das meist nichts Gutes.“

Till konnte ihr ja schlecht sagen, dass er ihre Sommersprossen mochte, erstens würde sie es ihm wahrscheinlich nicht glauben, und zweitens … ja, was eigentlich? Er war nicht besonders geübt darin, Frauen, die er mochte, mit denen er aber nicht ins Bett gehen wollte, Komplimente zu machen.

Faktisch war das noch nie vorgekommen. Deswegen fand er seinen Gedanken auch reichlich dämlich, aber das konnte er Luisa auch nicht sagen.

Schulterzuckend griff er nach einem Stück Pizza und schwieg.

Die Stille breitete sich langsam im Raum aus wie Nebel über einem Feld. Luisa ignorierte ihn und begann wieder zu essen.

Irgendwann wurde es Till zu blöd, er sprang auf und lief zu Olli. „Na, wie schaut’s aus. Wird das was?“

Er sah sich und Luisa mit Luftmatratze und Kokosnuss an einem Strand stehen. „Scheiße, Alter. Das ist ja wie in einem billigen Hollywood-Streifen. Es fehlt nur noch, dass Luisas Sonnenbrille pink ist.“

„Ich könnte sie einfärben“, schlug Olli vor und Luisa gesellte sich dazu. Ein Hauch von Kokos stieg in Tills Nase.

„Bloß nicht“, warnte sie leise. „Ich sehe so schon aus wie ein Nilpferd auf Flipflops.“

Till gefiel nicht, wie schlecht sie über sich sprach. Dass Frauen immer so sehr an sich selbst zweifelten. Was ihm viel mehr ins Auge stach als angebliche Makel, war ihre üppige Oberweite, die in den süßen Sommerkleidern besonders gut zur Geltung kam.

Scheiße, was trieb er da eigentlich? Er sollte aufhören, sich über Luisas Titten Gedanken zu machen.

„Luisa, du siehst sehr gut aus. Wenn ihr Weiber es mal lassen könntet, immer nach dem Schlechten an euch zu suchen."

„Hört, hört", posaunte Olli heraus. „Till, der Frauenversteher."

Till stöhnte und zerzauste sich die Haare. „Ich geh' eine rauchen."

„Was ist mit der Pizza?", erkundigte sich Luisa. „Du hast doch noch kaum was gegessen?"

„Keinen Appetit, bedien' dich. Ach, nein, ist ja Thunfisch", gab er mit deutlicher Ironie in der Stimme zurück.

Vorsorglich nahm Till einen Becher Trockenfutter mit nach draußen, er hatte so eine Vorahnung, dass seine kleine Freundin ihn bald wieder besuchen würde. Mittlerweile kam sie morgens und abends vorbei und er fragte sich, ob ihre Besitzer sich nicht um sie kümmerten oder ob sie eine streunende Katze war.

Bereits nach dem zweiten Zug an seiner Zigarette tauchte Panda am Geländer auf. „Da bist du ja, Kleine. Schau, Futter steht schon parat."

Das ließ sich das Kätzchen nicht zweimal sagen, sprang auf den Balkon und fing an zu fressen.

Als er ins Wohnzimmer zurückkehrte, saß Miro neben Luisa auf dem Sofa und vertilgte seine Pizza. Er hatte gar nicht mitbekommen, dass er gekommen war.

„Hey, das ist meine", brummte Till.

„Wie? Ich denke, ihr habt nur aus Spaß geheiratet. Hallo erst mal."

Till war versucht, seinem Freund etwas an den Kopf zu werfen. „Ich meine die Pizza." Ihm entging dabei nicht, dass Luisa errötete. Ihr war die Anspielung sichtlich unangenehm.

„Wie ich sehe, habt ihr euch schon bekannt gemacht. Hör dem Affen bloß nicht zu, Luisa", meinte Till zu ihr. „Der ist immer so dämlich."

Miro lachte dunkel und nahm sich noch ein Stück von Tills Thunfischpizza. „Die ist gut“, presste er mit vollem Mund hervor.

„Braucht ihr mich noch?“ Luisa sah zu Till auf.

Da er keine Ahnung hatte, was er zu ihr sagen sollte, schüttelte er den Kopf. „Nein, eigentlich nicht.“

„Was? Du willst schon gehen?“, rief Miro und sah sie mit einem welpenähnlichen Ausdruck an. War es möglich, dass sein Kumpel mit Luisa flirtete?

Till zog die Brauen zusammen und betrachtete die Szene. Luisas Wangen färbten sich dunkelrot, als sich ihre Blicke trafen.

Ja, ihr entging es also auch nicht. Das Seltsame an der Situation war, dass es Till störte. Dabei war es keine Überraschung, dass Miro Luisa anbaggerte. Er war bekannt dafür, dass er alles vögelte, was nicht bei drei auf dem Baum saß. Und hässlich war Luisa definitiv nicht. Ja, sie war nicht unbedingt super modisch gekleidet und legte nicht so viel Wert auf Styling, aber ihr Gesicht war hübsch und sie hatte echte Kurven an den richtigen Stellen.

Sollte er Luisa vor Miro warnen?

Nein, wie bescheuert würde das denn klingen: Miro und Olli würden es sofort so auslegen, als ob er Besitzansprüche an Luisa stellte, und das war definitiv nicht der Fall.

Scheiße, Till raufte sich die Haare. Ohne etwas zu sagen, stapfte er in die Küche und nahm sich ein Bier aus dem Kühlschrank, das er an der Arbeitsfläche öffnete. Das gute Stück hatte längst diverse Macken, da er nie einen Öffner parat hatte. Aber es interessierte ihn nicht, die Kücheneinrichtung hatte er beim Einzug vor zwei Jahren dem Vormieter abgekauft. Es war also sein Eigentum und er konnte damit tun und lassen, was er wollte.

Luisa steckte ihren Kopf durch den Türrahmen. „Ich wollte nur Tschüss sagen. Meldest du dich bei mir, wenn du was wegen der Reparatur weißt? Ich hab' ja jetzt meine Schuldigkeit getan. Viel Erfolg mit den Bildern. Überleg dir schon mal eine nette Geschichte für die Scheidung."

Till runzelte die Stirn. „Du willst echt schon los? Was ist mit der Pizza?"

Sie zuckte mit den Schultern. Für einen Moment standen sie sich wortlos gegenüber, er konnte nicht wegsehen. Er wollte nicht wegsehen. Luisas rehbraune Augen wirkten beruhigend auf ihn, auch wenn sie momentan eher herausfordernd funkelten. Er wollte nicht, dass sie schon ging, aber sagen konnte er es auch nicht. Sie könnte es sonst falsch verstehen, oder … ja was eigentlich.

„Ja, es wird spät, und ich muss früh raus …"

„Na schön." Er stellte das Bier ab und ging auf sie zu.

Till drückte sie und hielt sie einen Augenblick in seiner Umarmung.

Kokos, natürlich. Er musste grinsen.

„Danke, Lady Coconut. Ich melde mich, schlaf schön."

Dann ließ er sie los. Luisa rührte sich nicht, sondern starrte ihn nur an. Dann wandte sie sich abrupt ab und räusperte sich. „Bis dann."

Mit wenigen, sehr schnellen Schritten war sie aus seiner Altbauwohnung verschwunden.

Als Till mit seinem Bier ins Wohnzimmer zurückkehrte, hatten es sich Olli und Miro auf dem Sofa gemütlich gemacht. Die beiden amüsierten sich prächtig, während sie die Bilder, die Olli zusammengebastelt hatte, durchgingen.

„Habt ihr Spaß?" Tills Stimme klang gereizt. Er nahm einen hastigen Schluck von seinem Bier.

„Geile Bilder, Alter. Schon mal überlegt, Model zu werden? Solltest du mal …"

„Schön, dass ihr euch amüsiert. Olli hat seinen Teil beigetragen. Jetzt bist du dran, Kumpel. Miro, du bist genau mein

Mann. Du wirst mir die Urkunde erstellen, mit der ich meine Oma überzeuge, dass ich verheiratet bin."

Miro legte seinen Kopf schräg. „Spinnst du?"

„Ey, wozu kenne ich einen Anwalt?"

„Richtig. Ich bin Anwalt und kein Standesbeamter."

Till schnaubte. „Das ist doch fast das Gleiche. Also, was ist, hilfst du mir?"

Miro verdrehte die Augen. „Das kannst du doch im Prinzip selbst. Schau im Internet und bastel dir was."

„Frag du mich noch mal, ob ich deine Möhre wieder aufpoliere, wenn's irgendwo hakt."

Olli grinste und schaute sehr interessiert auf den Bildschirm. Es war klar, dass er sich nicht einmischen wollte – und auch besser für ihn, wenn ihm sein Leben lieb war.

„Gut", knurrte Miro und richtete sich auf. „Dafür schuldest du mir dann ein Jahr lang Service."

„Ein Jahr lang?", wiederholte Till.

„Genau, mein Moped brummt nicht so, wie es soll, und du bist zur Stelle."

„Du bist ein mieser Erpresser."

„Das lernt man in meinem Metier schon während des Studiums."

Till trank von seinem Bier. „Na schön. Dann setz dich mal ran."

„Hast du Luisas Daten? Geburtstag und so weiter?"

Till stöhnte und schlug sich mit der Hand gegen die Stirn. „Nein. Natürlich nicht. Ich bin doch kein Stalker."

Miro verzog sein Gesicht zu einer Grimasse. „Mein Gott, das ist jetzt aber ganz schlecht. Dann schau halt, ob sie bei Facebook ist. Irgendwas wird man im Netz schon über sie finden."

Till setzte sich und zückte sein Smartphone. „Das nimmt jetzt aber bedenkliche Formen an", murmelte er und gab bei Google ihren Namen ein.

Unfassbar, wie viele Luisa Zimmermanns es gab, aber nach ein paar Minuten hatte er „seine“ Luisa gefunden und begann Informationen zu sammeln.

Er hätte natürlich auch bei ihr anrufen können, aber er wollte ihr auch nicht auf den Keks gehen. Schließlich musste er ihr auch noch sagen, dass sie das nächste Wochenende miteinander verbringen würden. Ihre Reaktion darauf konnte er sich geradezu bildlich vorstellen.

8

„Den Teufel werde ich tun“, zischte Luisa, nachdem Till ihr am Morgen verkündet hatte, dass sie mit ihm nach Timmendorf reisen sollte. Er war sich wie ein Verrückter vorgekommen, als er vor ihrer Haustür herumgelungert hatte, bis sie endlich in die Kälte des Dezembers hinausgetreten war.

Stalker, schoss es ihm immer wieder durch den Kopf. Er konnte sich dabei nicht mal rechtfertigen, außer mit dem Argument, dass er die Kohle seiner Oma wirklich dringend für den Laden brauchte.

Er hatte natürlich schon befürchtet, dass Luisa nicht gerade vor Begeisterung im Dreieck springen würde, aber es ging einfach nicht anders. Wenn seine „Angetraute“ nicht mit zu Omas Geburtstagsfeier kam, wäre es Essig mit den Scheinchen, und damit konnte er den Traum einer Expansion der „Klassikschrauber“ begraben.

„Bitte, Luisa“, flehte er deshalb und schaute sie so eindringlich und überzeugend wie möglich an.

Sie schüttelte den Kopf. „Es ist peinlich genug zu wissen, dass deine Familie demnächst gefälschte Hochzeitspapiere und Fotos von uns untergejubelt bekommt. Aber ich bin beim besten Willen keine Schauspielerin, Till. Das muss dir doch klar sein. Ich weiß gar nichts über dich. Wir kennen uns nicht. Es würde in einem Desaster enden.“

„Würde es nicht! Das alles können wir doch ändern. Es ist noch genug Zeit. Wir würden das bestimmt hinbekommen. Auf der Geburtstagsfeier würden wir auch nicht so kritisch beäugt, weil meine Oma die Hauptperson ist, und nicht du und ich.“

„Noch schlimmer, wenn nicht nur der engste Familienkreis anwesend ist.“ Sie blieb hart, aber Till würde nicht so leicht aufgeben. Für ihn stand zu viel auf dem Spiel. Genau genommen hundertfünfzigtausend Euro.

„Was muss ich tun, damit du Ja sagst?“

„Ich hab’ im Moment echt einen Haufen Probleme am Arsch. Mein Auto war nur das Tüpfelchen auf dem ‚I‘. Ich habe momentan einfach keine Energie für so einen Mist.“

„Was für Probleme?“, hakte er nach. Vielleicht konnte er ihr behilflich sein, und dafür würde sie …

„Ich bin mit der Miete im Rückstand, und wenn ich bis zum Fünfzehnten damit nicht rüberkomme, bin ich obdachlos. So. Reicht das fürs Erste als Einsicht in meinen Katalog der Misslichkeiten?“

„Wie viel brauchst du?“ Sein Herz klopfte schnell. Geld wäre machbar, schließlich würde er bald förmlich darin schwimmen.

„Zweitausend Euro roundabout.“

Das müsste er hinbekommen, zur Not würde er das Konto der „Klassikschrauber“ anzapfen, wenn ihnen damit geholfen wäre.

„Ich geh’ mit dir jetzt zu meiner Bank und heb’ es ab. Bitte, Luisa. Lass mich nicht hängen.“

Ihre Blicke trafen sich und er las es in ihren Augen ab. Er hatte sie fast weichgekocht.

„Du willst mir das Geld leihen?“ Ihre Stimme klang schrill und ein wenig gehetzt. Sicher überlegte sie jetzt, ob er es ernst meinte.

„Nein, ich gebe es dir. Einfach so. Sozusagen als Bonuszahlung für deine Mühe und dein Engagement.“

Luisa runzelte die Stirn und nagte an ihrer Unterlippe. Ihre Nasenspitze war von der Kälte gerötet, ihre Hände hatte sie in den Taschen ihres Anoraks vergraben.

Ihm war nicht kalt, im Gegenteil. Ihm wurde schrecklich heiß, denn für ihn stand eine Menge auf dem Spiel. Er würde ihr alles versprechen, wenn sie nur mitspielte und mit ihm an die Ostsee reiste. Der Ausbau der Werkstatt zu einem richtigen Oldtimer-Verkaufsgeschäft lag zum Greifen nahe. Es war lange her, dass Till etwas wirklich so sehr gewollt hatte wie das. Zu lange.

„Du gibst mir das Geld in Vorkasse? Jetzt gleich?“

„Ja, verdammt!“

„Und sonst muss ich nichts tun? Nur deine Frau spielen?“

„Ja, Luisa. Machst du mit?“

Luisa lachte spitz auf und schüttelte den Kopf, als ob sie selbst nicht glauben könnte, worauf sie sich da womöglich gerade einließ. „Und wo übernachten wir? In einem Hotel?“

Till wurde noch wärmer in seiner Winterjacke. Er spürte einen kleinen Rinnsal Schweiß zwischen seinen Schulterblättern nach unten laufen. „Ich hab’ meiner Oma gesagt, dass wir bei ihr schlafen.“

Sie schnappte nach Luft. „Du hast *was*?“ Sie riss die Hände aus den Hosentaschen und wedelte damit durch die Luft.

Er rieb sich schuldbewusst über das Kinn. „Ja, sorry. Es musste sein.“

Luisa verdrehte die Augen und fluchte leise. „Mann!“

„Bitte, komm mit“, bat er sie und nahm ihre Hand.

„Und ich soll mit dir in einem Zimmer schlafen?“ Sie entzog ihm ihre Finger und schaute ihn mit einem sehr strengen Gesichtsausdruck an, der ihn irgendwie amüsierte. Sie war wirklich süß, wenn sie sich aufregte.

„Ich bin auch brav und gehe dir nicht auf die Nerven, ehrlich. Zur Not schlafe ich auch auf dem Boden.“

Sie lachte abfällig. „Na, dass du mir an die Wäsche gehst, habe ich nun nicht gerade befürchtet. Wir wissen ja beide, dass ich nicht dein Typ bin.“

Till seufzte. Es war klar, dass sie ihm die Nummer vom Hochzeitsshooting jetzt wieder aufs Brot schmieren musste. So waren Frauen nun mal. Und da sollte noch jemand sagen, dass Elefanten nachtragend seien.

„Luisa, bitte!“, bettelte er mit Nachdruck und zog sich eine Kippe aus der Packung.

Sie kniff die Augen zusammen und verschränkte anschließend die Arme vor der Brust.

Das Schweigen zwischen ihnen wurde ohrenbetäubend.

„Also gut“, meinte sie endlich resigniert und Till stieß zischend die Luft aus.

„Du kommst mit?“

„Unter einer Bedingung …“

Sein Herz machte einen Satz und er atmete schneller. „Und die wäre?“

„Du hörst auf zu rauchen. Hier und jetzt.“

Er glaubte nicht, dass er das, was sie eben gesagt hatte, richtig verstanden hatte. „Wie bitte?“, wiederholte er daher noch einmal.

„Du hast mich schon richtig gehört. Ich könnte nie mit jemandem zusammen sein, der raucht. Ich finde das ekelhaft. Es stinkt widerlich, es ist teuer, und es ist zudem krebserregend. Das ist meine Bedingung, neben meinem Anteil von zweitausend Euro, versteht sich.“

Till hob eine Augenbraue. „Das ist nicht dein Ernst.“

„O doch, mein Herr. Genieß diese Kippe, denn es ist die letzte für dich.“

„Nie im Leben.“

Luisa marschierte davon. „Na schön. Dann eben nicht. Viel Spaß in Timmendorf.“

„Fuck.“ Till fuhr sich durch die Haare, trat die Zigarette aus und folgte ihr. „Jetzt warte doch mal. Können wir nicht darüber reden?“

„Nicht in dem Punkt. Ich mach' mich doch nicht lächerlich. Du hörst auf zu rauchen, dann kommen wir ins Geschäft."

„Du bist eine Erpresserin."

„Und du ein Idiot."

„Super. Ich freue mich auf das Wochenende mit dir."

„Du wirst also Nichtraucher?"

Till schloss die Augen und seufzte leise. Dann öffnete er seine Lider und schaute Luisa an. „Ja, sieht so aus. Aber du wirst das hier mit mir durchstehen, alleine schaff' ich das nicht."

„Was meinst du?"

„Du wirst mein Schatten. Wenn du nicht arbeitest, erträgst du meinen Entzug."

„Ist das nicht ein bisschen übertrieben?"

„Auf keinen Fall."

„Mein Gott, worauf hab' ich mich eingelassen." Sie kratzte sich am Kopf und sah zu Boden.

„Du wolltest es so." Till musste grinsen. Ihm war noch nicht vollständig klar, worauf *er* sich eingelassen hatte, aber was sicher war, es würde nicht leicht werden. Rauchen gehörte zu ihm wie Gras auf die Weide.

Luisa verzog das Gesicht, dann grinste auch sie. „Super. Dann lass uns das Geld holen. Wenn du am Tag ein Päckchen rauchst, hast du die zweitausend Euro in weniger als einem Jahr wieder drin."

„Ich kann dir nicht folgen."

„Teil' mal zweitausend Euro durch sechs pro Päckchen. Wenn ich richtig gerechnet habe, sind das dreihundertdreiunddreißig und ein paar zerquetschte. Ab heute sparst du also jeden Tag sechs Euro, weil du nicht mehr rauchst. Verstehst du?"

„So denkt nur ein Nichtraucher. Komm mir jetzt nicht damit, dass ich das in ein Sparschwein stecken soll."

„Gut, dann sag ich das nicht. Brauch' ich ja auch nicht, weil ich es dir eben ja schon vorgerechnet habe."

Till zog eine Zigarette aus dem blauen Gauloises-Päckchen, aber Luisa schnappte sie ihm direkt aus den Fingern und zerbrach sie vor seinen Augen.

„Spinnst du?"

„Du hast eben aufgehört, schon vergessen?"

„Nur eine Letzte?"

„Es ist immer die letzte Zigarette. Nein. Her mit der Packung!"

Till schnappte nach Luft. Lady Coconut meinte es ernst.

Sie streckte ihm ihre Hand hin. „Na los, wird's bald?"

„Scheiße, du verarschst mich nicht, oder?"

„Nope." Luisa tippte mit ihren Stiefeln auf den Bürgersteig.

Till blies die Backen auf und reichte ihr widerwillig seine geliebten Gauloises.

Zufrieden steckte Luise sie in ihre Anoraktasche und zog ein Bounty aus der anderen. „Möchtest du?" Sie wartete nicht auf seine Antwort, sondern riss das Papier auf und biss herzhaft in den ersten von zwei Schokoriegeln.

„Na los, gib schon her. Wenn ich jetzt fett werde, bist du schuld", knurrte er und zog den zweiten Riegel aus der Packung.

Luisa kicherte. „Du glaubst nicht, wie egal es mir ist, ob du fett wirst."

Er warf ihr einen leidenden Blick zu. Sie sah niedlich aus, wenn sie so gelöst war wie in diesem Moment. Er hingegen hatte jetzt schon ein riesiges Bedürfnis zu rauchen. Wie sollte er das durchhalten?

Mist, dachte er. Aber er musste es durchziehen. Bis nach dem Wochenende in Timmendorf würde er es irgendwie schaffen, danach konnte er ja wieder anfangen. Hundertfünfzigtausend Euro waren ein verdammt guter Grund, um für knapp zwei Wochen Nichtraucher zu sein.

Aber eins nach dem anderen. Jetzt würde er erst mal Geld für sie abheben – zum Glück hatte er einen Dispo – und dann konnte er sich um Nikotinpflaster kümmern. Kaum zu fassen, dass er sich von ihr dazu hatte breitschlagen lassen. Diese Person überraschte ihn immer wieder.

Luisa pfiff zufrieden „Last Christmas“ vor sich hin, nachdem sie ihren Teil des Bountys verspeist hatte. Till war froh, dass er ihr mit dem Geld helfen konnte. Die ganze Zeit hatte er ein schlechtes Gewissen gehabt, dass er nur ihren Wagen reparieren sollte, während er von seiner Oma eine Riesensumme abstauben würde. Zweitausend Euro waren im Vergleich zu seinem Geschenk zwar nicht viel, aber dennoch bedeutend mehr, als sie ohne ihn gehabt hätte. Deshalb redete er sich ein, dass es ein fairer Deal wäre.

Der Rest der Woche war schneller vergangen, als Luisa lieb gewesen war. Aber so flog die Vorweihnachtszeit meist dahin, weil es jobtechnisch für sie Hochsaison war. Die Proben der einzelnen Teilnehmer beanspruchten so kurz vor einem Event immer viel mehr Zeit und Aufwand als während des gesamten übrigen Jahres. Aktuell saß sie mit Johanna aus der Reinigung, Anne und Per im „Mondmann“ und schlürfte an ihrem Lieblingsgetränk.

„Dass dir das Zeug nicht mal aus den Ohren rauskommt“, kicherte Anne und rümpfte die Nase.

„Niemals“, versicherte Luisa und griff sich eine Erdnuss aus einem Schälchen vor ihr.

Nun war es an Per, das Gesicht zu verziehen. „Du weißt schon, dass statistisch gesehen Erdnüsse in Kneipen mehr Fäkalbakterien aufweisen als deine Klobrille zu Hause?“

Luisa biss auf die Nuss. „Ach, du wieder. Das ist doch gelogen.“ Sie unterdrückte ein Gähnen.

„Sind wir so langweilig?“, mischte sich nun auch Johanna ein.

„Nein, wirklich nicht. Nach der Woche bin ich nur einfach total erledigt.“

Anne hob eine Augenbraue. „Ist da was im Busch? Was gibt es Neues von der Mechanikerfront?“

Luisa seufzte. „Mechanikerfront.“ Sie winkte ab. „Da gibt es gar nichts. Ich bin auch nicht in der Werkstatt gewesen, weil ich überhaupt keine Zeit hatte. Die letzten Tage waren die Hölle.“

„Ach, was hab’ ich Mitleid.“ Per lachte.

„Wir sprechen uns an Heiligabend noch mal, wenn all deine Kundinnen auf der Matte stehen und eben noch mal schnell die Haare gemacht haben wollen.“

„Ja, schon gut. Hast du deine Tage, oder was?“

Luisa warf Per einen vernichtenden Blick zu. „Davon hast du nun wirklich keine Ahnung.“

„Huch, da ist heute aber jemand empfindlich.“

„Also was ist“, bohrte Anne weiter. „Wie geht’s weiter?“

Luisa überlegte, ob sie ihre Freunde einweihen sollte. Bisher hatte sie es vermieden, sich mit Anne zu treffen, auch weil sie beschäftigt gewesen war, aber hauptsächlich, weil sie keine blöden Sprüche hören wollte. Seltsamerweise hatte sich auch Till, nachdem er ihr das Geld gegeben hatte, nicht mehr bei ihr gemeldet. Und dabei hatte er ihr doch etwas von wegen, „sie müsse sein Schatten werden“, erzählt. Vermutlich hatte es mit seinem Nichtrauchertum ungefähr so lange gehalten wie mit ihrem Vorsatz, abnehmen zu wollen. Bei der nächsten Mahlzeit warf sie derartige Gedanken immer gleich wieder über Bord. Vor allem zu dieser Jahreszeit, wo es gefühlt an jeder Ecke Punsch, Lebkuchen und andere Weihnachtsleckereien gab, die sie neben ihrer Kokosliebe leider auch ganz gerne mochte. Egal, sie hatte ohnehin nicht vor, sich bei „Germanys Next Topmodel“ zu bewerben. Aber mit dem Rauchen aufzuhören, war mit einer Diät auch nicht vergleichbar. Sicher saß Till gerade irgendwo und paffte gemütlich blauen Dunst in die

Luft. Gut, das wäre dann sein Problem, aber dann würde sie nicht mit ihm zu seinen Leuten fahren. Eigentlich hatte sie gedacht, er hätte kapiert, dass sie es ernst meinte.

„Ich muss ein Wochenende mit ihm zu seiner Familie verreisen“, gab Luisa wenig begeistert von sich. Sie sparte sich die Zusatzinformationen, dass aus dem Trip nichts wurde, wenn Till sich nicht an die Auflagen hielt. Es klang in ihrem Kopf ein bisschen witzig und sie unterdrückte ein Grinsen.

Anne und Johanna formten ein lautloses „Oh“. Per schrie leise auf.

„Ich hör die Vögelchen schon zwitschern“, frohlockte ihr schwuler Freund und saugte mit gespitzten Lippen am Strohhalm seines Caipis.

Anne nahm ihre Hand. „Wie, du fährst mit ihm weg? Habt ihr was miteinander?“

Luisa lachte auf. „Hast du sie noch alle? Nein, er hat mir vorgestern mitgeteilt, dass seine Oma Geburtstag hat und ich unbedingt mitkommen muss. Sonst klappt es nicht.“

Sie spürte drei Augenpaare auf sich, die sie förmlich durchbohrten. Also fuhr sie fort. „Und er hat mir einen kleinen Bonus angeboten, mit dem ich meine Mietschulden begleichen konnte.“

„Ach. Sag an.“ Anne schnalzte mit der Zunge und wackelte anzüglich mit den Augenbrauen. „Und jetzt? Seid ihr so was wie Freunde mit gewissen Vorzügen?“

Luisa vollführte eine Wischbewegung vor ihrem Gesicht. „Mein Gott, du solltest nicht so viele Schnulzen anschauen. Es ist ja fürchterlich, was du dir in deinem Hirn zusammenspinnst.“

Johanna kicherte. „Ich finde es romantisch. Und, sieht er gut aus?“

Luisa spürte, dass sie rot wurde. „Es geht.“

Anne und Per kringelten sich beinahe vor Lachen.

„Na schön. Ja, er sieht super aus. Na und? Das tut doch gar nichts zur Sache."

„Luisa, Süße. Versprich mir nur, dass du dich nicht verliebst." Anne schaute sie eindringlich an.

„Keine Sorge", Luisa wich ihrem Blick aus. „Da besteht keine Gefahr. Ich mach es nur wegen des Geldes."

„Mein Gott, wie sich das anhört. Irgendwie verrucht und dreckig." Pers Augen leuchteten.

Luisa schüttelte den Kopf. „So ist es ganz sicher nicht. Ich geh' mit ihm auf den neunzigsten Geburtstag seiner Oma, und damit hat sich die Sache. Er repariert meinen Käfer, und ich bin raus aus den Schulden."

„Das sind eins a Argumente", meinte Johanna.

„Sag ich doch." Luisa schaute auf ihre Uhr. Sie war echt am Ende und die Diskutiererei mit ihren Freunden machte es nicht besser. „Ich werde dann langsam aufbrechen, es ist schon gleich elf."

„Shit, Süße. Wie alt bist du? Fünfundvierzig? Die Nacht ist noch jung." Anne verdrehte die Augen.

„Kann sein, aber ich bin durch. Ehrlich. Ich muss ins Bett. Zu Hause mache ich mir noch eine schöne Wärmflasche und gehe schlafen."

„Schaust du noch bei Till vorbei?", schob ihre blonde Freundin hinterher.

Luisa tippte sich an die Stirn. „Was hab' ich eben gesagt? Wärmflasche ist angesagt! Du hast echt zu viele giftige Dämpfe eingeatmet, meine Liebe. Mein Gott! Gute Nacht, ihr Süßen." Luisa drückte erst Anne, dann Per und Johanna ein Küsschen auf die Wange, schlüpfte in ihren Anorak und bezahlte anschließend am Tresen.

Als sie kurz darauf die kühle Dezemberluft einatmete, verharrte sie einen Augenblick vor der Tür ihrer Stammkneipe und schlenderte dann nach Hause. Viele Fenster waren weihnachtlich dekoriert, überall leuchtete es. Das war definitiv eine schöne Seite am Dezember, die Vorfreude der Menschen auf die Feiertage machte sich abends immer am Meisten bemerkbar.

Luisa bog in ihre Straße ein. Als sie sah, wer vor ihrer Wohnung auf der Stufe zum Hauseingang wartete, traf sie beinahe der Schlag.

„Was machst du denn hier?“ Der Schock saß ihr noch in den Knochen und ihr Herz begann schneller zu klopfen.

„Ich hab’ dich vermisst.“

Ärger wallte in ihr auf. „Weißt du, was ich vermisst habe?“

Manuel hob den Kopf und stand auf. Er überragte sie um Haupteslänge und seine Augen waren so ausdrucksstark wie eh und je. Aber sie würde sich von dem Arschloch nicht noch einmal blenden lassen. Die exorbitante Telefonrechnung war nur der endgültige Auslöser für seinen Rausschmiss gewesen, erinnerte sie sich, bevor sie es womöglich noch vergaß.

„Was denn?“, fragte er und ein süßliches Lächeln erschien um seinen Mund. Vermutlich dachte er, dass er schon gewonnen hätte, wie üblich, und dass sie ihn direkt mit reinnehmen würde. Natürlich hatte der Dummkopf keine Bleibe, denn höchstwahrscheinlich hatte er sich auch in den letzten Wochen keinen Job gesucht. Zum Glück war das nicht mehr ihr Problem.

„Gar nichts. Verschwinde, du und ich, wir sind fertig.“

Manuels Gesichtszüge verfinsterten sich. „Wie bitte?“

„Was willst du überhaupt hier? Hast du mich noch nicht genug ausgenutzt?“

„Die letzten Wochen waren wirklich hart für mich, Luisa. Ich habe so oft an dich gedacht.“

Ja, vermutlich immer, wenn er Hunger hatte oder seine Klamotten gewaschen werden mussten. Nein, dieses Mal würde sie sich nicht von ihm belabern lassen. Gott sei Dank hatte sie ihn erfolgreich aus ihrem Leben verbannt. Auch alle Social-Media-Kontakte und die Handynummer hatte sie ebenfalls gelöscht oder blockiert.

„Zisch ab, ehrlich! Ich will dich nicht mehr sehen."

„Aber das kannst du doch nicht machen."

Luisa verengte ihre Augen zu zwei Schlitzen. „Und ob ich das kann. Schau gleich mal zu."

Sie ließ ihn stehen, steckte ihren Schüssel ins Schloss und öffnete die Tür zum Haus. Manuel schickte sich an, ihr zu folgen, aber sie hielt ihn mit einer Hand zurück. „Vergiss es. Ich meine es so, wie ich es sage. Ich will dich nie wieder sehen, zieh Leine und lass dich nicht mehr blicken, es sei denn, du möchtest mir das Geld für die Telefonrechnung bringen. Aber auch das ändert nichts daran, dass du und ich die längste Zeit ein Paar gewesen sind."

„Du meinst das doch nicht so. Wart's nur ab! In ein paar Tagen bereust du es."

Luisa schnappte nach Luft. Ihr Puls schnellte in die Höhe. „Das ist echt die Höhe!"

Mehr sagte sie nicht, sondern knallte die Tür hinter sich zu und stiefelte nach oben. Wenigstens musste sie jetzt keine Angst mehr haben, dass ihr Vermieter ihr auflauerte. Der hatte nicht schlecht gestaunt, als sie ihm vorgestern die ausstehende Miete persönlich übergeben und eine Quittung eingefordert hatte. Der Kerl wäre nämlich imstande und würde am Ende behaupten, sie hätte nicht gezahlt. Aber nicht mehr mit ihr, dank Manuel hatte sie ihre Lektion gelernt und sie vertraute niemandem mehr, schon gar nicht, wenn es um Geld ging.

Als sie ihre Wohnungstür hinter sich geschlossen hatte, nahm sie sich fest vor, sich in den Weihnachtsferien nach einer neuen Bleibe umzusehen. Auch, wenn ihr Herr Henkel nun nicht mehr auflauerte, so hatte sie von ihm in den letzten Monaten doch genug einstecken müssen. Und obwohl sie Manuel nicht mehr hinterhertrauerte, so verband sie die Wohnung doch irgendwie mit ihm. Außerdem hatte sie keine Lust, dass er immer, wenn er was brauchte, bei ihr auf der Matte stand, und gegen einen neuen Vermieter, der nicht so ein Arschloch war wie Herr Henkel, hatte sie auch nichts. Genug Gründe, sich auf Möbelschleppen und Kistenpacken einzulassen also.

„Nach Weihnachten“, versprach sie sich selbst, als sie sich im Badezimmer Zahnpasta auf die Borsten ihrer Zahnbürste drückte.

Luisa schreckte hoch. Was war das eben gewesen?

Noch einmal ertönte das Bimmeln.

Es klingelte, mitten in der Nacht.

Sie verdrehte die Augen und ließ sich wieder in die Kissen sinken.

Als es zum dritten Mal läutete, verlor sie die Geduld. Das Arschloch von Ex besaß ernsthaft die Frechheit, sie noch weiter zu belagern? Und das zu dieser Stunde?

War sie vorhin nicht deutlich genug gewesen? Sie war versucht, einen Eimer Wasser zu holen und ihn auf den Blödmann nach unten zu kippen. Öl zu erhitzen, würde zu lange dauern, und Teer mit Federn hatte sie auch gerade nicht griffbereit.

Genervt knipste sie das Licht auf ihrem kleinen Nachttisch an und schwang sich aus dem Bett. Mit wenigen Schritten war sie beim Fenster und riss es auf.

„Verpiss dich endlich, du Armleuchter!“

„Luisa?“, hörte sie eine dunkle Stimme von unten.

Moment mal. Das war nicht Manuel.

„Tut mir leid, wenn ich dich geweckt habe.“ Till klang schuldbewusst, aber auch irgendwie anders als sonst.

„Till?“

„Ja, mit wem hast du denn gerechnet?“, lallte er.

Er war besoffen. Was wollte er?

Scheiße. Hitze kroch über ihren Hals nach oben, auch die kühle Dezemberluft konnte das nicht verhindern. Nur gut, dass es dunkel war und Till vermutlich ohnehin zu beschickert, um zu bemerken, dass sie knallrot anlief.

Ihr Fake-Ehemann tauchte an einem Freitagabend bei ihr auf? Warum?

„Was machst du hier, Till?“

„Ich brauch’ deine Hilfe!“

Sie runzelte die Stirn. Was konnte mitten in der Nacht so dringend sein, dass er Sturm klingelte?

„Was ist passiert?“

„Lässt du mich rein oder muss ich warten, bis dein Haar so lang gewachsen ist wie das von Rapunzel?“

Sie musste grinsen. „Bis dahin sind wir beide verhungert. Wenn du den Summer hörst, drück gegen die Haustür.“

„Aye, aye, Madam.“

„Spinner.“ Sie lachte und sah an sich herunter, während sie das Fenster schloss.

Hm. Der Pyjama war nicht unbedingt der Hit. Schnell tauschte sie das pinke Flanelldings gegen eine Jogginghose und einen schwarzen Hoodie und ließ den Pyjama unter ihrer Bettdecke verschwinden.

9

Till war betrunken genug, um sich nicht zu schämen, dass er um Luisas Beistand bat. Mit dem Rauchen aufzuhören, war schwieriger, als er gedacht hatte. Vorher am Abend war er mit seinen Kumpels feiern gewesen, und wie häufig am Wochenende war der Alkohol in Strömen geflossen. Keine gute Voraussetzung also, wenn man gerade unter Entzug litt. Die zwei Tage davor waren schon schlimm gewesen, aber er hatte sein neues Leben als Nichtraucher mehr schlecht als recht und mit der dreifachen Dosis an Nikotinkaugummis irgendwie überstanden, aber ab einem gewissen Alkoholpegel kam das alte Muster durch. Bis jetzt hatte er es ohne Luisa geschafft, aber das war nun vorbei. Sie hatte es ihm eingebrockt, also musste sie ihn wohl oder übel heute Abend unterstützen.

Er hatte es bis vor Kurzem immer besonders genossen, vor einem Club in der kalten Luft zu rauchen, wenn drinnen alles stickig und voll war. Aber er hatte stark bleiben wollen, warum auch immer, also war er gegangen, um nicht doch noch einen Rückfall zu erleiden. Auf dem Nachhauseweg hatte er in einem Kiosk vorbeigeschaut und die Verlockung der Glimmstängel war riesengroß gewesen. Er war trotzdem standhaft geblieben, stattdessen hatte er sich ein Bounty gekauft. Spätestens da hätte ihm klar sein müssen, dass etwas mit ihm nicht stimmte. Den Schokoriegel hatte er angebissen, aber er ersetzte längst nicht das Verlangen nach dem tiefen Inhalieren seiner Gauloises. Es war, als würde man heißen Sex gegen eine lauwarme Dusche eintauschen.

Till hatte gewusst, wenn er jetzt nach Hause gehen würde, würde er in allen Jacken so lange suchen, bis er irgendwo noch ein angebrochenes Päckchen gefunden hatte. Und er war sich sicher, da würde es einige geben. Deshalb war er – auch wenn es spät war – zu Luisa getingelt und hatte sie geweckt. Sie hatte die Scherereien verursacht, also musste sie ihm auch helfen.

Als ihn Luisa jetzt, nachdem er zuvor Sturm geklingelt hatte, an ihrer Wohnungstür begrüßte, grinste er schief.

„Danke“, nuschelte er und umarmte sie kurz.

„Hui, da war jemand feiern“, bemerkte sie und schob ihn ins Wohnzimmer ihrer gemütlichen Zweizimmerwohnung. „Aber ich rieche nur deine Fahne, keinen Rauch. Stimmt das?“

„Gut beobachtet, ja, ich zieh’ das jetzt durch. Zumindest bis nach dem Geburtstag.“ Er schaute sich kurz um, bevor er sich aufs Sofa plumpsen ließ. „Schön hast du es, sehr hübsch.“

Man erkannte die weibliche Hand bei der Einrichtung und vor allem ihre Liebe zur Musik. Anstatt eines Fernsehers besaß Luisa einen altertümlichen Plattenspieler und eine Stereoanlage, die riesengroß und vermutlich schon ziemlich alt war. Das Doppel-Kassettendeck hatte mittlerweile wahrscheinlich Museumswert. Daneben stapelten sich CDs und Schallplatten.

„Noch nie was von Spotify gehört?“, witzelte er.

Luisa verschränkte die Arme vor ihrer Brust. „Als ich angefangen habe, mich für Musik zu interessieren, gab es das noch nicht, nein. Bist du zum Stänkern gekommen? Woher kennst du eigentlich Spotify, wenn du keine Musik magst?“

Er verzog das Gesicht. „Nein, natürlich bin ich nicht zum Stänkern gekommen. Und nur weil ich sie nicht nutze, weiß ich doch was von Streaming-Diensten, ich lebe ja nicht hinterm Mond.“

„Wie auch immer. Du meintest, du brauchst meine Hilfe?“

„Unbedingt. Ich halte es nicht mehr aus.“

„Wie bitte?“ Sie blickte ihn verständnislos an.

„Ich will eine rauchen.“

„Und deswegen bist du hier? Warte mal, es ist drei Uhr morgens!“ Sie schaute vorwurfsvoll auf die Uhr und dann wieder zu ihm.

„Ja, es tut mir ja auch leid, aber manchmal reichen diese scheiß Nikotin-Kaugummis einfach nicht.“

„Und was soll ich jetzt machen?“

„Wenn ich nach Hause gehe, stecke ich mir sofort eine Kippe an. Da gibt es etliche angefangene Packungen.“

„Warum hast du die denn nicht gleich entsorgt?“

„Weil ich gedacht habe, dass ich stark genug bin“, gab er kleinlaut zu und schaute sie vorsichtig an. Ein mildes Lächeln spielte um ihre vollen Lippen.

„Ihr harten Kerle.“ Sie kicherte. „Und nu’?“

„Kann ich … hier übernachten?“ Er knetete seine Hände, diese beschissene Nervosität ärgerte ihn beinahe am meisten, seit er auf Entzug war.

Sie machte große Augen. „Das Sofa ist nicht wirklich komfortabel.“

„Bitte, Luisa. Ich mache das hier für dich“, wandte er ein.

Sie lachte kurz auf. „In erster Linie machst du es für die Kohle, mein Freund.“

Er presste die Lippen aufeinander. Natürlich hatte sie recht, aber er war zu alkoholisiert, um ernsthaft mit ihr diskutieren zu können. Ihm fielen keine überzeugenden Argumente ein, warum sie ihn beherbergen sollte, aber nach Hause gehen wollte er auch nicht. „Kann ich ein Bier haben?“, wechselte er daher das Thema, außerdem hatte er Durst.

„Mein Gott. Als Nächstes willst du, dass ich dir was zu essen mache.“ Sie stöhnte.

„Hast du denn was da?“

Luisas Augen schickten Blitze an ihn.

„Ja, schon gut“, beeilte er sich daher zu sagen. „Ich will ja eigentlich auch gar nichts. Also, kann ich bleiben?“

Sie seufzte. „Scheiße, ich bin einfach zu weich“, murmelte sie und verschwand.

Als sie wieder ins Wohnzimmer kam, trug sie zwei Bierflaschen in den Händen. „Hier.“ Sie reichte ihm eine davon.

„Danke, Luisa. Du bist wirklich nett.“

Ein Schatten huschte über ihr Gesicht. „Ja, ich bin ein echter Kumpeltyp.“

Till klopfte auf dem Platz neben sich. „Komm her, Lady Coconut.“

„Wieso nennst du mich eigentlich immer so?“

„Süß, oder? Das ist doch wohl offensichtlich.“ Er konnte nicht verhindern, dass er vermutlich über beide Wangen grinste. Luisas Gesichtsausdruck war aber auch einfach unbezahlbar. Ihre Stirn war gerunzelt und ihre Nase leicht gekräuselt, während sie ihn unsicher anschaute. In dem schummrigen Licht konnte er ihre Sommersprossen nicht entdecken, aber er wusste, dass sie da waren.

„Na, ich weiß nicht.“ Sie schlug ihre Flasche zaghaft gegen seine. „Prost.“

Mit Luisa war es unkompliziert, er mochte sie. Eine seltsame Neuerung in seinem Leben.

„Weißt du, ich war noch nie mit einer Frau befreundet“, fing er an und nahm einen Schluck. „Ich finde diese neue Erfahrung irgendwie ganz … großartig.“

Er hatte keine Ahnung, warum er auf einmal so redselig war. Vielleicht machte das ein Zigarettenentzug mit einem, sonst war es jedenfalls nicht seine Art, stundenlang zu quatschen. Schon gar nicht mit einer Frau. Seine Kommunikation mit den weiblichen Wesen beschränkte sich üblicherweise auf den Dialog zwischen zwei Körpern.

„Du bist nur mit Männern befreundet? Warum wundert mich das nicht“, hörte er sie neben sich sagen. Ihr Tonfall klang einerseits amüsiert, andererseits spürte er einen tadelnden Unterton darin. Aber ja, er konnte es nicht leugnen. Sein

Freundeskreis setzte sich beinahe ausnahmslos aus männlichen Singles zusammen. Das hatte definitiv was damit zu tun, dass man als Familienvater andere Interessen hegte, als es zu Till und seinen Kumpels passte.

„Ja, hat sich irgendwie so ergeben. Meistens mögen mich Frauen nach kurzer Zeit nicht mehr."

„Ob es daran liegen kann, dass du sie flachlegst und dann einfach verschwindest?"

„Hm. Wenn du es so sagst, klingt es irgendwie gemein. Ich hab' noch nie einer Frau die ewige Treue versprochen. Jedenfalls nicht in letzter Zeit."

Till biss sich beinahe auf die Zunge, er sollte nicht so viel labern. Am Ende verplapperte er sich noch, und auf unangenehme Fragen zu seiner Vergangenheit hatte er in seinem jetzigen Zustand überhaupt keine Lust. Luisa schien jedoch nicht darauf einzugehen. Er atmete erleichtert aus.

Für einen Moment herrschte Schweigen. „Und was machen wir jetzt?", fragte sie in die Stille und fummelte am Etikett ihrer Bierflasche herum.

„Ich weiß nicht. Kannst du mir nicht was erzählen?"

„Ich? Was denn? Mein Leben ist stinklangweilig."

„Mach irgendwas, dass ich nicht dauernd an diese blöden Kippen denken muss."

„So schlimm?"

„Schlimmer." Er wandte ihr den Kopf zu und sein Blick traf auf ihre rehbraunen Augen. „Wenn das Licht so schummrig ist, sind deine Augen fast schwarz, weißt du das?"

Luisa atmete hörbar ein, dann sah sie weg. „Ach, Till", seufzte sie und rutschte etwas tiefer ins Sofa.

„Bist du müde?"

„Nein, natürlich nicht. Was denkst du denn? Es ist drei Uhr morgens. Natürlich bin ich müde!"

Till lachte dunkel. „Ich mag deine gnadenlose Ehrlichkeit."

„Bitte, die kannst du gerne haben."

„Danke.“

„Wofür?“

„Für alles. Du hättest das mit diesem Hochzeitsdings nicht machen müssen, und jetzt …, ich weiß, dass es ganz schön frech ist, mitten in der Nacht jemanden wach zu klingeln.“

„Bedank dich mal nicht zu früh, das Familientreffen kommt ja noch.“

„Du machst dir deswegen Sorgen?“

Till schaute wieder zu ihr. Seine Oberschenkel schmiegten sich an ihre und Luisas Körperwärme übertrug sich auf ihn. Es fühlte sich gar nicht mal so übel an.

Halt! Sie waren nur Freunde – wenn überhaupt. Nur weil er betrunken war, würde er sie nicht angraben. Sie war nicht mal sein Typ, rief er sich zur Sicherheit in Erinnerung. Das sah sein kleiner Freund aber ganz anders, der aktuell in seiner Shorts zum Leben erwachte.

Völlig unangebracht in diesem Augenblick, wie Till trotz Rausch feststellte.

„Natürlich mache ich mir Sorgen, Till. Ich bin mir sicher, dass deine Familie dein übliches Beuteschema kennt. Wie passe ich denn da rein? Ich wirke, verglichen mit den Frauen, auf die du normalerweise stehst, wohl eher wie eine fettärschige Ente unter wunderhübschen Schwänen.“

Till wollte nicht, dass sie so über sich redete. Bislang hatte er nie ein ganz normales Mädchen mitgebracht, na ja, nicht seit Esther. Das konnte Luisa aber nicht wissen, und das würde sie auch nicht erfahren, wenn es sich verhindern ließ. Trotzdem, Esther war ein ganz anderer Typ Frau gewesen, empfindlich und zart. Luisa war mit ihrer Direktheit und ihrer Bodenständigkeit beileibe nicht so, sie stand mitten im Leben, während Esther immer irgendwie … wie nicht von dieser Welt gewirkt hatte. Eine sensible Träumerin. Schnell schüttelte er die Erinnerungen ab.

Dennoch war es nicht zu leugnen, dass Till anfing, Parallelen zu ziehen, wo keine waren. Es war absurd. Vermutlich war er einfach zu betrunken und sein Geist durch den Entzug zusätzlich verwirrt. Ja, das musste es sein.

Warum auch immer, er stellte seine Bierflasche beiseite und nahm ihre Hand in seine.

„Erzähl nicht so einen Müll, Luisa." Er lehnte sich zurück und schloss einen Moment die Augen.

Es fühlte sich gut an, sie neben sich zu spüren und über ihre Haut zu streichen. Er war froh, dass er hergekommen war, und nahm sich vor, sich bei Gelegenheit bei ihr zu revanchieren. Er konnte ihren Käfer auf Lebenszeit kostenlos für sie reparieren, das wäre ein guter Deal, dafür dass sie es ihm und Olli ermöglichte, ihren Traum mit dem Laden zu verwirklichen.

Sein Daumen fuhr über Luisas Handrücken, sie sagte nichts und er hielt die Lider geschlossen. Allmählich entspannte er sich und spürte, dass er langsam, aber sicher wegdämmerte. Trotzdem ließ er sie nicht los, er wollte, dass sie bei ihm blieb.

Das Nächste, was er mitbekam, war, dass er fror und Kopfschmerzen hatte.

Und sein Magen zuckte auch nervös. Ihm war übel.

Das lag sicher nicht nur an den Entzugserscheinungen, sondern vermutlich sogar zum großen Teil an den Jägermeister-Shots, die er mit seinen Kumpels gekippt hatte, bevor er bei Luisa aufgeschlagen war.

Ups.

Mit einem Schlag war er hellwach.

Er richtete sich im Sofa auf und sah sich um. Luisa war nirgends zu entdecken, draußen war es hell. Er musste also schon eine ganze Weile hier liegen.

Till verzog das Gesicht und rieb sich den steifen Nacken. Scheiße, er wurde echt zu alt, um am Freitagabend irgendwo auf dem Sofa einzupennen.

Er streckte sich ausgiebig, bevor er aufstand und vorsichtig durchs Zimmer tapste. Er brauchte dringend eine Kopfschmerztablette und eine Zahnbürste. Till wusste nicht, was schlimmer war, sein eigener Atem oder der dumpfe Schmerz in seinen Schläfen.

Die erste Tür führte zu Luisas Schlafzimmer und war nicht geschlossen, sondern nur angelehnt. Vorsichtig schob er sie einen Spalt auf und lugte hinein. Sie hatte sich unter der Decke zusammengerollt und atmete tief und ruhig. Man konnte es nicht als Schnarchen bezeichnen, aber ganz lautlos träumte sie auch nicht. Till musste schmunzeln und setzte seinen Weg auf der Suche nach dem Badezimmer fort.

Ah, da war es. Gott sei Dank. Leise schloss er die Tür hinter sich und entschied sich dafür, erst einmal zu pinkeln. Dabei sah er sich im Bad um. Neben der Toilette, auf dem Badewannenrand, reihten sich Luisas Kosmetikprodukte auf. Warum überraschte es ihn nicht, dass in jeder verdammten Packung Kokos in irgendeiner Form verarbeitet worden war? Shampoo mit Kokoswasser, Conditioner mit Kokosmilch, Kokosöl – wofür auch immer sie das benutzte –, Seife mit Kokosaroma. Er schüttelte den Kopf und konzentrierte sich wieder auf sich selbst.

Nachdem er sein Geschäft erledigt hatte, wusch er sich die Hände und spülte sich den Mund aus. Er war nicht so dreist, dass er sich an ihrer Zahnbürste vergehen würde. Er war jedoch dreist genug, um sich in ihren Schränken nach Aspirin und einer frischen Zahnbürste umzusehen. Vorsichtig ging er in die Hocke und forschte im Waschbeckenunterschrank.

„Sag mal, hast du sie noch alle?" Luisa stand in der Tür und verschränkte die Arme vor ihrer Brust.

Shit. Er hätte abschließen sollen. Das sagte er aber lieber nicht laut, sie würde ihn sonst womöglich gleich hochkant rausschmeißen.

„Äh. Guten Morgen? Hast du irgendwo eine Kopfschmerztablette?“

„Bedienst du dich immer selbst, wenn du irgendwo zu Gast bist?“

Er richtete sich auf. „Tut mir leid, ich wollte dich nicht aufwecken. Ich hab’ nicht geschnüffelt, ehrlich.“

Luisa presste kurz die Lippen aufeinander. „Ja, schon gut.“

„Hast du vielleicht auch eine Zahnbürste für mich?“ Er grinste schief.

Sie verdrehte die Augen. „Sicher. Sonst noch was, der Herr? Mit Frotteepuschen und Bademantel kann ich nicht dienen, da hättest du im Hilton einchecken müssen.“

Till zerzauste sich die Haare. Okay, noch etwas gelernt. Vor dem ersten Kaffee sollte man sich nicht mit Luisa unterhalten, schon gar nicht, wenn man sie nachts zuvor aus dem Schlaf geholt hatte.

„Ich bin dir sehr dankbar, Lady Coconut. Weißt du das?“ Er trat einen Schritt auf sie zu und legte seine Hände auf ihre Schultern. Ihre Blicke trafen sich und einen Moment wurde es ganz still zwischen ihnen, bis Luisa sich abwandte und murrend verschwand.

Was hatte er nun wieder falsch gemacht? Till verstand diese Frau einfach nicht.

Luisas Herzschlag beruhigte sich nur langsam, als sie in der Küche eine Alka-Seltzer für Till auflöste. Warum war der Kerl auch mit einem Kater noch so verflucht anziehend? Till musste wissen, was für eine Wirkung er auf sie hatte. Er würde jetzt für ein paar Tage ganz nett zu ihr sein, und sobald er das Geld von seiner Oma hatte, wäre sie vergessen. Luisa wusste es, trotzdem konnte sie nicht leugnen, dass sie seine Aufmerksamkeit genoss, egal, aus welchem Grund er hier war. Und das war ein Fehler, ein großer Fehler. Sie musste unbedingt Abstand zu ihm und seinen intensiven blauen Augen halten.

Du bist ein dummes Schaf, Luisa, schimpfte sie sich innerlich, aber ändern konnte sie ihre emotionale Schieflage damit trotzdem nicht.

„Ich dachte schon, du wärst sauer auf mich."

Luisa zuckte zusammen, als sie Tills dunkle Stimme hinter sich vernahm. Sie griff das Glas mit der aufgelösten Tablette, drehte sich um und drückte es ihm in die Hand.

„Bitte schön, der Herr. Sonst noch was?", fragte sie ironisch, hatte dabei aber ein Schmunzeln im Gesicht. Er sah süß aus mit den noch verwuschelteren Haaren und dem schuldbewussten, verkaterten Ausdruck. Der Bartschatten war über Nacht noch dunkler geworden und verlieh seinem Äußeren einen verwegenen Anstrich.

„Ich bin stolz auf dich", fügte sie aus einem Impuls heraus noch hinzu.

Ja, das war sie wirklich. Till überraschte sie damit, dass er das mit den Zigaretten tatsächlich durchzog, obwohl sie kein Recht darauf hatte, über ihn zu bestimmen. Eigentlich hatte sie ihn nur ein wenig provozieren wollen, umso erstaunter war sie gewesen, dass er sich auf ihre Bedingung eingelassen hatte. Nein, es stimmte nicht. Sie hatte es genauso gemeint. Es war ein Test. Wenn er für seinen Traum nicht mal mit dem Rauchen aufhören konnte, dann konnte es nicht so weit her sein damit. Von Kerlen, die nur heiße Luft ausstießen, hatte sie nun wirklich genug.

Natürlich würde sie Till beim Rauchentwöhnen unterstützen, und wenn es nur für ein paar Tage war. So war sie nun mal, und sie konnte ihre angeborene Hilfsbereitschaft nicht so leicht abstellen, schon gar nicht, wenn der Hilfesuchende so süß war wie Till.

Leider.

Seine Augen leuchteten auf. „Ehrlich? Du bist stolz auf mich?"

„Ja, und jetzt trink. Ich suche in der Zwischenzeit nach einer Zahnbürste für dich“, gab sie etwas zu schroff zurück.

Er nahm einen tiefen Zug. „Bäh, das Zeug ist ja eklig.“

„Jammer noch rum, Freundchen.“

„Mach’ ich ja gar nicht. Pass auf, Luisa, wenn du länger so nett zu mir bist, niste ich mich vielleicht bei dir ein.“

Sie hielt mitten in der Bewegung inne. Von der Sorte Mann hatte sie wahrlich genug. Nein, an Manuel würde sie jetzt nicht denken, dem hatte sie gestern deutlich klargemacht, dass er sich wirklich nie mehr bei ihr blicken lassen musste.

„Es war ein Scherz, Lady Coconut. Ich werde wahrscheinlich niemals mit einer Frau zusammenwohnen, also bleib locker. Keine Gefahr.“

Sie musste schlucken. Natürlich bestand keine Gefahr, dass Till sich bei ihr häuslich einrichtete. Wie lächerlich alleine der Gedanke daran schon war. Am liebsten würde sie sich mit der flachen Hand gegen die Stirn hauen, sie unterdrückte den Impuls jedoch und suchte stattdessen im Bad nach einer Zahnbürste für ihn, um ein wenig Abstand zu gewinnen.

Wo sie gerade schon hier war, konnte sie auch gleich duschen und sich anziehen. Till konnte auch noch fünf Minuten länger auf das Ding warten. Bevor die Schmerztablette wirkte, würde er sich wahrscheinlich sowieso nicht um seine Körperhygiene kümmern wollen.

Leider hatte sie gar keine neuverpackte Zahnbürste, stellte sie kurz darauf fest, also würde das ausfallen. Er hatte es ja nicht weit bis nach Hause und würde nicht gleich sterben, wenn es mit dem Zähneputzen hier nicht klappte.

Als sie wieder in die Küche kam, hatte er den Tisch bereits gedeckt und Frühstück vorbereitet. In ihrer Kaffeemaschine wartete heißer Kaffee.

„Huch, was ist denn hier passiert?“, stieß sie überrascht hervor und setzte sich an den kleinen Tisch in ihrer Mini-Küche.

Tills Mundwinkel bogen sich nach oben. „Das ist das Mindeste, was ich tun konnte. Tisch decken und Kaffee kochen. Zu mehr bin ich heute nicht fähig.“

„Immerhin …“

Es fühlte sich komisch an, mit ihm zu frühstücken, aber Till war lässig, und so entspannte sie sich nach und nach. Trotzdem musste sie dauernd an die letzte Nacht zurückdenken, wie er ihre Hand gehalten und sie mit seinem Daumen gestreichelt hatte. Er hatte es bestimmt längst vergessen, aber sie konnte es leider nicht so einfach aus ihren Erinnerungen verbannen, dafür hatte es sich zu gut angefühlt. Sie atmete hörbar aus und gab sich einen Ruck.

„So, und was jetzt? Soll ich dich nach Hause bringen und deine Wohnung filzen?“, scherzte sie.

„Gar keine schlechte Idee. Würdest du das machen?“

Luisa verdrehte die Augen. „Ehrlich? Kannst du das nicht alleine?“

„Die Gefahr … nein, ich brauche dich. Dann könntest du mir auch gleich noch ein bisschen was über dich erzählen, du weißt schon, wegen nächster Woche.“

Wenn sie es nicht besser wüsste, würde sie glauben, dass er versuchte den Tag mit ihr zu verbringen.

„Du versuchst hier nicht gerade ernsthaft Zeit rauszuschinden, damit du nicht alleine sein musst?“

Er grinste schuldbewusst, seine Augen funkelten amüsiert. „Äh, würde ich nie machen. Kommst du mit?“

„Na gut, aber ich kann echt nicht das ganze Wochenende mit dir abhängen.“

„Wie schade.“ Er tat so, als ob er traurig wäre, und zwinkerte.

Warum sie das eben gesagt hatte, wusste sie auch nicht, aber es war klar, dass sie keinesfalls mehr Zeit als nötig mit Till verbringen würde. Das führte zu nichts. Für ihn war es vielleicht ganz nett, dass sie ihm die Zeit vertrieb, aber für Luisa würde es zur Qual werden, vor allem wenn er sie so anschaute wie jetzt. Sie hoffte, er würde nicht herausfinden, dass sie für das Wochenende rein gar nichts geplant hatte. Anne hatte eine Familienfeier und Per ein Date. Es wäre ihr nicht nur peinlich, es wäre ihr saupeinlich. Auf ihn warteten sicher verschiedene Partys, zu denen er gehen konnte, und die Frauen standen wahrscheinlich auch Schlange …

„Ich helfe dir beim Ausmisten, danach hab' ich zu tun“, teilte sie ihm trotzdem mit fester Stimme mit.

„Na gut.“

„Was hat deine Oma eigentlich zu den Bildern gesagt? Und deine Familie?“

Till verzog seinen Mund. „Meine Oma hat sich sehr gefreut, wir haben nicht so ein enges Verhältnis, musst du wissen. Sie ist ein ziemlicher Drachen. Meine Mutter war komischerweise total begeistert.“

Luisa vergrub ihr Gesicht zwischen ihren Händen. „O mein Gott. Worauf hab' ich mich da nur eingelassen!“

Sie war überrascht, als sie Tills Hand spürte, die ihre wegzog. Er legte ihre Finger in seine. „Hey, so schlimm wird es nicht. Versprochen.“

Sie musste schlucken und nahm ihre Hand aus seiner. „Von mir aus“, krächzte sie. „Können wir dann los?“

10

„Sind das jetzt alle möglichen Verstecke?“, wollte Luisa wissen, nachdem sie Tills Kleiderschrank und alle Schubladen durchsucht und von Zigarettenpäckchen befreit hatten.

Er nahm eine der Packungen und roch genüsslich daran. „Soll ich nicht doch …, nur noch eine Letzte?“

Luisa schnappte sie ihm aus der Hand. „Nichts da. Das ist Gift. Du willst doch nicht elendig an Lungenkrebs verrecken?“

Sie stand vor ihm und schaute zu ihm auf. Ein großer Fehler, denn in seinen ozeanblauen Augen lag ein sehr merkwürdiger, beinahe melancholischer Ausdruck. Er schluckte, dann ging ein Ruck durch seinen Körper und er lächelte wieder. Beinahe glaubte sie, dass sie sich getäuscht hatte, aber etwas blieb zwischen ihnen zurück.

„Dann wirf es weg“, knurrte er, drehte sich um und schob die Schublade der Kommode zu. „Das war’s. Mehr *Verstecke* habe ich nicht. Zufrieden?“

Luisa fand, nach der seltsamen Situation eben wäre es nicht angebracht, weitere Scherze über das Rauchen zu machen. Vielleicht hatte er jemanden aus seiner Familie verloren, und er hatte sich daran erinnert. Das zeigte erneut, wie wenig sie eigentlich über ihn wusste.

„Till?“

„Hm?“, machte er und fuhr sich durch die Haare, bevor er sich zu ihr umdrehte. „Was ist?“

„Ach, nichts.“

„Komm schon, spuck es aus.“

„Na gut. Also, wegen nächster Woche. Ich kenne dich überhaupt nicht. Ich kann mir nicht vorstellen, dass deine Familie das mit uns glauben wird. Das ist doch so was von albern und hirnrissig. Alleine, dass deine Oma dir so ein Ultimatum stellt, ist verrückt."

„Tja, da siehst du mal, aus was für durchgeknallten Verhältnissen ich stamme." Er lachte humorlos. „Nein, im Ernst. Das wird schon."

„Du hast eine Schwester, richtig?"

„Ja, sie heißt Clarissa und ist mit einem Arzt verheiratet. Ulf."

„Wie willst du erklären, dass sie genau wie wir in Berlin leben und sie mich nicht kennen?"

„Clarissa wird die Klappe halten, sie gönnt mir nämlich das Geld. Mach dir deswegen mal keine Sorgen."

„Na schön. Was ist mit deinen Eltern? Warum haben wir heimlich geheiratet?"

„Meine Eltern waren von Mai bis Ende November auf einer Weltreise, die sind jetzt nämlich seit einem Jahr Rentner, und wir haben aus Rücksicht auf ihre Abwesenheit heimlich geheiratet. Aus Gründen der Fairness."

„Hm, ich weiß nicht. Warum haben wir nicht einfach gewartet? Würdest du tatsächlich, wenn du heiraten wolltest, auf deine Familie verzichten?"

Till zuckte mit den Schultern. „Keine Ahnung, ich hatte noch nie das Bedürfnis. Und in der Tat, wenn ich wirklich etwas will, dann würde ich bestimmt nicht warten, nur weil irgendjemand gerade keine Zeit hat."

„Aber ich, ich würde meine Familie dabeihaben wollen. Da hätten wir uns ziemlich gestritten."

Till seufzte und verdrehte die Augen. „Weißt du, Luisa, ich kann sehr überzeugend sein, wenn ich will."

Ihr Magen zog sich nervös zusammen, als er sie auf einmal sehr eindringlich anschaute. Sein Blick durchbohrte sie förmlich. Luisa musste schlucken, aber sie schaffte es nicht, sich abzuwenden.

„Glaub mir, Lady Coconut, ich hätte dich überredet.“ Ihr Herz hämmerte gegen ihre Rippen, als sie sich vorstellte, mit welchen Argumenten er versucht hätte, sie rumzukriegen.

Sie befeuchtete ihre trockenen Lippen und schüttelte sich leicht, um diese Bilder aus ihrem Kopf zu verdrängen. „Okay, von mir aus. Nehmen wir mal an, es wäre so gewesen“, brachte sie mühsam hervor und nestelte an ihrem Rollkragen, weil ihr plötzlich sehr warm geworden war. „Sind wir dann hier fertig?“

Er verzog missmutig den Mund. Sein Ausdruck erinnerte Luisa an einen kleinen Jungen, dem man das Rennauto wegnehmen wollte. „Du willst doch jetzt nicht gehen und mich alleine lassen? Was ist, wenn ich rückfällig werde?“

„Till, jetzt tu doch nicht so, als ob du gerade von einem Heroinentzug kommen würdest. So schlimm wird es schon nicht sein. Ich hab' noch was zu tun und kann nicht den ganzen Tag hier deine Bude aufräumen.“

Zwischen Tills Augenbrauen erschien eine steile Falte. „Was hast du denn so Dringendes zu tun? Du hast doch nicht etwa ein Date?“

Sie schnappte erst nach Luft, dann lachte sie. „Nein, ich bin doch verheiratet.“ Sie hob ihre linke Hand und zeigte ihm den „Ehering“. Sie hatten sich dazu entschieden, bis nach dem Familienwochenende die Ringe zu tragen, um sie nicht etwa irgendwo zu verlieren oder zu vergessen.

Er schnappte ihre Hand und drehte ihren kleinen Silberring zwischen seinen Fingern, dann suchte er erneut ihren Blick. Luisa wollte sich aus seinem Griff befreien, aber hatte Angst, dass er dann kapieren würde, wie sehr sie seine Berührungen irritierten. Deshalb ertrug sie das Prickeln, das sich von ihm auf sie übertrug. Leider machte es ihr das Denken schwer, zudem hatte sie ja auch gar nichts vor. Was also sollte sie ihm antworten?

„Ich, … ich muss Kekse backen.“

Für einen Moment sagte niemand etwas, dann ließ er ihre Hand los. „Nicht dein Ernst. Kokosmakronen zufälligerweise?"

Sie blinzelte und schnitt eine Grimasse. „Ja, na und? Das sind meine …"

„Lieblingsplätzchen", beendete er den Satz für sie. „Siehst du, wie gut ich dich schon kenne? Hey, noch besser. Ich helfe dir und wir machen ein paar Bilder, die ich an meine Familie schicke."

Luisa seufzte. „Muss das sein?"

„Unbedingt. Ich bestehe darauf."

„O Gott", stöhnte sie und rieb sich die Schläfen. „Ich glaube, ich brauche einen Schmerzensgeldbonus. Muss ich dich ab sofort echt jeden Tag ertragen?"

„Das kränkt mich ein bisschen, Luisa. Ich dachte, wir mögen uns?"

Sie mochte ihn schon jetzt viel zu sehr, aber das würde er hoffentlich nie erfahren. „Dann komm halt mit, du Nervensäge. Aber erzähl mir nicht, dass wir jemals auch nur einen Kaffee zusammen getrunken hätten, wenn du nicht meine Hilfe gebraucht hättest."

Sie wurde nervös, als Till sie für einige Sekunden sehr merkwürdig ansah. Schließlich atmete er einmal tief ein und aus und nickte, er wirkte beinahe resigniert. „Vermutlich hast du recht, liebe Luisa, aber ich bin umso glücklicher, dass ich dich kennengelernt habe. Ich bin stolz darauf, jetzt eine Frau in meinem Leben zu haben, mit der ich befreundet bin. Ich finde, es ist schön, Zeit mit dir zu verbringen." Das Funkeln in seinen Augen war echt, sie glaubte ihm, was es für sie und ihr Herz nicht besser machte.

Till zog Luisa an sich und streckte das Handy in Armeslänge von sich, um ein Selfie mit ihr aufzunehmen. Vor ihnen lag ein Blech mit den noch nicht gebackenen Kokosmakronen. Ihr

Haar kitzelte ihn am Kinn und ihr Duft elektrisierte ihn. Er war zu überrascht, um angemessen darauf zu reagieren und sich ein Stück von ihr zu entfernen, bevor sie etwas davon mitbekam. Sein dümmlicher Gesichtsausdruck entging ihm nicht, als er auf das Display seines Smartphones schaute.

„Lächeln", gab er von sich, hauptsächlich, um sich selbst daran zu erinnern.

Luisa wirkte entspannt und gelöst, ihre Wangen waren von der Küchenarbeit gerötet und ihr Körper schmiegte sich weich und warm an seinen.

Himmel, dass diese Kurven so verführerisch sein konnten …

Er schoss ein paar Fotos und zog dabei verrückte Grimassen, um seinen Zustand zu überspielen. Luisa kicherte, als sie sah, was für einen Quatsch er hinter ihr veranstaltete.

„Dass du so ein Kasper bist, hätte ich gar nicht vermutet." Sie lachte immer noch, als er sich von ihr gelöst hatte und nun die Bilder betrachtete.

„Du bist auf jeden Fall fotogen", meinte er und wischte mit dem Zeigefinger über das Display von Bild zu Bild.

„Und du erzählst Müll, mein Lieber."

„Na, egal. Ich schicke ein paar davon an meine Mutter und schreibe ihr, dass wir ihr ein Tütchen von den Dingern mitbringen."

„Kokosmakronen", half ihm Luisa auf die Sprünge.

„Von mir aus." Seine Mundwinkel zuckten.

Luisa hob das Backblech an, öffnete die Klappe des Ofens und schob es auf den mittleren Rost.

„Und jetzt?", fragte Till.

„Jetzt haben wir acht bis zwölf Minuten Zeit." Luisa setzte sich auf einen Stuhl und fegte ein paar Kokosflocken zusammen, die auf dem Tisch verstreut lagen.

Till beobachtete sie. Ihre Finger waren schlank und schön, ihre zarte Haut weiß wie Alabaster. Ihr dunkelbraunes Haar bildete einen krassen Kontrast dazu. Luisa war auf ihre Art wunderschön – und sie hatte keine Ahnung davon. Das war das Absurdeste überhaupt. Üblicherweise waren sich die Frauen, mit denen er sich umgab, ihrer Reize bewusst und setzten sie gezielt ein. Luisa jedoch war auf ihre ganz eigene, natürliche Weise sehr verführerisch und dabei war sie auch noch witzig. Er war ein bisschen verwirrt ihretwegen, aber das würde er nie zugeben.

„Ganz schön still hier", bemerkte sie indes und stellte das Küchenradio an, das auf dem kleinen Tisch an der Wand angelehnt stand.

„Ah schön", stieß sie hervor und stimmte mit in den Song ein, der in sehr schlechter Qualität aus dem Ding dudelte.

„All I want for Christmas is youuuuu … youuuu …", trällerte sie leise vor sich hin und beachtete Till überhaupt nicht.

Es kam ihm so vor, als ob sie in ihrer eigenen Welt wäre. Ihr Sopran war hell und klar, aber sie ließ nicht alles raus, was in ihr steckte. Es klang ein wenig unterdrückt und dadurch nicht frei. Schade eigentlich, dachte er sich, sagte aber nichts. Wenn er ihr einen Hinweis geben würde, würde sie anfangen Fragen zu stellen, und er war noch nicht bereit dafür, seine Vergangenheit mit ihr zu teilen. Den Till, der Ahnung von Gesang hatte, gab es nicht mehr, deswegen schwieg er, atmete jedoch erleichtert auf, als der Song zu Ende war. Er hasste Mariah Carey, es gab kaum eine Röhre, die er penetranter und nervtötender fand.

Shit, er brauchte eine Zigarette oder ein Bier. Am besten beides. Seufzend zerzauste er sich die Haare und drehte sich zum Fenster.

„Was ist?", ertönte Luisas Stimme hinter ihm.

„Ich leide", scherzte er mit gequältem Tonfall.

„Kleb dir so ein Nikotinpflaster auf", schlug sie vor.

Till wandte sich ihr zu und zog den Ärmel seines Shirts hoch. „Da kleben schon zwei. Glaub mir, diese Scheißdinger ersetzen nicht das Gefühl, wenn du dir eine Kippe ansteckst und den ersten Zug inhalierst."

Luisa verdrehte die Augen. „So, wie du es sagst, klingt es beinahe romantisch."

„Und du bist ganz schön frech, weißt du das? Aber im Ernst, ich glaube, meine Gauloises und ich, das war die einzig echte Beziehung."

Seine Mundwinkel zuckten und Luisa kicherte kopfschüttelnd. „Und wie kann ich dir jetzt helfen?"

Er rieb sich das Kinn. „Keine Ahnung, können wir einen Spaziergang machen?"

„Und was ist mit den Makronen?"

„Die müssen doch langsam mal fertig werden …"

„Aber wir haben noch Masse für zwei Bleche."

Till stöhnte. „Okay, okay. Alkohol ist auch keine Lösung, der macht es nur schlimmer. Ich will mich auch nicht vollfressen, sonst war es das bald mit meinem Sixpack."

„Klar", brummte sie leise und sprang vom Stuhl auf. „Du musst auch noch einen Waschbrettbauch haben."

„Ist das so schlimm?" Er runzelte die Stirn und folgte ihr mit seinem Blick.

Mit beinahe fahrigen Bewegungen holte sie das Backblech aus dem Ofen, verbrannte sich an der Tür und fluchte wie ein Kutscher.

„Da", er drehte das Wasser auf. „du musst es gleich kühlen."

„Hm", machte sie, stellte das Blech auf ein Gitter und schob ein anderes in den Ofen.

Dann erst hielt sie ihre Hand in den Wasserstrahl. „Diese Küche ist echt zu klein für zwei Personen."

„Du meinst, ich bin schuld, dass du dich verbrannt hast?"

Sie warf ihm einen finsteren Blick zu, den er nicht verstand, entschied aber, dass es besser wäre, sie jetzt nicht zusätzlich zu reizen. Auch wenn Luisa sehr süß und hilfsbereit war, sie konnte durchaus spitzzüngig sein, und er wollte sie nicht herausfordern.

Er hob die Hände und drückte sich an ihr vorbei, dabei streifte er ihre Kehrseite.

„Ups. Sorry", brummte er und verschwand aus dem Raum.

Kopfschüttelnd ging er im Wohnzimmer auf und ab und begutachtete ihre Musiksammlung. Er hoffte, ein gewisses Album nicht bei ihr zu entdecken.

Zu seiner großen Überraschung hatte Luisa ihn nach der Backorgie höflich hinausbefördert und wollte nicht, wie von ihm vorgeschlagen, gemeinsam einen Film ansehen. Er hatte ihr angeboten, bei ihm über Netflix etwas auszusuchen, da sie keinen Fernseher besaß. Ihre Antwort kam schneller als ein Paukenschlag. Nein, sie sei müde und habe noch zu tun. Till war nicht auf den Kopf gefallen, ihm war klar, dass sie Ruhe vor ihm haben wollte, und er konnte es ihr nicht mal verdenken. Üblicherweise war er nicht so aufdringlich und schon gar nicht anhänglich, aber dieser bescheuerte Entzug verlangte ihm fast alles ab.

Weil er sich nicht komplett lächerlich machen wollte, ließ er sie am Sonntag in Frieden. Immer, wenn ihn das Verlangen nach einer Zigarette überfiel, führte er zehn Liegestütze aus. Dementsprechend schmerzten am Montagnachmittag seine Oberarme, ja eigentlich sein ganzer Körper. Die positive Resonanz, gefühlte tausend Push-ups standen gegenüber null gerauchten Kippen. Er war ein bisschen stolz auf sich.

„Was grinst du denn so?", riss ihn die Stimme seiner Schwester Clarissa aus den Gedanken.

„Huch, was macht ihr denn hier. Hi Kleine." Till beugte sich zu seiner Nichte Emily und drückte sie kurz an sich.

„Hallo Onkel Till. Mama sagt, sie muss dich mal unter die Lupe nehmen."

Clarissa verzog das Gesicht und musste lachen. „Kindermund, … du weißt ja. Wie geht's dir, Bruderherz?"

Er zuckte mit den Schultern. „Gut."

„Oh, zeig mal." Sie hatte den Ring an seinem Finger entdeckt und griff sofort nach seiner Hand, um ihn genauer zu begutachten. „Schick, aber bisschen billig, findest du nicht?"

Sie wackelte mit den Augenbrauen und durchbohrte ihn förmlich mit ihrem Röntgenblick.

„Sieh dich mal um, sehe ich aus, als wäre ich Krösus?"

Sie winkte ab. „Na, egal. Deswegen bin ich nicht hier."

„Nicht?"

„Nein, wir wollten wirklich sehen, ob es dir gutgeht."

Er legte den Kopf schräg und verschränkte die Arme vor der Brust. „Ich lebe. Und sonst?" Emily setzte sich auf den Schreibtischstuhl und drehte sich immer wieder im Kreis, dabei lachte sie dann und wann laut auf. Das tat sie jedes Mal, wenn sie zu Besuch kamen.

Clarissas Wangen röteten sich leicht. „Wo wir schon mal da sind, könntest du mal kurz nach dem Volvo sehen? Irgendwas klappert."

Till verstand. „Verkauf die Schrottmühle, das habe ich dir schon tausendmal gesagt."

Clarissas Gesichtsausdruck verfinsterte sich. „Du bist doch hier der Oldtimer-Profi."

„Das ist kein Oldtimer, das ist ein Alptraum."

„Ich mag mein Auto, ich verbinde viele Erinnerungen damit."

„Ehrlich, Clarissa. Ulf verdient doch mittlerweile genug, dass ihr euch einen anderen Wagen leisten könnt. Das Ding fällt bald auseinander."

„Schön, wenn es denn so weit ist, muss es halt sein. Bis dahin, … schaust du jetzt danach oder nicht? Ich hänge an der alten Kiste."

„Scheint das bei euch Frauen ein generelles Problem zu sein, dass ihr euch von manchen Dingen nicht trennen könnt?“

Clarissa schaute ihn verständnislos an. Till hatte keine Lust, ihr von Luisa und ihrer Liebe zu ihrem hellblauen Käfer zu erzählen. Die beiden konnten sich früh genug darüber austauschen. Am Freitag dieser Woche würde die ganze Familie zusammenkommen. Beim Gedanken daran prickelte seine Kopfhaut. Till vermied es, so gut es ging, in sein altes Leben zurückzukehren, das schloss Familienbesuche in Timmendorf mit ein. Das riss nur alte Wunden wieder auf. Alleine schon aus dem Grund hatte er sich dieses Mal mit Luisa bei seiner Oma einquartiert, und nicht bei seinen Eltern.

Zu Luisa hatte er gesagt, dass seine Oma darauf bestanden hätte, dass sie bei ihr übernachteten. Er hatte nämlich keine Lust, mit Luisa in seinem alten Jugendzimmer zu hausen. Wenn er sich nicht komplett täuschte, hatte seine Mutter auch in den letzten Monaten nichts an der Einrichtung verändert, und das konnte er momentan nicht ertragen. Zudem zog diese nervtötende Weihnachtsduselei nicht spurlos an ihm vorüber. Damit einhergehend hatte er Angst, sich in Erinnerungen zu verlieren, sobald er damit konfrontiert wurde. Und das wollte er um jeden Preis vermeiden, das würde Esther nämlich auch nicht mehr lebendig machen.

„Was ist, guckst du nach dem Volvo oder nicht?“, ertönte Clarissas Stimme dicht neben ihm.

Er straffte sich und blinzelte.

Mein Gott, jetzt träumte er schon am helllichten Tag. Seine Nerven waren durch den Entzug wirklich überstrapaziert.

„Ja“, beeilte er sich zu sagen. „Bin schon unterwegs.“

Zu Clarissas großer Freude war es nur eine kleine Aufhängung, die er befestigen musste. Danach rauschte sie mit ihrer Tochter wieder ab, nicht ohne noch einmal zu erwähnen, dass sie sich sehr auf das Familientreffen freute.

Anscheinend hatte seine ältere Schwester irgendwo masochistische Züge, wenn es ihr so viel Spaß brachte, ihn leiden zu sehen. Denn es war klar, auch wenn er Luisa erzählte, dass das Wochenende ganz locker werden würde, so würden sie sicher mit einer Million Fragen behelligt werden. Warum, wieso, weshalb. Das alles hatte er mit ihr am Samstagnachmittag noch bei einem Spaziergang durchgekaut, aber vielleicht würde er nachher kurz bei ihr vorbeischauen. Schaden konnte es nicht, wenn sie ihm noch ein bisschen was über sich erzählte. Seltsamerweise interessierte es ihn sogar.

11

Luisa musterte Carolin Liepinski besorgt, als diese zum wiederholten Mal hustete und sich Tee aus einer Thermoskanne in die zugehörige Tasse eingoss.

„Ist alles in Ordnung?“, fragte Luisa.

„Ja, sicher. Bin nur ein bisschen erkältet.“ Die Sopranistin lächelte sie freundlich an und nickte. „Wir können weitermachen.“

Luisa atmete erleichtert aus. Sie war überglücklich, dass sie als Solistin für das Highlight der Weihnachtsaufführung zur Verfügung stand. Heute lief es erfreulicherweise auch noch wie am Schnürchen. Sie bewunderte Frau Liepinski, sie hatte es geschafft. Ein Leben im Rampenlicht wünschte sich Luisa zwar nicht, aber insgeheim hoffte sie, dass sie irgendwann einmal einen Job finden würde, in dem ihr Engagement auch wirklich geschätzt wurde. Ja, die Arbeit mit Kindern machte ihr Spaß, aber wenn sie ganz ehrlich war, dann träumte sie davon, als Vocal Coach für Erwachsene tätig zu sein. Sie hatte sogar schon einmal überlegt, sich bei einer dieser Casting-Shows zu bewerben, nicht als Teilnehmer, sondern für die Arbeit mit den Kandidaten. In einem Anflug von Übermut hatte sie die Bewerbung am Wochenende fertiggestellt und direkt per Email versandt. Vermutlich würde sie ohnehin niemals eine Rückmeldung erhalten, aber sie wollte sich nicht vorwerfen müssen, es nicht versucht zu haben.

Sie war heute auch nervös. Das hatte allerdings nichts mit der Probe oder dem möglichen neuen Job zu tun. Ein ganz bestimmter blauäugiger Mechaniker war der Grund ihrer Unruhe. An diesem Nachmittag würde sie mit Till Richtung

Timmendorf aufbrechen, um genau zu sein: gleich nach dieser Stunde.

Er hatte gesagt, dass er sie an der Schule abholen wolle. Zum x-ten Mal schaute sie auf die Uhr über der Tür. Mist, in fünf Minuten war die Chorprobe vorbei, und dann standen ihr zwei Tage … und Nächte … mit Till bei seiner Familie bevor. Schnell versuchte sie den Gedanken daran abzuschütteln, wie peinlich und unangenehm dieser Trip werden könnte. Was, wenn alles aufflog?

Sie straffte sich und konzentrierte sich wieder auf die Chorprobe. „Okay, dann wollen wir noch mal, bevor wir alle ins Wochenende gehen." Sie positionierte sich vor ihren Schülern und hob ihre Hände, nickte Caroline und Michael zu, und dann ging es auch schon los.

Wie immer, wenn sie in den Song einstiegen, bekam sie eine Gänsehaut. Sie hoffte so sehr, dass das Publikum es auch fühlen würde.

Nach der Probe begann ihr Herz schneller zu schlagen. Gleich würde sie ihn wiedersehen. In den letzten Tagen hatte sich zwischen ihr und Till eine gewisse Vertrautheit eingestellt, die nicht unangenehm war, aber dennoch irgendwie seltsam. Sie schmunzelte beim Gedanken an die Entwicklung ihrer „Beziehung". Er war beinahe jeden Abend „zufällig" bei ihr vorbeigekommen, einmal hatte er Pizza und Rotwein dabeigehabt, ein andermal seinen Laptop und einen Film, tags darauf hatte er ihr ein Foto von der Nockenwelle gezeigt, die er am gleichen Nachmittag für Wölkchen geliefert bekommen hatte. Damit würde es mit der Reparatur nun endlich vorangehen. Sie war beinahe ein wenig enttäuscht gewesen, als er dann gestern Abend nicht bei ihr geklingelt hatte. Immerhin, eine SMS hatte er geschrieben, dass er nach der Arbeit mit Olli und Miro noch was trinken gehen wollte. Wenn man es sich so betrachtete, war auch das schon wieder komisch. Er war ihr natürlich überhaupt keine Rechenschaft schuldig, was er machte, und vor allem, mit wem er unterwegs war. Trotzdem hatte sie eine Sekunde lang gegrübelt, ob er wirklich mit seinen Kumpels oder nicht vielleicht doch mit einer neuen Flamme losgezogen oder, schlimmer, im Bett gelandet war.

Luisa schüttelte den Kopf und zog sich die Jacke über. Es sollte ihr egal sein, was er trieb, sie hatte keinen Besitzanspruch an ihn zu stellen. Denn alles, was ihre „Beziehung" betraf, beruhte auf einer Lüge. Leider fühlte es sich für sie gar nicht mehr nach einer Lüge an. Auch deswegen waren ihre Hände feucht, als sie ihren kleinen Koffer schnappte und ihn hinter sich herzog. Sie verließ den Probenraum als Letzte.

Hoffentlich hatte sie das Richtige eingepackt. Wobei die Auswahl ja nicht allzu groß war. Aber nicht die Sorge um ihr Outfit bereitete ihr Magengrummeln, am schlimmsten war die Vorstellung, mit Till in einem Zimmer zu übernachten. Sie hatte kurz überlegt, ob sie sich ein Seidennachthemd kaufen sollte, sich aber dagegen entschieden. Er würde sofort wissen, dass sie es nur wegen ihm besorgt hatte, und diese Genugtuung wollte sie ihm nicht geben. Und so hatte sie ihren pinken Pyjama eingepackt, er sollte ruhig denken, dass es ihr egal war, was er von ihr hielt.

„Mann!", fluchte sie und atmete hörbar aus. Sie wollte sich nicht ständig den Kopf darüber zerbrechen, was er dachte oder eben nicht.

Leider ließen sich die Gedanken an Till nicht so einfach abschütteln wie Brotkrümel. Sie steckte längst tiefer im Mist, als ihr lieb war.

Es war nicht zu ändern, allerdings musste sie sich wirklich in Acht nehmen. Auch wenn sie sich immer wieder einredete, dass nach dem Wochenende alles vorbei sein würde, so hoffte ihr Herz doch auf etwas anderes. Es war so angenehm, Zeit mit ihm zu verbringen, er war witzig, charmant und hatte interessante Geschichten zu erzählen. *Tja, genieß die letzten achtundvierzig Stunden, Luisa. Sobald die Kohle geflossen ist, guckt er dich nämlich mit dem Arsch nicht mehr an.*

Dieser gedankliche Dämpfer genügte, dass sie ihre Schritte beschleunigte. Leider musste sie dann doch grinsen, als sie einen alten froschgrünen VW-Bulli vor dem Tor der Schule entdeckte.

Sie hätte sich eigentlich denken können, dass er nicht in einem Golf vorfahren würde.

Luisa öffnete die Tür, warf ihren Koffer nach hinten und stieg ein.

„Hey, da bist du ja. Ich dachte schon, du hättest es dir anders überlegt. Es sah so aus, als ob alle schon raus wären."

Er hatte einen grauen Wollbeanie auf dem Kopf, der das Blau seiner Augen noch intensiver wirken ließ.

„Hallo Till, tut mir leid, musste noch was erledigen", log sie.

„Hey, das macht doch nichts. Ich bin froh, dass du jetzt da bist."

Sie unterdrückte ein Seufzen. Ach, wie sehr wünschte sie sich, dass er es wirklich so meinte.

„Kann losgehen", murmelte sie und schnallte sich an.

Sie waren noch nicht mal auf der Stadtautobahn angekommen, als sie die Stille im Wagen bereits nicht mehr aushielt. „Hast du kein Radio?", fragte sie ihn.

„Doch. Aber ich mag Musik nicht."

„Was bist du nur für ein Mensch?" Sie zog die Stirn kraus. „Dann muss ich vielleicht einfach für dich singen. Wie du weißt, komme ich ja gerade von der Chorprobe. Den Song, den wir gerade üben, bekomme ich immer erst Stunden danach aus dem Ohr", scherzte sie.

Till warf ihr einen zweifelnden Blick zu. „Welches Lied? ‚O Tannenbaum'?"

Luisa kicherte. „Nicht ganz. Aber das ist auch schön. Nein, wir haben am Vierundzwanzigsten nachmittags eine Aufführrung in der Schule. Alle möglichen Gruppen spielen etwas, beziehungsweise singen."

„Die Kinder springen dann als Sterne verkleidet über die Bühne?"

„Möglich, auf jeden Fall wird es weihnachtlich."

„Und du singst im Chor?"

„Ja, zum Glück nur das. Bei den Proben musste ich so lange als zweite Solistin einspringen, bis unser Musikschulleiter eine richtige Sopranistin gefunden hatte."

„Und, ist sie gut?"

Luisa schaute verträumt aus dem Fenster. „O ja. Das ist sie. Ich wünschte, ich wäre so frei auf einer Bühne wie sie. Hab mir letztens paar Videos auf Youtube angesehen. Sie ist einfach wunderbar."

„Hast du von einer Karriere als Sängerin geträumt?"

„Ich?", Luisa lachte schrill. „Nicht wirklich. Nein. Es war früh klar, dass mein Lampenfieber damit nicht einhergeht. Was aber nicht heißt, dass ich nicht laut unter der Dusche mitsinge. Es ist ja irgendwie auch mein Job. Neumodisch nennen sie es Vocal Coach, aber eigentlich bin ich Gesangslehrerin, wie du weißt." Sie wollte ihm nicht von ihrem Problem aus Studienzeiten berichten, bis dahin war nämlich alles halbwegs okay gewesen mit dem Singen vor fremden Menschen. Tja, nun nicht mehr. Sobald sie eine Bühne betrat, hatte sie Angst, dass sie ausgebuht oder ausgepfiffen wurde. Rational wusste sie, dass, selbst wenn man ihre Stimme nicht mochte, niemand das tun würde, aber das Unterbewusstsein konnte der größte Feind sein. Mit Rationalität brauchte man ihr da nicht kommen.

„Und Geige und Klavier", riss Till sie aus ihren Grübeleien.

„Genau. Gut aufgepasst, Ehemann."

„Also, welcher Song ist es?" Wieder spürte sie seine blauen Augen auf sich ruhen, bevor er seinen Blick auf die Fahrbahn richtete.

„Gib es zu, du willst nur, dass ich das Radio nicht einschalte. Magst du Weihnachten echt so wenig?“

„Ich mag es nicht, bedudelt zu werden, … außer von dir, also sing mal an, Lady Coconut.“

„Das war eigentlich nur ein Witz. Ich will nicht singen.“

„Nun ist es zu spät, also los, ich will was hören.“

„Nur, wenn du aufhörst, mich Lady Coconut zu nennen.“

„Apropos Kokos, hast du die Makronen im Gepäck?“

Luisa grinste. „Na klar. Auf zum Kokosmakronenkomplott.“

„Hä?“

„Na, unsere Aktion mit der gefälschten Hochzeit. Wenn das kein Komplott ist!“

Er runzelte die Stirn. „Willst du nun singen oder nicht?“

Luisas Puls schnellte in die Höhe. „Aber nur, wenn du nicht lachst.“

„Es ist nicht schlimm, wenn du nicht alle Töne triffst. Ich bin doch nicht Dieter Bohlen.“

Sie kicherte. „Na gut. Wahrscheinlich hätte ich sonst sowieso bald mit dem Lied angefangen. Wenn ich mal so einen Ohrwurm habe, summe ich ständig unbewusst vor mich hin. Mein Bruder hat mich dafür gehasst, als wir Teenager waren.“

„Mag er Musik nicht?“

„Doch, ich glaube schon. Aber keine Lovesongs.“

Till lachte. „Verstehe. Wie alt ist dein Bruder noch mal?“

„Neunundzwanzig. Studiert im hoffentlich letzten Semester Medizin.“

„Stimmt. Ja. Da war ja was. Ihr steht euch nahe?“

Sie kratzte sich am Kopf. „Es geht. Wir mögen uns, aber wir hängen jetzt nicht jede Woche zusammen rum, wenn du das meinst.“

Er nickte. „Eins, zwei, drei … leg los!“

„Also, das Lied ist eigentlich als Duett geplant, die ersten Absätze singt Michael …“

„Kennst du den Text?“

„Ja."

„Dann sing doch einfach alles, okay?"

Luisa schluckte. „Na schön, du hast es nicht anders gewollt."

Sie nahm sich ein paar Sekunden, schloss die Augen und begann dann leise zu singen. Nach den ersten Takten machte sie eine kurze Pause und schaute nach Tills Reaktion. Er verzog keine Miene, also fuhr sie fort.

Es fühlte sich gut an, sie liebte dieses Lied und wurde nie müde, es zu hören oder selbst zu spielen oder singen. Auf dem Klavier machte es sich auch ganz hervorragend und war nicht so schwer, also auch für Anfänger zu bewältigen.

Nachdem sie den Refrain das letzte Mal gesungen hatte, verstummte sie.

Irgendwie hatte sie mit einer Reaktion gerechnet. Dass er so gar nichts von sich gab, verunsichert sie.

Luisas Stimme berührte etwas in ihm, das er lange für tot gehalten hatte. Obwohl sie bei Weitem nicht ihr ganzes Potenzial ausschöpfte, hatte es ihm gefallen … und er stand nicht mal auf Kirchenlieder. Natürlich kannte er die Originalversion von Leonard Cohen, das Lied aus Luisas Mund zu hören, war eine ganz andere … verwirrende Erfahrung.

„Du hast eine schöne Stimme", sagte er und setzte den Blinker, um einen LKW zu überholen.

„Aber?"

Seine Mundwinkel bogen sich nach oben. Sie kannte ihn nach den paar Tagen schon viel zu gut. Sie hatte mitbekommen, dass ihm etwas auf der Zunge lag und er mit sich rang, ob er es aussprechen sollte oder nicht. Er wollte ihre Gefühle nicht verletzen, immerhin hatte sie eingangs erwähnt, dass sie nie alleine sang, weil ihr Lampenfieber zu groß war. Er vermutete, dass sie auch aufgeregt gewesen war, als sie für ihn gesungen hatte, deshalb wollte er sie nicht kritisieren. Andererseits … er ahnte, dass mehr in ihr steckte, als sie rausließ.

„Wieso hast du Angst, auf einer Bühne zu singen?“, setzte er daher zur Gegenfrage an.

„Keine Ahnung, ich bin einfach … unsicher.“

„Das spürt man.“

Sie grunzte leise. „Ja, das lässt sich leider nicht so einfach abstellen, mein Herr.“

„Aber vor mir brauchst du dich doch nicht genieren.“

„Nicht? Wir kennen uns kaum. Eigentlich wundert es mich überhaupt, dass ich es fertiggebracht habe, vor dir zu singen. Normalerweise mache ich das nicht.“

Till lachte. „Wie du eben schon angemerkt hast, du summst ständig was vor dich hin. Ich habe dich in den letzten Tagen an die tausendmal singen gehört.“

Luisa rieb sich mit zwei Fingern zwischen den Augenbrauen. „Verstanden, ich werde also versuchen, nicht mehr zu trällern, summen oder sonst was.“

„So meine ich das doch gar nicht.“

Herrje, Frauen waren komplizierte Wesen.

„Nicht? Wie soll ich es sonst verstehen? Gott, ich bin so blöd. Es tut mir leid, dass ich das eben gemacht habe.“ Sie drehte sich weg und starrte aus dem Fenster.

Till tat es leid, und so, wie sie es aufgefasst hatte, hatte er es absolut nicht gemeint. Er legte ihr eine Hand auf den Oberschenkel, und sie zuckte zusammen. „Es tut mir leid, Luisa. Ehrlich. Du hast wirklich eine sehr schöne Stimme. Ich mag sie. Ich glaube nur, wenn du etwas mehr loslassen würdest, dich mehr öffnen könntest, würde es noch besser, voller klingen.“

Langsam wandte sie ihm ihr Gesicht zu. Ihm wurde bewusst, dass seine Hand immer noch auf ihrem Bein lag, aber es fühlte sich viel zu gut an, als dass er sie wegnehmen wollte.

Luisa nahm ihm die Entscheidung ab, sanft schob sie seine Finger von ihrer Jeans.

„Was ist, gehst du jetzt unter die Gesangslehrer, Herr Klassikschrauber?“

Sie hatte recht, absolut, ihn mit einer spitzen Bemerkung zu belegen. Trotzdem fand er, dass sie es noch einmal versuchen sollte. Warum auch immer es ihn überhaupt kümmerte, dass sie ihr Potenzial ausschöpfte, wusste er auch nicht.

„Probierst du es mir zuliebe noch einmal?“, bat er sie sanft.

Sie stieß pfeifend die Luft aus. „Was genau?“

„Kannst du beim Singen mal die Augen schließen? Stell dir vor, ich wäre nicht da, sing so wie zu Hause unter der Dusche, wenn du glaubst, keiner hört dir zu.“

Nachdem er den Lastwagen überholt hatte, lenkte er den Bulli wieder auf die rechte Spur und fuhr in gemütlichem Tempo weiter.

„Darf ich?“ Ohne auf eine Antwort zu warten, legte er ihr die Hand auf den Bauch. „Da drin musst du es fühlen. Lass mich das Volumen deiner Stimme an meinen Fingern spüren.“

„O Gott, das ist mir jetzt peinlich.“ Sie schüttelte den Kopf. „Bitte lass meine Speckrollen in Ruhe.“

„Luisa, ob da eine Speckrolle ist oder nicht, ist doch völlig egal. Kannst du das mal eine Sekunde vergessen?“ Er warf ihr einen strengen Blick zu. „Bitte.“

Sie hatte ihre Finger in ihrem Schoß gefaltet und knetete sie nervös, allerdings unternahm sie nichts, um seine Hand noch einmal wegzuschieben. Das war doch schon mal ein guter Anfang.

„Ich gebe zu, im Sitzen ist es nicht optimal, aber das ist ja nur eine kleine Übung.“

„… die ich niemals brauchen werde, weil ich nie im Leben irgendwo ein Solo singen werde, … und für den Chor reicht es allemal.“

„Darum geht es ja gar nicht, mach es für dich. Das sollte doch deine Hauptmotivation sein.“

Sie schien zu überlegen, schließlich nickte sie zögerlich.

„Da hast du eigentlich recht. Und du bist dir sicher, dass du das Lied noch einmal ertragen kannst?“

Till lachte. „O ja. Ich bin sehr leidensfähig, wenn es drauf ankommt.“

Er spürte ihren vernichtenden Blick auf sich. Das war gut, wenn sie ihm wieder Kontra geben konnte, war alles bestens. Als sie dennoch nicht anfing zu singen, tätschelte er ihren Bauch. „Los, fang an. Sonst friert meine Hand hier noch fest.“

Noch einmal gab sie ein schnaubendes Geräusch von sich. „Ich finde eher, deine Hand ist ganz schön warm. Wenn ich gleich einen nassen Handabdruck auf meinem Pulli habe, sprechen wir uns noch mal.“

„Wirst du nun singen oder mich zu Tode diskutieren?“

„Gut. Also, wie noch mal?“

„Schließ die Augen. Sing mit allem, was du hast, und atme in den Bauch. Denk dabei an etwas Schönes, keine Ahnung, etwas, das dich innerlich strahlen lässt. Du musst irgendwie lockerer werden.“

„Das klingt so einfach.“

„Lass es raus, Luisa. Du musst nur die Handbremse lösen.“

„Ich weiß gar nicht, warum ich das hier mache. Ich bin doch die Gesangslehrerin und nicht du. Eigentlich weiß ich das auch alles selbst, aber es umzusetzen, ist so schwer.“

„Scht, jetzt. Konzentrier dich.“

Sie nickte und schloss die Lider. Dabei richtete sie sich im Sitz auf und begann dann zu singen. „I've heard there was a secret chord …“

Sie machte eine Pause, öffnete die Augen und sah zu ihm rüber.

„Besser?“

Till nickte. „Mach weiter.“

„Okay, aber bitte, kannst du die Hand da wegnehmen? Das irritiert mich."

„Wie du willst." Till kam ihrer Aufforderung nach.

Luisa sang das Lied noch ein paarmal, sie wurde besser, aber er hatte immer noch das Gefühl, dass sie innerlich etwas bremste. Er wusste nicht, was es war, aber er war auch nicht in der Lage, ihr mehr zu helfen. Jedenfalls nicht im Moment. Wahrscheinlich nie. Es ging ihn nämlich, verdammt noch mal, gar nichts an. Außerdem sollte jemand, der im Glashaus saß, nicht mit Steinen werfen. Wobei sein Problem nicht war, dass er Hemmungen hätte, auf einer Bühne zu singen. Er konnte sich überhaupt nicht mehr mit Musik befassen, es käme ihm wie ein Verrat vor. Luisa wusste davon zum Glück nichts, er war froh darüber, denn so konnte er einfach nur Till, der Klassikschrauber, sein.

Er hatte ihr noch nichts von seinem früheren Leben erzählt, doch irgendwo tief in ihm wusste er, dass er es tun sollte, bevor sie bei seiner Familie eintrafen. Aber auch nach all den Jahren konnte er nicht darüber reden, es tat zu weh. Die Wunden waren nur mühsam verheilt, seine Schuldgefühle auch nach dieser langen Zeit übermächtig.

Er wusste nicht, ob er, wenn er wirklich mal eine Frau kennenlernte, mit der er zusammen sein wollte, ihr etwas über seine Vergangenheit erzählen würde. Für ihn waren es Zeiten und Ereignisse, die er lieber vergessen wollte und die nicht mehr Teil von ihm waren. Zudem würde ihn jede Partnerin danach mit anderen Augen sehen, und er mochte sein neues Leben. Die „Klassikschrauber" hatten ihm endlich wieder einen Sinn gegeben.

12

„Jetzt reicht es aber mit der Gesangsstunde, bevor ich noch ganz heiser werde. Da würde sich deine Familie sicher nicht freuen, oder?“, scherzte Luisa.

Im Verlauf der Fahrt hatte sie beinahe alle ihre Hemmungen, was das Singen anging, gegenüber Till abgebaut. Sie fühlte sich wohl in seiner Gegenwart, fast ein bisschen zu wohl.

Till grinste. „Na schön, jetzt hab’ ich den Ohrwurm im Kopf und muss ihn loswerden.“

Sie hob die Schultern. „Vielleicht möchtest du es ja mal versuchen?“, schlug sie vor. „Aber du bist bestimmt einer von diesen Männern, die nur so leise brummen, anstatt zu singen, oder?“

Ein Muskel an Tills Wange zuckte. „Da hast du recht, ich singe nicht. Nie.“

Sie hielt einen Moment inne. Was hatte sie denn nun wieder Falsches gesagt? Till wirkte auf einmal völlig in sich gekehrt und sie hatte das Gefühl, dass noch etwas in der Luft hing, das er nicht aussprach.

„Hey, entschuldige. Ich hab’ das als Witz gemeint, nicht als Beleidigung“, stammelte sie.

Vielleicht hatte er in der Schule mal vorsingen müssen, und als Junge im Stimmbruch konnte so was schon mal sehr unangenehm werden. Kein Wunder, dass er danach traumatisiert war. Aber dass er deshalb überhaupt keine Musik mehr hörte, war doch ein bisschen übertrieben, fand sie.

„Kein Problem. Wir sind auch in einer Viertelstunde da, soll ich deinem Gedächtnis zu meiner Familie noch mal auf die Sprünge helfen?“

„Äh, ja, von mir aus."

Schaden konnte es nicht. Till setzte an und wiederholte noch einmal die Basisinformationen zu seinen Eltern, seiner Schwester samt Anhang und seiner Großmutter.

Vor der Oma hatte Luisa ein bisschen Angst. Alles, was sie über Frieda Baumeister gehört hatte, ließ darauf schließen, dass die Frau ein mürrischer Drachen war, der auf einem Berg Gespartem saß. Unfassbar sowieso, dass sie ein Ultimatum für eine Hochzeit stellte und ihren Enkel dafür mit einer Unsumme geködert hatte.

„Hey, du kriegst das hin. Heute gibt's ohnehin nur ein Abendessen. Vermutlich wird auch reichlich Wein fließen, da mein Vater seine Schwiegermutter nüchtern auch nur schwer ertragen kann."

Luisa verzog das Gesicht. „Na, das stimmt mich jetzt fröhlicher", meinte sie zweifelnd. Till legte ihr seine Hand auf den Oberschenkel und drückte sie aufmunternd. Sie versuchte das Kribbeln zu ignorieren, aber es war unmöglich. Leider.

Ihr Herz pochte schnell, als Till wenig später seinen Bulli vor einer Gründerzeitvilla anhielt.

„Wow, erste Reihe, hm?" Luisa warf ihm einen unsicheren Blick zu.

Sie hatte gewusst, dass die Großmama gutbetucht war, aber dass ihr Haus direkt mit Zugang zum Strand lag, war ihr nicht klar gewesen. Wobei, als Haus konnte man es wahrlich kaum bezeichnen. Imposant war das Einzige, was ihr zu dem weißen Prachtbau einfiel.

„Wollen wir?"

„Nein, lass uns zurückfahren."

Till riss die Augen auf und Luisa musste über seinen konsternierten Gesichtsausdruck lachen.

„Scherz", klärte sie ihn auf, stieg aus dem Bulli und schlug die Tür energisch hinter sich zu.

Till nahm ihre Hand, nachdem er den Bus umrundet hatte, und so gingen sie gemeinsam die sechs Stufen bis zur Eingangstür nach oben. Seltsamerweise beruhigte sie seine Geste ein wenig. Es fühlte sich richtig und natürlich an und er nahm ihr mit seiner Gegenwart ein Stück weit von ihrer Nervosität.

Die Haustür war nicht abgeschlossen, was Luisa zwar wunderte, sie sagte jedoch nichts dazu. Aus dem Inneren nahm sie Stimmen wahr. Till zog sie mit sich und ließ sie dabei nicht los. Dass sie Jacken und Schuhe nicht abgelegt hatten, registrierte sie erst, als sie das sehr warme Wohnzimmer betraten.

„Guten Abend, zusammen“, hörte sie Tills dunkle Stimme und verarbeitete gleichzeitig die Eindrücke, die sich ihr boten.

Ein weißer Kachelofen schien die Ursache für die im Raum aufgestaute Wärme zu sein. Vor den hohen Fenstern stand eine der Bauzeit entsprechend antike Sitzgruppe mit zwei Sofas und vier Stühlen. Auf dem kleinen Tisch in der Mitte waren Sherrygläser und Oliven in einem Schälchen mit Goldrand arrangiert. Die Gespräche verstummten und alle Köpfe fuhren herum.

Luisa spürte, dass ihre Wangen brannten, und das lag nicht nur an der Wärme im Raum. Natürlich nicht. Sie kannte eine der anwesenden Frauen und ihre Tochter, sie war Geigenschülerin bei ihr.

Ihr Herz rutschte in ihre Hose, als sie sah, wie sich ein Lächeln auf dem Gesicht von Clarissa Schröder ausbreitete. Shit, das war Tills Schwester? Mit einem Mal wurde ihr schwindelig, höchstwahrscheinlich war die ganze Scharade vorbei, bevor sie richtig angefangen hatte.

„Darf ich euch meine Frau vorstellen? Das ist Luisa.“ Till schenkte ihr sein wärmstes Grinsen, und wenn sie nicht wüsste, dass ihre Liebe nicht echt war, würde sie es ihm glatt abnehmen. Die Schmetterlinge in ihrem Bauch ließen sich jedenfalls schon mal von Tills Schauspiel täuschen, denn die flatterten wild umher.

Verdammt, dass sie sich auch nicht besser im Griff hatte … Warum sagte Clarissa nichts? Sie musste doch wissen, dass die Geigenlehrerin ihrer Tochter nicht mit ihrem Bruder verheiratet war. Das war doch alles absurd.

„Till, Luisa“, eine Frau, die nur Tills Mutter sein konnte, sprang auf und kam auf sie zugelaufen. „Wollt ihr nicht erst einmal ablegen?“ Sie wartete nicht auf ihre Reaktion, sondern drückte Luisa direkt an ihre weiche Brust.

„Freut mich dich endlich kennenzulernen, Luisa. Ich bin Gabi. Tills Mama.“

„Hallo, freut mich auch sehr.“

Ihr schwirrte der Kopf. Aus dem Augenwinkel nahm sie eine Dame mit weißem Haar wahr, die auf einem der Stühle thronte. Alle anderen waren mittlerweile aufgesprungen und dabei, Till oder sie zu umarmen. Irgendwer hatte ihr den Anorak abgenommen und beiseitegelegt. Vor lauter Hallo und Hier und Da wusste sie gar nicht mehr, wie sie reagieren sollte. Umso erleichterter war sie, als ihr jemand ein Gläschen Sherry in die Hand drückte. Der Impuls, es auf Ex hinunterzustürzen, war groß, sie hielt sich dennoch zurück. Die Großmutter war die Einzige, die sie noch nicht vorgestellt bekommen hatte, aber sie schätzte, das würde sich bald ändern. Ganz merkwürdig fand sie, dass selbst Clarissa so tat, als wäre alles völlig normal. Nicht mal Emily wirkte überrascht von Luisas Auftauchen an der Seite ihres Onkels. Das Mädchen guckte seelenruhig ein Programm auf dem Tablet, nachdem sie ihr zuvor kurz gewunken hatte. Kinder nahmen manche Dinge einfach viel gelassener hin als Erwachsene. Sie wünschte sich ein Stück von Emilys Selbstverständlichkeit.

Till schob Luisa vor den Stuhl seiner Oma Frieda. Er beugte sich zu dem alten Drachen hinunter und gab ihr einen Kuss auf die Wange. Till nahm einen Hauch von Rosen an ihr wahr, das Duftwässerchen hatte sie auf ihre alten Tage also auch nicht mehr verändert.

„Oma, darf ich dir meine Frau vorstellen? Luisa.“

Frieda Baumeister hob eine Augenbraue und musterte Luisa von oben bis unten. Dann streckte sie ihr die knochige Hand hin. „Guten Tag, Kind. Wie um Himmels willen hat Till dich dazu gebracht, ihn zu heiraten?“

Luisa schnappte nach Luft und Till presste seine Lippen aufeinander. Sie war auf ihre alten Tage so spitzzüngig und unmöglich wie eh und je.

„Freut mich sehr, Sie kennenzulernen, Frau Baumeister. Sehr schön haben Sie es hier. Vielen Dank für die Einladung“, erwiderte seine „Angetraute“ höflich. Da Till sie nun schon ein paar Tage kannte, entging ihm ihre leicht zitternde Stimme jedoch nicht.

Es überraschte ihn, wie natürlich Luisa seine Oma dennoch anlächeln konnte, nachdem sie mit einer halben Beleidigung das Gespräch eröffnet hatte. Auch seine Oma blinzelte verwirrt, dann fing sie sich sofort. Offenbar hatte sie nicht damit gerechnet, dass Luisa die Spitze einfach lächelnd übergehen würde.

„Ja, ja, dann wollen wir mal. Wenn jetzt endlich alle da sind …“ Oma Baumeister erhob ihr Glas und nippte daran, dabei ließ sie Luisa keine Sekunde aus den Augen.

Till war klar, dass sie nach etwas suchte, was darauf schließen ließ, dass die Ehe nicht echt war. Er hatte nicht vor, ihr einen Anhaltspunkt dafür zu liefern. Liebevoll drückte er Luisa einen Kuss auf den Scheitel. Dabei inhalierte er eine gehörige Portion Kokos. Sofort schlich sich ein Lächeln in sein Gesicht. Ja, das war seine Luisa. Die entfernte sich nicht von ihm, sondern trat sogar noch einen Schritt näher an ihn heran, als ob sie bei ihm Schutz suchen würde. Er konnte es ihr nicht verdenken, wenn er an ihrer Stelle wäre, würde ihm sicher auch die Pumpe gehen.

„Mein Gott, ihr seid süß“, hörte er seine Schwester mit einem amüsierten Unterton hinter sich. Sie klopfte ihm im Vorbeigehen auf die Schulter, während ihre Tochter Emily kurz vom iPad aufsah, auf dem sie ein Video angeschaut hatte.

„Frau Zimmermann, ich habe vor der Abfahrt noch ganz viel geübt, du kannst stolz auf mich sein.“

Till fand es süß, dass Kinder in dem Alter das mit dem „Sie“ meist noch nicht begriffen hatten. Dann wurde ihm bewusst, dass Emily Luisa kannte. Das konnte nur bedeuten, dass sie ihre Schülerin war. Moment mal…

Ach du Schande. Emily spielte Geige, und Luisa … war ihre Lehrerin. Das bedeutete, dass Clarissa sie auch kannte.

Na super. Da hatte er die Bestätigung ja mal wieder: Berlin war ein Dorf.

Emily sprang vom Boden auf und lief auf ihn und Luisa zu. Er dachte erst, dass Emily ihn endlich richtig begrüßen wollte, aber nichts da, sie blieb vor seiner „Angetrauten“ stehen und sah sie mit ihren strahlend blauen Augen an. „Hey Emily“, gab Luisa lächelnd von sich, aber er spürte ihre Anspannung.

Na klar, Luisa war es natürlich auch unangenehm und sie dachte wahrscheinlich das Gleiche wie er: Würde ihr Schwindel direkt bei der Begrüßung schon auffliegen?

Frieda richtete sich in ihrem Stuhl auf. „Ihr kennt euch schon?“

„Ja, Oma. Überrascht dich das?“ Er konnte das amüsierte Funkeln in den Augen seiner Schwester Clarissa erkennen.

Till atmete beinahe erleichtert auf, als Clarissa nichts Weiteres dazu sagte. Oma konnte sich also ihren Teil denken oder auch nicht. Sein Vater hatte mittlerweile wieder Platz genommen und schenkte sich noch einmal nach. Till leerte sein Glas und hielt es ihm ebenfalls zum Wiederauffüllen hin. Die beiden Männer tauschten einen Blick aus. Seinem Vater war es augenscheinlich egal, ob Luisa seine echte Frau war oder nicht. Und seine Mutter war seltsamerweise gar nicht auf die Idee gekommen, dass Till sich ein Schauspiel erlauben könnte. Für sie war ganz klar, dass ihr Sohn endlich die wahre Liebe gefunden hatte, und das, obwohl Till zunächst befürchtet hatte, dass gerade seine Eltern alles kritisch unter die Lupe nehmen würden. Da hatte er sich erfreulicherweise getäuscht, denn so glücklich, wie Gabi Beckmann strahlte, nahm sie es ihrem Sohn nicht mal übel, dass sie bei der Trauung nicht dabei gewesen war. Am Telefon war sie zwar erst sauer gewesen, aber schließlich hatte ihr Sinn für Romantik gesiegt. Was vielleicht auch daran lag, dass ihre eigene Hochzeit vor achtunddreißig Jahren eher steif und aufgesetzt abgelaufen war. Da hatte Frieda, damals noch mit ihrem Mann Fred, richtig raushängen lassen, dass sie etwas Besseres waren – oder sich zumindest so gefühlt hatten. Das hatte sich bis heute nicht geändert, was auch ein Grund war, weshalb Tills Vater sich in der Nähe der Schwiegermutter immer unwohl fühlte.

Tills Oma klatschte plötzlich in die Hände und richtete sich dann für ihr Alter erstaunlich flink auf. „Dann wollen wir mal ins Speisezimmer umsiedeln. Ich gebe in der Küche Bescheid, dass angerichtet werden soll."

Till warf seiner Mutter einen fragenden Blick zu.

„Sie hat einen Catering-Service engagiert", antwortete sie ruhig.

„Aha", erwiderte er und trank sein Glas aus.

Till setzte sich neben seine vermeintliche Angetraute und flüsterte ihr ins Ohr. „Du machst das großartig. Danke."

Luisa schlug sich wacker, beantwortete alle Fragen lächelnd. Er spürte, dass sie angespannt war, aber er fand, sie wirkte absolut überzeugend.

„Na, was tuschelt ihr zwei?", flötete seine Mutter, die sichtlich glücklich über die neusten Entwicklungen in der Familie war.

Luisa errötete standesgemäß, seine Mutter nahm es lächelnd zur Kenntnis. „Ach, ich seh' schon, das war nicht für die Allgemeinheit bestimmt.“ Sie kicherte.

Es war gut, dass sie nicht wusste, dass Luisa wahrscheinlich rot wurde, weil ihr das Lügenspiel als solches unangenehm war. Aber nun waren sie hier und würden es durchziehen. Till konnte ebenfalls nicht leugnen, dass er in der letzten halben Stunde mehr als einmal an eine erlösende Zigarette gedacht hatte. Aber mit einer Kippe die Anspannung abzubauen, war ja leider nicht möglich, da er offiziell endlich Nichtraucher war. Es war zum Heulen. Stattdessen goss er sich großzügig vom Rotwein ein, der bereits auf dem gedeckten Tisch stand, auch wenn das wahrscheinlich keine gute Idee war. Als er sah, dass Clarissa ihn mit hochgezogener Augenbraue musterte, füllte er sofort auch Luisa etwas ins Glas und dann den anderen.

Mann, er musste echt aufpassen.

Frieda hatte am Kopf der Tafel Platz genommen, wie es sich für den Hausherrn oder in dem Fall, die Hausherrin, gehörte. Jetzt eilten zwei Damen mit schwarzen Schürzen herbei und brachten dampfende Schüsseln. Es roch köstlich, und er freute sich auf seine erste Ente mit Rotkohl und Klößen in dieser Vorweihnachtszeit.

Emily hatte Luisa zuvor mit ein paar Fragen gelöchert und tanzte jetzt ausgelassen mit ihrem Papa durch die Stube, bis auch sie sich an den Tisch gesellten und das Abendessen offiziell mit einem „Guten Appetit“ eröffnet wurde.

„Darf ich“, fragte Till und nahm Luisas Teller. Sie nickte zaghaft.

„Klar.“

Er hatte keine Ahnung, ob sie lieber Schenkel oder Brust mochte, aber er setzte seine Karte auf Brust. „Die Soße bitte über das Fleisch“, half sie ihm aus.

Das Tischgespräch drehte sich hauptsächlich um die Trauung und die Hochzeitsreise. Zum Glück hatten sie das in der letzten Woche so oft durchgekaut, dass Till sich beinahe so fühlte, als wäre er tatsächlich mit ihr in Griechenland gewesen. Sein Vater sorgte schon aus purem Egoismus dafür, dass alle Gläser stets gefüllt waren. Luisa hielt sich weiterhin wacker und, im Gegensatz zu Till und seinem Erzeuger, mit dem Rotwein zurück.

Als der Hauptgang abgeräumt wurde, fühlte sich Till ein wenig beschwipst und deutlich befreiter. Immer häufiger wanderte seine Hand zu Luisas Stuhllehne. Er ertappte sich auch mehrfach dabei, wie er sanft über ihre Schulter strich. Sie ließ ihn gewähren und auch die anderen am Tisch nahmen es nicht mit Stielaugen zur Kenntnis, sondern empfanden seine liebevollen Gesten als völlig normal. Er schätzte, das war gut, der Abend lief gut.

„Auf ein Dessert habe ich mit Absicht verzichtet, einige von uns sollten sowieso etwas mehr auf ihr Linie achten“, verkündete Frieda schließlich, die während des Essens erstaunlich zahm geblieben war. Till hatte sich schon gewundert, dass die Damen vom Catering sich nach dem Servieren des Hauptgangs verabschiedet hatten. Jetzt verstand er, ein dritter Gang war nie geplant gewesen. Das war so typisch für seine Großmutter, sie hatte keinen Sinn für Genuss oder Lebensfreude. Und natürlich war klar, dass sie mit ihrer Anspielung auf die schlanke Linie Tills Vater Hermann gemeint hatte, der, seit er die Vierzig überschritten hatte, mit Übergewicht zu kämpfen hatte.

„Wir sind sowieso mehr als satt“, sprang Gabi für ihren Mann in die Bresche. „Emily, sollen wir mal schauen, ob wir in der Küche nicht doch noch was Süßes für dich finden?“

Sie stand auf und nahm die Hand ihrer Enkelin.

„Für das Kind habe ich natürlich Eis besorgen lassen, es liegt im Gefrierfach“, teilte Frieda großmütig mit und tupfte sich den Mund mit ihrer weißen Stoffserviette ab. „Geh mal mit deiner Oma schauen, Emily."

So ganz kaltherzig war die Alte also doch nicht, na, immerhin etwas.

Gabi Beckmann stellte ein paar Teller aufeinander und ihre Tochter Clarissa half ihr dabei. Er sah, dass Luisa ebenfalls anfing abzuräumen.

„Du kannst ruhig bleiben", meinte er zu ihr.

„Nein, ich helfe gerne." Ehe er sie zurückhalten konnte, war sie schon aufgesprungen und ging den Frauen zur Hand. Ulf, Clarissas Mann, und sein Vater Hermann schoben nur ihre Teller zusammen und taten so, als ob sie ebenfalls helfen wollten, blieben jedoch sitzen. Till gab sich nicht mal die Mühe, Hilfsbereitschaft beim Abwasch anzudeuten, zu viele Köche verdarben den Brei, und er hatte nicht vor, sich mit seiner Mutter und Clarissa um den Platz an der Spülmaschine zu streiten.

„Darf es für die Herren noch ein Digestiv sein?", fragte Frieda derweil. „In der Hausbar findet sich sicher noch ein Aquavit."

„Ich geh schon", meinte Tills Mutter und Frieda nickte zufrieden. „Bring auch ein Glas für mich mit. Nach dem fettigen Essen brauche ich einen Schnaps."

„Till geht bestimmt gleich raus, eine rauchen, das ist seine Art des Verdauens", scherzte Clarissa.

„Till hat aufgehört", stellte Luisa klar und tätschelte stolz den Oberschenkel ihres vermeintlichen Ehemanns.

Beinahe alle Kiefer klappten nach unten.

„Wie, aufgehört?", schnappte seine Mutter zwischen den Worten nach Luft.

„Na, er raucht nicht mehr. Ich habe ihn darum gebeten, weil ich es nicht mag."

„Das glaube ich jetzt ja nicht. Echt?", fragte Hermann und nickte anerkennend.

„Ach wie schön! Ich hab' ja schon lange gesagt, dass er das lassen soll, aber auf mich hört der Junge ja nicht."

„Mein Gott, ihr freut euch ja, als hätte Till es endlich geschafft, mal ins Töpfchen zu scheißen", krächzte Frieda und tupfte sich den Mund erneut ab. „Er hat aufgehört zu rauchen, was ihn letzten Endes sonst irgendwann umgebracht hätte. Kriegt euch mal wieder ein. Holt mir jetzt endlich jemand den Aquavit?"

Die Runde verstummte, alle sahen erst zu Frieda und dann betroffen auf ihre Servietten. Die Frau war wirklich unmöglich.

13

Luisa war den Frauen in der Küche sehr gerne behilflich, die Stimmung im Esszimmer war in den letzten Minuten dermaßen angespannt gewesen, dass sie froh war, sich mit etwas Banalem beschäftigen zu können. Emily saß auf der Arbeitsfläche und lutschte an einem Flutschfinger-Wassereis. Die Herren und Frieda hatten ihren Digestiv mittlerweile auch bekommen und die Flasche hatten sie gleich drüben gelassen.

Clarissa drehte das Radio an. „Ein bisschen Musik kann ja nicht schaden", meinte sie und fuhr fort, die Teller abzuspülen, bevor sie sie in die Maschine einräumte.

Also war die Nicht-Liebe zur Musik nur Tills Ding, dachte Luisa und unterdrückte ein Schmunzeln. Beim genaueren Hinsehen hatte sie dennoch ein paar Gemeinsamkeiten zwischen den Geschwistern erkennen können. Sie hatten beide die gleichen strahlenden Augen, die Clarissa auch an ihre Tochter vererbt hatte.

„Feliz Navidad" dudelte durch die Küche, damit arbeitete es sich gleich beschwingter, fand Luisa.

Gabi füllte die Reste des Abendessens in Tupperschüsseln und Luisa half ihr dabei.

„Du kannst auch wieder rübergehen, Luisa. Du musst hier nicht die Küchenarbeit machen."

Um nichts in der Welt würde sie sich in die Herrenrunde mit der Oma zurückbegeben. „Quatsch, ich helfe euch. Ist ja auch nicht mehr viel."

„Und morgen früh kommt ihr zu uns zum Brunch, ja? Ich verstehe Till ja, dass er lieber hier übernachtet, damit Clarissa, Ulf und Emily etwas mehr Platz haben, bei uns ist es im Gegensatz zu Friedas Haus ein bisschen beengter. Trotzdem hätte ich mich natürlich gefreut, … na ja, egal. Auf jeden Fall kommt ihr, wie gesagt, morgen zu uns, bevor die Feier losgeht, ja?“

„Klar, das machen wir sehr gerne“, gab sie ohne Zögern zurück.

Nach dem Weihnachtssong tönte nun eine ältere Schnulze aus dem Radio. Sie kannte die Nummer natürlich, dazu hatte sie mit ihrem damaligen Freund auf einer Klassenparty eng umschlungen getanzt.

Luisa spürte sofort, dass sich die Stimmung im Raum veränderte. Hatte sie was Falsches gesagt?

Sie war beinahe erleichtert, als die Tür zur Küche aufging und Till hereinkam. „Habt ihr noch ’ne Flasche Rotwein für uns?“, rief er fröhlich, dann bemerkte er die Stille im Raum, die nur durch den Hit aus den Neunzigern „Forever Love“ unterbrochen wurde, der nach „Feliz Navidad“ gespielt wurde.

Till wurde blass. Luisa fiel auf, dass Gabi und Clarissa erst ihn und dann sie anschauten.

Was zur Hölle war hier los?

Tills Gesichtsausdruck verfinsterte sich, dann verschwand er wortlos – und ohne Rotwein aus dem Raum. Emily sprang von der Arbeitsfläche, warf den Stiel vom Eis in die Spüle und trottete ihrem Onkel hinterher.

Seltsam.

„Er hat es ihr nicht gesagt“, stellte Clarissa seufzend fest und klappte die Tür der Spülmaschine energisch zu.

Was hatte Till ihr nicht gesagt? Luisa hatte keine Ahnung, was vorgefallen war, aber etwas stimmte nicht. Ihr Mund wurde trocken und Resignation machte sich in ihr breit.

Es war ja klar, dass irgendwas in der Art hatte passieren müssen. Natürlich konnte man einen Menschen nicht in ein paar Tagen so gut kennenlernen, dass man alles über ihn wusste. Aber es war glasklar, dass Till ihr etwas sehr Wichtiges verschwiegen hatte … Nur was? Und was hatte es mit dieser

Küche zu tun? Oder mit dem Lied? War das vielleicht das Liebeslied, das ihn mit irgendeiner Ex eng verbunden hatte? Von einer alten Beziehung hatte er ihr nichts erzählt, aber es war das einzig Logische, was sie in dem Zusammenhang mutmaßen konnte.

Verdammt. Sie hatte keine Ahnung und trat unbehaglich von einem Fuß auf den anderen.

„Nein", meinte Gabi endlich resigniert und ließ ihre Schultern hängen.

Luisa wollte zwar gerne wissen, was Till ihr nicht gesagt hatte, aber sie traute sich nicht zu fragen. Es war eine sehr unangenehme Situation, die mit jeder Sekunde, die verstrich, peinlicher wurde.

„Du kanntest das Lied eben?" Clarissa kam einen Schritt auf sie zu, ihre Stirn war gerunzelt.

„Hab' ich schon mal gehört, ja."

„Gut, der Song heißt ‚Forever Love', danach solltest du dich mal bei Till erkundigen", riet ihr Clarissa. „Er sollte dir erzählen, was es damit auf sich hat. Nicht wir."

Luisa verstand nach wie vor leider nur Bahnhof.

„Warum überrascht es mich nicht, dass Luisa keine Ahnung hat?", stöhnte Gabi.

„Keine Ahnung wovon?", unterbrach sie ihre angebliche Schwiegermutter.

„Frag ihn. Wir gehen jetzt sowieso nach Hause, bevor Hermann sich so abschießt, dass er morgen nicht zur Feier kommen kann. Das wäre ihm nämlich gerade recht." Gabi umarmte Luisa kurz, sah sie dann noch einmal eindringlich an. „Sei bitte nicht sauer auf Till. Der Junge hatte es nicht leicht." Ihre „Schwiegermutter" ließ sie los, sah sie kurz an und verschwand dann aus der Küche.

Was zur Hölle sollte das nun wieder heißen? Noch mehr kryptische Andeutungen würde sie nicht verkraften.

„Bis morgen, Luisa.“ Auch Clarissa drückte sie kurz. „Ich habe zwar keine Ahnung, was genau da zwischen euch läuft, aber es ist auf jeden Fall mehr, als ich vermutet hatte. Gib ihm eine Chance, ja? Bis morgen, schlaft gut.“

Luisa runzelte die Stirn, aber ihr fiel nichts ein, was sie darauf erwidern sollte. Was hatten denn alle auf einmal? Und welche Bedeutung hatte der Song „Forever Love“ für Till? Sie hätte ihn nicht als einen Mann eingeschätzt, der so viel mit einem einzigen Lied verbinden würde. Egal was sie sich überlegte, nichts ergab einen Sinn für sie.

Sie lief den beiden Frauen wie ein Lemming hinterher. Till saß wieder am Esstisch und klammerte sich an seinem leeren Rotweinglas fest. Er wich ihrem Blick aus, aber sie hatte ohnehin nicht vorgehabt, ihn vor allen anderen darauf anzusprechen.

Nach einer kurzen Verabschiedungsrunde waren sie schließlich allein. Frieda hatte sich bereits entschuldigt, sie wolle sich vor dem morgigen Tag ausruhen.

Eine ohrenbetäubende Stille breitete sich im Raum aus, bis Till leise seufzte. „Ich brauche frische Luft.“

„Was ist, willst du mich jetzt hier sitzen lassen?“

„Nein, komm mit. Sonst kauf ich mir am nächsten Automat Kippen.“

„Super, das ist das Einzige, wofür ich da bin? Ach nein, ich vergaß. Der zweite Akt kommt morgen, aber warum, verdammt, kommt es mir gerade so vor, als hätte sich der Höhepunkt der Komödie eben schon in der Küche abgespielt?“

Till wich ihr aus und wandte sich ab. „Lass uns ein paar Schritte gehen“, war alles, was er sagte, dann marschierte er aus dem Zimmer.

Luisa verdrehte zwar die Augen, folgte ihm dennoch.

Wenig später, zwischen ihnen war noch kein Wort gefallen, spazierten sie am nächtlichen Strand entlang. Eisiger Wind strich um ihre Nase und sie zog sich die Mütze tiefer in die Stirn. Trotzdem inhalierte sie jeden Atemzug, sie mochte den Geruch von Salz und Tang, es gab ihr ein Gefühl von Freiheit. Das Rauschen der Wellen verstärkte diese Empfindungen noch zusätzlich.

Sie war unvorbereitet, als Till ihr seinen Arm um die Schulter legte. „Tut mir leid wegen eben."

Luisa hatte nach wie vor zu viele Fragezeichen im Kopf, sie wusste nicht, wo sie zuerst anfangen sollte. Also genoss sie es zunächst einfach, seinen Arm auf sich zu spüren. Beinahe im Gleichschritt spazierten sie durch die Nacht.

„Willst du mich nicht fragen?", fuhr er fort.

Sie hob die Schultern ein wenig an. „Ich weiß nicht. Was genau soll ich fragen? Ich habe irgendwie keine Ahnung, was das Problem ist, und das ist ein ziemlich blödes Gefühl."

„Haben meine Mutter oder meine Schwester nicht sowieso schon alles erzählt?"

„Nein, sie haben gar nichts gesagt, nur, dass ich dich nach ‚Forever Love' fragen soll. Was verbindest du mit dem Lied? Es ist doch schon uralt."

Till atmete hörbar ein und aus. „Kennst du die Gruppe?"

Luisa grub in ihren Erinnerungen, es lag ihr auf der Zunge, aber sie kam nicht darauf. Obwohl der Ohrwurm noch immer oft gespielt wurde und sie jede Textzeile kannte, fiel ihr sonst nichts dazu ein. Es war einfach zu lange her und sie war noch nie ein Groupie irgendeiner Band gewesen.

„‚Infinity'", half er ihr auf die Sprünge.

„Ach ja, stimmt. Jetzt, wo du es sagst." Und dann erschien ein Bild in ihrem Kopf. Ein dunkelhaariger Sänger, eine Sängerin, die nicht nur über Liebe sangen, sondern auch ein Paar gewesen waren. Luisa erinnerte sich, weil sie zu der Zeit selbst Teenager und „Infinity" natürlich fast in jeder *Bravo* abgebildet gewesen war. Der Hype um sie war noch einen

Tick krasser als damals bei Tokyo-Hotel gewesen, und dann war es ganz plötzlich still um die Gruppe geworden.

Nach und nach kamen die Fetzen der Erinnerung in ihrem Gedächtnis hoch. Die Sängerin war hellblond gewesen, zartgliedrig und verletzlich, der Sänger hingegen für seine achtzehn Jahre schon ordentlich breitschultrig mit dem richtigen Bad-Boy-Look. Strahlend blaue Augen zu fast schwarzem Haar …

Moment.

Luisa blieb stehen und schaute zu Till auf.

Ihre Lippen formten ein lautloses „Oh!“, als sie verstand, wen sie vor sich hatte.

Till wich ihr aus und blickte zu Boden.

„Deshalb …“, murmelte sie. Mit einem Mal war es ihr sehr peinlich, dass sie ihm – dem Superstar – im Auto vorgesungen hatte. Hätte sie das nur gewusst! Sie hatte ihn für einen unbedarften Autoschrauber gehalten, der mit dem Singen so rein gar nichts am Hut hatte. Tja, so konnte man sich täuschen.

Till verzog den Mund, sagte aber nichts.

Sie runzelte die Stirn und verdrängte ihre eigene Unsicherheit. Was war passiert, dass es „Infinity“ nicht mehr gab? Sie kramte in ihren Erinnerungen. Dann fiel es ihr wieder ein, und sie schnappte nach Luft.

„Willst du mir von ihr erzählen?“, fragte sie Till, obwohl sie jetzt wieder wusste, dass die Sängerin tot war und sich die Gruppe danach aufgelöst hatte.

„Können wir einfach nicht darüber reden? Jetzt weißt du, wer ich bin, oder wer ich war. Den Till von damals gibt es nicht mehr. Heute bin ich der Klassikschrauber, und das möchte ich auch bleiben. Nicht mehr und nicht weniger.“

Luisa nickte. Sie war viel zu schockiert über diese Offenbarungen zu Tills Vergangenheit. Es war nicht genug, dass Till unverschämt gutaussehend und charmant war, nein, er musste auch noch ein ehemaliger Superstar sein, der seine große Liebe verloren hatte.

„Du kannst alles über Google herausfinden“, brummte er und ging weiter.

Luisa stolperte hinter ihm her. „Was, wenn ich das gar nicht will?“

Till sagte nichts, sondern legte wieder nur seinen Arm um ihre Schultern. „Glaub mir, Luisa, mit dem Menschen von damals habe ich ohnehin nichts mehr gemeinsam.“

Sie spazierten einige Minuten schweigend nebeneinander. „Fehlt dir die Musik nicht?“

Sie hörte, dass er zischend einatmete. „Nicht so sehr wie Esther.“

Luisa musste schlucken. „Ihr wart das Traumpaar meiner Teenagerzeit. Du hast sie geliebt?“

Obwohl es ihr wehtat zu fragen, musste sie es wissen. Außerdem hatte sie auch ohne eine verstorbene Partnerin nie eine Chance bei Till gehabt, das half ihr ein bisschen.

„Das habe ich. Hätte ich sie an diesem Abend nicht alleine zum Hotel fahren lassen, würde sie vielleicht noch leben.“

„Was meinst du?“

„Wir waren in Hamburg auf einem Konzert, danach gab es wie üblich eine Aftershow, ich habe es zu sehr genossen, im Erfolg zu baden, sodass ich noch bleiben wollte. Aber Esther ist es zu der Zeit schon zu viel Trubel gewesen, sie kam nicht länger mit dem Druck klar. Sie war müde, hatte sie gesagt, und wollte einfach ins Hotel. Also habe ich sie in eine Limousine gesetzt und den Fahrer losgeschickt. Im Hotel ist sie nie angekommen.“

Luisa erinnerte sich. Monatelang war der Fall in den Medien breitgetreten worden, bis man irgendwann im Frühjahr ihre Leiche am Ufer der Elbe gefunden hatte.

„Der Fahrer hat seinerzeit angegeben, dass sie aussteigen wollte, dass sie die letzten paar Meter alleine gehen wollte, um frische Luft zu schnappen. Sie war volljährig, natürlich konnte sie selbst bestimmen, was sie tat."

Sie spürte, wie schwer es ihm fiel, darüber zu reden. Dennoch fragte sie weiter.

„Hat sie Selbstmord begangen?"

„Ich kann es mir nicht vorstellen, andererseits stand sie enorm unter Druck. Aber, nein, ich glaube nicht, dass sie sich umbringen wollte. Emotional war sie immer schon gewesen, aber nicht psychisch labil. Nach einem Verbrechen sah es auch nicht aus. Es gab keine Anzeichen einer Vergewaltigung oder andere Verletzungen. Manchmal hatte sie auch einfach verrückte Ideen, das habe ich so an ihr geliebt. Vielleicht war sie einfach übermütig, aufgekratzt nach dem Konzert und brauchte tatsächlich ein paar Minuten Ruhe und Freiheit. Ich kann mir vorstellen, dass sie wirklich spazieren gehen wollte, um runterzukommen. Jeder hat da seine eigenen Wege, um Stress abzubauen. Bei mir waren es die Partys, sie liebte die Ruhe. Was, wenn sie irgendwas Dummes gemacht hat und es ein Unfall war? Ich hätte sie begleiten müssen, stattdessen habe ich bis in die Morgenstunden gefeiert. Als ich im Hotel angekommen war und das Bett unberührt vorfand, habe ich sofort Alarm geschlagen, aber da war es schon zu spät. Ich habe sie nie mehr wiedergesehen."

Luisa blieb stehen und umarmte Till. Sie hatte keine Ahnung, was sie sagen sollte, aber sie spürte, dass er Trost gerade am nötigsten brauchte.

„Warum hast du nicht weitergemacht? Ich meine, nicht sofort. Aber nach einer … Weile? Deine Stimme ist … war einzigartig. Du hast das gewisse Etwas, man erkennt sie unter Tausenden. Du hättest auch alleine Karriere gemacht, wieso hast du aufgegeben?", fragte sie irgendwann und hob ihren Kopf. In Tills Augen spiegelten sich das Mondlicht und unendliche Traurigkeit.

„Nach ihrem Verschwinden konnte ich einfach nicht, es wäre nicht fair ihr gegenüber gewesen. Ich hätte mit *ihr* singen sollen und nicht alleine. Nach all den Wochen der Hoffnung und Unsicherheit war dann auf einmal klar, dass sie tot war. Ich bin in ein noch tieferes Loch gefallen, habe alles versoffen und verspielt, was ich bis dahin verdient hatte. Singen kam und kommt für mich nicht mehr infrage. Es wäre ein Verrat ihr gegenüber."

„Aber du warst so ein Ausnahmetalent."

Er schüttelte den Kopf. „Ich möchte, dass du mich nicht wieder darauf ansprichst, verstehst du das, Luisa? Ich habe es dir nur erzählt, weil meine Familie das sonst übernommen hätte. Glaub mir, ich werde morgen oft genug die gleiche Frage von den Verwandten, die ich nur selten sehe, gestellt bekommen. Es ist vorbei, das bin ich nicht mehr. Ich bin nicht mehr Till von ‚Infinity', dieser Till ist vor langer Zeit mit Esther gegangen. Musik gehört nicht mehr zu meinem Leben."

Sie spürte, dass er sich noch mehr versteifte, und ließ ihn los. Gegen eine Tote hatte sie absolut keine Chance.

O Gott, was dachte sie da nur? Hier ging es doch überhaupt nicht um sie. Es ging um Till und den Schmerz des Verlustes.

Langsam wurde ihr klar, was das für den Rest seiner Familie bedeutete. Kein Wunder, dass Tills Mutter sich so gefreut hatte, als sie, Luisa, als seine Frau vorgestellt worden war. Gabi wusste, wie sehr ihr Sohn gelitten hatte, und freute sich umso mehr, dass er endlich weitermachen konnte. Luisa musste schlucken.

„Fuck, warum hab' ich nur keine Kippen dabei." Till kickte wütend in den Sand, stapfte los und ließ sie stehen.

Luisa stolperte ihm nach einigen Sekunden hinterher. Sie verstand ihn, fühlte mit ihm, hatte aber trotzdem keine Ahnung, was sie tun konnte, um sich ihm wieder anzunähern. Es stand ihr auch nicht zu, überhaupt etwas zu diesem Thema zu äußern, sie waren nicht mal Freunde. Nach dem Abend hatte sie irgendwie geglaubt, dass sie sich nähergekommen waren, aber das war ein Trugschluss gewesen. Die Erkenntnis schmerzte seltsamerweise sehr. Sie wünschte gleichzeitig, sie wäre nicht mit nach Timmendorf gekommen. Die Situation überforderte sie. Andererseits wollte sie ihm helfen. Till hatte es nach diesem Schicksalsschlag verdient, glücklich zu werden. Wenn seine Werkstatt das Rezept dazu war, dann würde sie an diesem Wochenende alles dafür tun, dass er seinen Traum leben konnte. Luisa hatte noch nie jemanden auf so tragische Weise verloren, daher konnte sie nicht im Ansatz nachvollziehen, wie schlimm es für Till gewesen sein musste und wie sehr der Verlust immer noch an ihm nagte. Hinzu kamen bei ihm noch die Schuldgefühle. Sie hatte den Ausdruck in seinen Augen gesehen, all den Schmerz, die Qual. Nichts davon konnte sie ihm abnehmen, sie war nicht so einfältig, das versuchen zu wollen, aber sie konnte ihm auf ihre Art helfen.

14

Luisa hatte zu ihrer eigenen Überraschung geschlafen wie ein Stein. Nachdem sie noch eine Ewigkeit am Strand entlanggelaufen waren, war sie völlig erschöpft gewesen. Das Gästezimmer war groß, sie war erleichtert gewesen, als sie ein französisches, breites Bett darin vorgefunden hatte.

Umso überraschter war sie nun, als sie Till jetzt ganz dicht hinter sich spürte. Er hatte einen Arm besitzergreifend um sie gelegt und drückte sich an ihren Rücken. Vielmehr *etwas* drückte sich gegen ihren Rücken.

Ach du meine Güte, schoss es ihr durch den Kopf und ihr Herzschlag beschleunigte sich. Sicher träumte er, garantiert nicht von ihr, sonst würde sich da unten bestimmt nichts regen. Gott, wie peinlich. Hoffentlich wachte er nicht auf und stellte angewidert fest, dass er fälschlicherweise sie umarmt hatte. Nach gestern wäre eine solche Situation für keinen von ihnen gut. Till hatte bis auf eine kurze komische Bemerkung, als sie mit ihrem pinken Pyjama aus dem Bad gekommen war, kaum mehr ein Wort rausgebracht. Also hatten sie sich schlafen gelegt, denn Luisa hatte beim besten Willen nicht gewusst, womit sie ihn hätte trösten können. Und nun, nur ein paar Stunden später, lag er mit einer Morgenlatte hinter ihr … einfach absurd, das alles.

Bislang hatte sich die Reise ohnehin als äußerst nervenaufreibend erwiesen. Nie im Leben hätte sie damit gerechnet, dass Till der Leadsänger von „Infinity“ sein könnte – oder tatsächlich war. Wie auch immer man es nennen wollte. Natürlich veränderte sich dadurch nichts zwischen ihnen, dennoch fand sie es – neben allen anderen Kuriositäten ihrer bisherigen Bekanntschaft – krass.

Und jetzt lag sie in seinen Armen und spürte seine Erektion überdeutlich. Leider konnte sie nicht sagen, dass es sie kaltließ. Trotzdem - oder vor allem - deswegen traute sie sich nicht, sich zu bewegen. Till murmelte etwas Unverständliches im Schlaf und zog sie noch ein Stück enger an seinen straffen Körper.

„Oh“, entfuhr es ihr leise. Ihr wurde heiß. Sehr heiß.

Sein Atem streifte ihren Nacken und ihr Puls raste. Sie verfluchte sich innerlich dafür, aus Trotz den pinkfarbenen Pyjama angezogen zu haben. Andererseits war der hässliche Schlafanzug letzte Nacht so eine Art Eisbrecher gewesen. Nach den Bekenntnissen am Strand war die Stimmung zwischen ihnen verständlicherweise sehr eigenartig gewesen. Till hatte sich in sich zurückgezogen und kaum mehr ein Wort gesagt. Erst, als sie in Pink aus dem Bad aufgetaucht war, war er wieder ansprechbar gewesen. Um genau zu sein: Er hatte schallend gelacht, sie in seine Arme gezogen und gerufen: „Lady Coconut in Pink, danke, dass du mit mir hier bist.“

Natürlich hatte sie keine passende Antwort parat gehabt, aber sie hatte sich auch nicht gegen seine freundschaftliche Umarmung gewehrt. Wenn sie auch sonst keine Chancen bei ihm hatte, so war sie doch froh, dass er sie auf seine Art zu mögen schien. Das war mehr, als sie nach der ersten Begegnung im „Mondmann“ je hatte erwarten können. Männer wie Till gaben sich für gewöhnlich nicht mit einer grauen Maus wie ihr ab.

Tja, und jetzt lagen sie gemeinsam im Bett, in Löffelchenstellung. Wie irrsinnig.

Luisa entschied sich dafür, die Umarmung zu genießen, denn schon bald würde sie wieder einsam und alleine in ihrem Bett versauern. Vielleicht konnte sie sich für fünf verrückte Minuten einreden, dass es echt war. Dass sie hier mit einem Menschen war, der wirklich etwas für sie übrig hatte, und sie nicht nur das Erlebnis einer Morgenlatte mit ihm teilte.

Till träumte, Luisa zu küssen. Er spürte ihre weichen Lippen auf seinen und erforschte ihren Mund mit seiner Zunge. Schnell wurde aus einem sinnlichen Kuss ein leidenschaftliches Knutschen. Sie war einfach zu süß und verführerisch. Konnte ein Mensch sogar nach Kokos schmecken und nicht nur duften? Luisa jedenfalls tat es, und er fand, sie war himmlisch. Ihre sanften Kurven schmiegten sich an seinen Körper und das Verlangen in seinen Lenden wuchs mit jeder Sekunde. Till zog sie noch enger in seine Arme und seufzte leise in ihren Mund. Er zuckte zusammen und erkannte, dass es nur ein Traum war. Aber nicht alles …

Er roch Kokos und etwas kitzelte seine Nase – und sein harter Schwanz war auch Fakt.

Verflucht.

Vorsichtig ließ er Luisa los und rückte ein Stück von ihr ab. Hoffentlich hatte sie nichts bemerkt. Sachte hob er den Kopf an und schaute, ob sie die Augen geschlossen hatte.

Sie blinzelte. „Guten … äh, Morgen."

Na klar. Natürlich war ihr nicht entgangen, dass er sich wie ein notgeiler Idiot an sie rangemacht hatte.

„Guten Morgen", gab er so lässig wie möglich zurück. „Gut geschlafen?"

Er hatte keine Ahnung, was er sonst sagen sollte. Sich für seine körperlichen Reaktionen entschuldigen? Wohl eher nicht. Totschweigen hielt er daher für besser.

„Ja, und du?" Sie drehte sich auf den Rücken und streckte sich ausgiebig.

„Wah", scherzte er. „Ich werde blind. Das Pink ist bei Tageslicht ja noch knalliger als nachts."

„Sehr komisch, ha ha. Wie spät ist es?"

Till fischte nach seinem Handy. „Erst kurz nach neun, entspann dich. Ist alles okay zwischen uns?"

Er wusste nicht, wie er mit Luisa umgehen sollte, nachdem sie nun die Wahrheit über ihn erfahren hatte.

„Ja, klar."

Er stützte sich auf seinem Ellenbogen ab. „Danke."

„Wofür?"

„Ich weiß auch nicht, einfach dafür, dass du so bist, wie du bist." Er meinte es tatsächlich genau so, wie er es sagte. Er hatte das Gefühl, dass Luisa zwar mitfühlend war, aber nicht nur den ehemaligen Star in ihm sah, der seine Kohle versoffen hatte und nun als Mechaniker arbeitete. Für ihn fühlte es sich ganz und gar nicht als Abstieg an, wie es in der Regenbogenpresse vor ein paar Jahren bezeichnet worden war. Er war stolz auf das, was er mit Olli zusammen erreicht hatte, und die Arbeit mit seinem Kumpel und den Oldtimern machte ihm wahnsinnig viel Spaß. Die „Klassikschrauber" hatten ihm nach einer sehr schweren Zeit einen wirklichen Sinn und vor allem eine Perspektive gegeben. Leute, die seine Beschäftigung mit hochwertigen, alten Autos nicht akzeptierten, konnten ihm gestohlen bleiben. Falsche Freunde hatte er in einem früheren Leben genügend gehabt. Er war froh, dass Luisa nicht zu dieser Sorte gehörte.

„Hör schon auf mit dem Quatsch, Till. Zwischen uns hat sich nichts geändert. Du brauchst keine Angst haben, dass ich jetzt wie ein dämlicher Groupie über dich herfalle."

Er fand es beinahe schade, nicht das mit dem Groupie, aber dass sie ihn nicht vernaschen wollte … Dieser Gedanke überraschte ihn mehr als alles andere. Shit!

Mit einem Ruck schwang er sich aus dem Bett und flüchtete sich ins Bad.

„Guten Morgen", grüßte Luisa Frieda Baumeister, als sie in die Küche kam. Die alte Dame saß am Tisch und las Zeitung.

„Guten Morgen, Kind."

„Äh, Till duscht noch, er wird sicher gleich hier sein."

„Ist schon recht. Ich bin froh, dass Till endlich mal eine echte Frau erwischt hat. Die Phase mit diesen künstlichen Püppchen liegt nun Gott sei Dank endlich hinter ihm.“

Luisas Augen wurden groß. Was zur Hölle sollte sie darauf erwidern?

„Der Junge kann anstrengend sein, aber er hat ein gutes Herz. Ich habe mir für ihn immer gewünscht, dass er glücklich wird.“

„Ja, ich denke, das ist er“, log Luisa, sie hatte schließlich keine Ahnung, was in Till vorging.

Frieda warf ihr einen skeptischen Blick zu. „So so. Na, das werden wir ja noch sehen. Und jetzt lass mich alleine, wart ihr nicht verabredet?“

Für einen Moment hatte sie wirklich den Eindruck gehabt, dass die alte Frau so etwas wie Gefühle für ihren Enkel hegte, und dann kam wieder so ein fieser Spruch. Hätte sie ihr als Gastgeberin nicht einen Kaffee oder einen Tee anbieten sollen?

Luisa hütete sich jedoch, das auszusprechen. „Ja, sicher. Ich störe Sie nicht länger.“

Damit trollte sie sich aus der Küche und atmete tief durch, während sie im Wohnzimmer auf Till wartete.

Der Brunch bei seinen Eltern war deutlich entspannter gewesen als das Abendessen am vorausgegangenen Tag, was wahrscheinlich größtenteils daran lag, dass Oma Frieda zu Hause geblieben war. Glücklicherweise hatte niemand auch nur ein Wort über „Infinity“ und seine Vergangenheit verloren. Innerlich dankte er seiner Mutter und Clarissa dafür. Allerdings wollte er Luisa doch ein wenig mehr von sich erzählen, sie hatte verdient, dass er offen zu ihr war.

„Komm, Luisa, ich will dir was zeigen.“ Er nahm ihre Hand und zog sie vom Stuhl hoch. Er bemerkte die Blicke seiner Familie auf sich, aber er ignorierte sie.

Es war seltsam, aber er genoss das Gefühl, Luisas Haut zu spüren, als er sie nach oben führte. Sein Herzschlag beschleunigte sich, als er die Tür zu seinem ehemaligen Zimmer aufstieß. „Bitte, nach dir“, sagte er und schob sie über die Schwelle.

„Wow“, entfuhr es ihr, als sie die goldenen Schallplatten und Preise erblickte, die an der Wand aufgereiht waren. Er hatte seine Mutter mehrfach gebeten, alles zu verpacken oder wegzugeben, aber sie hatte immer gesagt, dass es zu ihm gehörte, dass man die Vergangenheit nicht einfach wegräumen und damit vergessen könnte.

„Ihr wart ziemlich erfolgreich, hm?“, stellte sie fest und drehte sich zu ihm um.

Er zuckte mit den Schultern. „Ja.“

„Mir war nicht klar, wie viele Preise ‚Infinity‘ abgesahnt hat.“

Sie ging zu einem Foto, es war auf der Echoverleihung entstanden. Till stand mit Esther auf der Bühne, sie hielten die Trophäe gemeinsam in die Höhe und strahlten. Gott, wie dumm er damals gewesen war. Egoistisch, selbstverliebt und auf einem Höhenflug der anderen Art. Er hatte keine Drogen gebraucht, um total abzuheben, das hatte der Erfolg ganz alleine geschafft. Und dann war ein Jahr später der tiefe Fall gekommen. Er zuckte zusammen, als Luisa ihm eine Hand auf die Schulter legte. „Wir können gehen, wenn es zu schwer für dich ist.“

Er hatte gar nicht bemerkt, dass sie zu ihm getreten war. Till spürte, dass seine Augen feucht wurden, und musste schlucken. Scheiße, er würde nicht vor ihr heulen. Doch da war auch etwas anderes in ihm. Wärme breitete sich vom Magen in seinen Körper aus, als ihm klar wurde, dass Luisa nicht von seinem Ruhm beeindruckt war, sondern ihn als Mensch wahrnahm, der unendlichen Schmerz in sich trug. Etwas veränderte sich in diesem Augenblick in ihm.

Und noch etwas wurde ihm plötzlich bewusst. Heute Morgen, das war nicht nur irgendein dämlicher sexueller Traum gewesen, nein. Er wünschte sich tatsächlich, Luisa noch einmal zu küssen. Er wollte seine Lippen wie schon beim Fotoshooting auf ihre legen, das Vibrieren zwischen ihnen fühlen und jede Sekunde auskosten.

Aber das ging natürlich nicht. Es war ganz und gar nicht möglich, denn sie hatte jemanden verdient, der sie wirklich lieben konnte. Till war sich sicher, dass sein plötzlich aufkeimendes Verlangen nur durch seine emotionale Anspannung entstanden war. Er wollte und würde Luisa nicht benutzen, um seinen Stress abzubauen, egal wie sehr sein Körper ihn zu drängen versuchte, dass er es tun sollte. Till räusperte sich und fuhr sich durch die Haare. „Schon okay. Ich wollte dir nur kurz zeigen, was einmal mein Leben ausgemacht hat. Aber das ist lange her. Ich fand nur besser, du siehst es hier statt auf Wikipedia. Sollen wir dann losgehen?“

Luisa nahm ihre Hand weg und runzelte die Stirn. Dann sah sie zu Boden. Es tat ihm leid, dass er sie vor den Kopf gestoßen hatte, aber die andere Alternative – sie zu küssen – hätte ihr vermutlich noch weniger gefallen.

„Ich muss noch ein Geschenk kaufen“, erklärte Till Luisa, als sie durch Timmendorfs weihnachtlich geschmücktes Zentrum schlenderten. Überall hingen Lichterketten, in den Schaufenstern fand man künstlichen Schnee, Tannengrün und Lametta. Zu dieser Jahreszeit traf man zwar nur auf wenige Touristen, während man sich im Sommer kaum vor ihnen retten konnte, aber völlig ausgestorben war es auch im Winter nicht im Kern des Küstenortes. Die offizielle Feier seiner Oma würde erst um fünfzehn Uhr beim Italiener eingeläutet werden, sie hatten also noch etwas Zeit.

„Typisch Mann“, kicherte Luisa.

„Wir schenken ihr einfach ein Buch oder so was.“

„Ist das nicht ein bisschen einfallslos?“

Till nahm ihre Hand und zog sie in einen Laden, aus dem ihnen eine Duftmischung von Zimt und Orangen entgegenschlug. Er entdeckte die Quelle auf dem Tresen, wo ein Duftlämpchen flackerte. Die Verkäuferin war gerade damit beschäftigt etwas in ihren PC einzugeben.

„Glaubst du, sie würde sich über Souvenirs freuen? Was soll man jemandem wie ihr schenken?“

„Hm. Na schön. Ein Parfum vielleicht?“

„Sie nimmt seit hundert Jahren das Gleiche. Glaub mir, die Frau möchte nicht überrascht werden.“

„Ein Schal?“

„Damit ich mir dann anhören muss, dass es ein billiger Fetzen ist?“

Luisa verzog den Mund. „Aber was anderes als üblich sollte es schon sein, damit sie sieht, dass nun weiblicher Einfluss in deinem Leben herrscht.“

Ihm entging das Funkeln in ihren Augen nicht. „Kann es sein, dass du das gerade genießt, Lady Coconut?“

„Ach, Mensch. Siehst du? Vor lauter Tamtam hab’ ich noch gar nicht meine Kekstütchen an deine Oma verteilt.“

„Das wäre dann definitiv was Unübliches.“

„Makronen als Geburtstagsgeschenk? Ein bisschen dürftig. Also gut, kauf noch ein Buch dazu.“

„Gott sei Dank, ich habe dich endlich überzeugt.“

Luisa gab ihm einen Knuff in die Seite. Das ließ Till nicht auf sich sitzen, zog sie aus dem Souvenirladen und kitzelte sie, bis sie vor Lachen nach Luft schnappte.

„Na, muss Liebe schön sein“, hörte er die Stimme seiner Schwester hinter sich.

Er erstarrte, ließ Luisa aber nicht los. Er bemerkte, dass sich Luisas Wangen tiefrot färbten, dann wand sie sich aus seiner Umarmung.

„Wegen mir müsst ihr nicht aufhören, macht nur weiter. Bis nachher dann, ihr Süßen.“ Clarissa kicherte und ging in die Drogerie eine Tür weiter.

„Na, komm schon, Luisa. Lass uns das Geschenk besorgen und dann ab zur Party.“

„Wird es eine sehr steife Veranstaltung?“

„Glaube nicht. Wobei ich die meisten Leute auch vor Ewigkeiten das letzte Mal gesehen habe. Aber mit Clarissa und Ulf kann man Spaß haben, ich werde mich darum kümmern, dass wir uns zu ihnen setzen können.“

„Gut, die Feier heute schaffen wir auch noch.“ Vermutlich sprach sie sich selbst Mut zu, so sah es jedenfalls aus. Dabei brauchte sie überhaupt keine Angst zu haben, alle würden sie lieben. Luisa war einfach eine tolle Frau.

„Du machst das alles super, Luisa.“ Er drückte ihr einen Kuss auf die Wange, griff nach ihrer Hand und schleppte sie in den gegenüberliegenden Buchladen.

Nachdem sie einen Bildband über Afrika für Oma Frieda gekauft hatten, schlenderten sie zurück zur Villa.

Tills Großmutter saß im Wohnzimmer und hielt ein Nickerchen. Gut für sie, dachte Luisa und erinnerte sich mit einem Schmunzeln an ihr Gespräch vom Vormittag zurück. Sie fragte sich nur, warum die alte Dame nicht zeigen konnte, wie sie für ihre Familie empfand.

„Pst“, sagte sie und legte sich einen Finger die Lippen. „Lass uns nach oben gehen, ich muss mich sowieso noch umziehen.“

„Bleib doch so.“

Luisa tippte sich an die Stirn. „Ich geh doch nicht in Jeans zu so einer Familienfeier. Komm.“

Auf Zehenspitzen tapste sie über den Dielenboden des alten Hauses und hoffte, dass sie Frieda nicht aufweckten.

Nachdem sie die Tür des Gästezimmers im Obergeschoss hinter sich und Till geschlossen hatte, warf er sich aufs Bett. „Diese Seeluft macht mich immer müde, ich könnte glatt noch mal ein Schläfchen halten. Scheint in der Familie zu liegen, das habe ich wohl von meiner Oma“, scherzte er.

„Mach doch, es ist ja nicht so, dass wir unter Zeitdruck stehen würden. Es ist gerade mal halb zwei.“

Till verschränkte die Arme hinter dem Kopf und sah zu ihr auf. Sie musste schlucken und ihr wurde warm unter seinem intensiven Blick. Es irritierte sie zutiefst, dass er sie mit einer unglaublichen Leichtigkeit aus der Fassung bringen konnte.

„Was ist, soll ich dir etwa Gesellschaft leisten?“, versuchte sie ihre Unsicherheit zu überspielen.

„Wenn du möchtest.“ Er klopfte auf den Platz neben sich. „Na los, komm her und lass mich ein bisschen Kokos inhalieren.“

Sie verschränkte die Arme vor ihrer Brust.

„Muss ich dich erst holen oder geht es auch so?“ Das Funkeln in seinen Augen verriet, dass er es absolut ernst meinte.

Mit einem Schnauben stieg sie zu ihm aufs Bett und musste dennoch grinsen. Völlig überraschend zog Till sie an sich und legte ihren Kopf an seine rechte Schulter.

Verdammt, es fühlte sich viel zu gut an, so dicht bei ihm zu sein. Seine Wärme übertrug sich auf sie und sie konnte nicht verhindern, dass ihr Herz schneller schlug.

„Hey, versuch mal ein bisschen zu relaxen“, tadelte er sie. „Du bist so angespannt wie ein Flitzebogen. Was ist denn los?“

Shit, sie konnte ihm ja wohl schlecht sagen, dass sie in seiner Nähe immer nervös war, weil sie heimlich auf ihn stand.

„Ich bin aufgeregt wegen nachher“, log sie deshalb und schloss die Augen.

Tills freie linke Hand fischte nach ihrer und er verschränkte seine Finger mit ihren. „Ich verspreche dir, dass alles gut wird.

Es sind keine Piranhas, sondern nur Verwandte, die mit meiner Oma feiern wollen. Zu den meisten habe ich nicht mal regelmäßigen Kontakt, wahrscheinlich werden sie uns überhaupt nicht beachten."

„Hm", machte sie und versuchte das Prickeln zu ignorieren, das sich von seiner Haut auf ihre übertrug. Ihr war klar, dass er sie mit seinen Worten nur beruhigen wollte, aber ihr fiel nichts ein, was sie erwidern konnte und vor allem nicht total dämlich klang.

„Muss ich dich erst durchkitzeln, damit du ein bisschen lockerer wirst?", warnte er sie mit einem amüsierten Unterton in der Stimme.

„Bloß nicht. Schon gut." Sie atmete einmal tief ein und aus und wie von selbst kuschelte sie sich noch enger in seine Umarmung.

„Schon besser, Luisa." Er drückte ihr einen Kuss auf den Kopf. „So langsam finde ich Gefallen an Kokos." Er lachte.

Eigentlich musste sie sich noch umziehen, aber es war viel zu schön, mit ihm hier zu liegen. Sie öffnete die Augen und sah an die Decke. In der Mitte des Zimmers hing eine altertümliche Lampe. Überhaupt war die Einrichtung im gesamten Haus so antik, dass man beinahe denken konnte, Frieda Baumeister würde in einem Museum leben.

„Weißt du, warum deine Oma so … kratzbürstig ist? War sie immer so?"

Till brummte. „Weiß ich nicht genau."

„Aber? Irgendwas wirst du schon wissen, oder?"

Till ließ Luisas Hand los und spielte mit ihren einzelnen Fingern. Er tat es unbewusst, was es für sie noch verwirrender machte. Noch nie hatte sie mit einem Mann so vertraut auf einem Bett gelegen, der nicht ihr Freund war. Doch Till schien es nicht im Geringsten merkwürdig vorzukommen, dass sie sich so nahe waren.

„Meine Mutter ist nicht ihr einziges Kind gewesen", eröffnete er ihr schließlich.

„Nicht? Aber? Was ist passiert? Gab es Streit?"

„Ich weiß es nicht genau, aber meine Mutter hatte noch einen älteren Bruder, der ist verschwunden, als er nach dem Studium per Interrail in Europa unterwegs gewesen ist."

„O Gott."

„Monatelang haben sie gehofft und gebangt, dann haben sie seinen Körper gefunden. Er ist ausgeraubt und dann ermordet worden. Für ein paar Kröten hat er vermutlich sein Leben lassen müssen."

„Das ist schrecklich."

„Meine Oma ist eine stolze Frau, sie zeigt keinen Schmerz. Zum einen hatte sie damals nicht gewollt, dass er auf die Reise ging, und sie haben sich im Streit getrennt. Und dann kam er nie wieder. Das hat sie gebrochen, denke ich, auch wenn sie es nie zugegeben hat. Was aber nichts daran ändert, dass sie immer schon Tendenzen hatte, sehr, wie du so schön sagtest, kratzbürstig zu sein."

„Hm", machte sie, weil ihr keine passende Antwort einfiel.

„Sie hat viel Leid erlebt, ihre beiden Brüder sind im Krieg gefallen, der Vater kam aus der Kriegsgefangenschaft in Russland zurück, aber er war nie mehr der Alte. Ich glaube, tief in ihrem Inneren ist sie ein guter Mensch, aber sie kann nicht aus ihrer Haut. So viele liebe Menschen zu früh zu verlieren und dann noch den eigenen Sohn … Jeder geht anders mit Trauer um."

Das bestätigte, was Luisa am Morgen erlebt hatte. Sie glaubte, dass Frieda eine gute Person war, die ihre Herzlichkeit unter einem dicken Panzer versteckte. Das rechtfertigte zwar nicht gewisse Verhaltenszüge, aber machte verständlicher, warum die Familie ihr trotz ihrer Art wohlgesonnen blieb. Luisa fragte sich, ob ihr Angebot, Till im Falle einer Hochzeit Geld zu geben, daher rührte, dass sie wollte, dass ihr Enkel nach dem tragischen Verlust mit seinem Leben weitermachte. Ironisch, denn sie hatte es offenbar selbst nicht geschafft.

„Was geht in deinem süßen Kopf vor, Luisa?“, unterbrach Till ihre Gedanken.

Es war beinahe erschreckend, wie sehr sie sich in den letzten Tagen an ihn gewöhnt hatte. Seine dunkle Stimme war ihr mittlerweile so vertraut, dass sie sie unter Millionen herausgehört hätte. Wie es wohl klang, wenn er sang?

Ja, natürlich kannte sie die populärsten Songs von „Infinity“, aber sie wusste nicht, wie sie live und a cappella klingen würde. Bestimmt wundervoll ... Sie würde ihn so gerne einmal singen hören, traute sich aber nicht zu fragen, denn gestern hatte er ihr unmissverständlich klargemacht, dass er nie wieder etwas mit Musik zu tun haben wollte.

„Hey, du hast ja eine Gänsehaut“, stellte er fest, als sie nicht antwortete, und strich über ihren Unterarm. „Ist dir kalt?“

„Äh. Ja, vielleicht. Du, ich glaube, ich muss mich jetzt mal fertigmachen.“ Sie setzte sich ruckartig auf und befreite sich aus seiner Nähe.

15

Till war froh, als das ewige Händeschütteln und die Fragerei fürs Erste erledigt waren. Zum Glück wurde die Feier relativ klein gehalten und nur knapp vierzig Leute saßen in den Räumlichkeiten des besten Italieners am Ort, den die Oma vorsorglich für den Tag gemietet hatte. Frieda Baumeister klopfte mit einem Löffel an ihr Glas und sämtliche Gespräche verstummten.

„Ich grüße euch alle ganz herzlich. Vielen Dank, dass ihr so zahlreich gekommen seid. Vermutlich haben einige von euch gedacht, dass es vielleicht die letzte Möglichkeit ist, mich noch mal lebendig zu sehen." Sie lachte trocken. Luisa fand den Humor seiner Oma höchstwahrscheinlich sehr merkwürdig, aber sie ließ sich nicht darüber aus.

„... Mehr habe ich auch gar nicht zu sagen, große Lobesreden auf mein Leben könnt ihr euch sparen. Das Kuchenbuffet ist eröffnet, die Feier geht auf mich."

Einige Verwandte wechselten ein paar verstohlene Blicke. Frieda Baumeister setzte sich und breitete sich sehr langsam eine Serviette über ihrem Rock aus. Nach und nach nahmen die Gäste wieder die Gespräche auf, erste Mutige wagten sich ans Buffet und nach ein paar Minuten war alles wieder auf „feiern" eingestellt. Nach der Torte wurden die ersten Gläser Wein und Bier bestellt. Obwohl Luisa nicht erleichtert aufatmete oder es ihm sagte, so spürte er doch, dass sie sich auf ein Gläschen freute. Für Luisa musste das alles noch hundertmal schlimmer sein als für ihn selbst. Er betrachtete sie, während sie sich mit Clarissa über Emilys Fortschritte bei den Geigenstunden unterhielt.

Wie auch immer sie das vorhin so schnell hinbekommen hatte, aber ihre Haare waren locker hochgesteckt und zwei lose Strähnen umrahmten ihr herzförmiges Gesicht. Außerdem trug sie ein dunkelblaues Kleid, das sich ihren Rundungen hervorragend anpasste. Sie sah ausgesprochen hübsch aus, und er ertappte sich dabei, wie er eine Sekunde zu lange in ihr Dekolleté glotzte. Er wollte Luisa nicht auf eine sexuelle Weise begehren, sie half ihm, und er hatte nicht vor, sie auszunutzen oder anzubaggern.

Ihm fehlte schlicht und ergreifend die Übung, Frauen nicht generell als potenzielle Partnerinnen für gewisse Stunden zu betrachten, schlussfolgerte er. Aber genau das war Luisa nicht, daran musste er sich, je länger sie zusammen unterwegs waren, immer häufiger erinnern. Sie war keine Frau für eine Nacht, sie hatte einen Mann verdient, der ihr mehr geben konnte als das.

Leider war Oma Frieda sein gieriger Blick nicht entgangen. Grinste sie etwa? Till tat so, als ob er nichts davon mitbekäme, und legte seinen Arm um Luisas Schultern. Innerlich verpasste er sich jedoch eine Ohrfeige und nahm sich vor, sich für den Rest des Nachmittags besser zu beherrschen. Andererseits, je näher er mit Luisa zusammenrückte, desto glaubwürdiger wurde es doch. Oder nicht?

Es war eine lahme Entschuldigung, schließlich konnte er nicht leugnen, dass er sich zu ihr hingezogen fühlte. Luisa hatte ihn mit ihrer natürlichen Art akzeptiert, wie er war, und wahrscheinlich war das der Grund dafür, dass er sie so mochte, vielleicht mehr als nur das. Obwohl sie wusste, wer er war, reduzierte sie ihn nicht auf seine Vergangenheit. Im Gegenteil, nach der Offenbarung letzte Nacht hatte sie keinen Ton mehr darüber verloren.

Luisa hatte vergessen, wann sie die Grenze von beschwipst zu betrunken überschritten hatte. Sie war auf jeden Fall noch

Herr über ihre Handlungen gewesen, als sie die Feier beim Italiener verlassen hatten.

Jetzt, wo sie mit Ulf, Clarissa und Till im Club „Five“ so wild tanzte, dass ihr fast schwindelig wurde, war das nicht mehr der Fall. Dazwischen hatte aber auch eine ganze Reihe Shots gelegen, die entweder Ulf oder Till angeschleppt hatten. Wo trank Clarissa das nur alles hin? Obwohl, sie hatte auch ziemlich Schlagseite.

„So oft bekommen wir keinen Ausgang, aber heute ist Emily bei Oma. Und früh aufstehen müssen wir morgen auch nicht“, hatte sie vorhin auf der Toilette geplappert. Aber das war Ewigkeiten her, und Luisa musste schon wieder.

Sie beugte sich zu Till. „Ich geh noch mal aufs Klo“, rief sie ihm ins Ohr.

Er nickte und drückte ihr einen Kuss auf die verschwitzte Stirn. „Bleib nicht zu lange.“ Er zwinkerte ihr zu. Clarissa und Ulf lieferten sich gerade eine Tanz-Battle. Es war unübersehbar, dass sich die beiden über alles liebten. Fast beneidete sie sie darum.

Hör auf mit dem Quatsch, mahnte sie sich innerlich, während sie quer über die Tanzfläche verschwand.

Als sie sich kurz darauf die Hände wusch, fiel ihr Blick in den Spiegel vor ihr. Ihre Augen waren glasig, die Wangen gerötet und der Haaransatz schweißnass vom vielen Tanzen. Ein Glück, dass die anderen mindestens genauso alkoholisiert waren wie sie, dennoch nahm sie sich vor, nichts mehr zu trinken. Sie hatte nicht vor, heute Nacht im Bett Karussell zu fahren und sich danach womöglich noch übergeben zu müssen. Sie spritzte sich etwas kaltes Wasser ins Gesicht und marschierte anschließend wieder zurück. Clarissa und Ulf waren verschwunden – wohin auch immer – und Till war auch nicht mehr auf der Tanzfläche zu entdecken.

Sie ließ ihren Blick durch den Club gleiten und entdeckte ihn an der Bar. Er lehnte mit dem Rücken am Tresen und hielt ein Bier in der Hand. Als er sie bemerkte, winkte er ihr zu. Luisa setzte sich in Bewegung. Leider übersah sie eine Stufe, sie trat ins Leere und … verlor das Gleichgewicht. Alles ging rasend schnell, und doch verlief ihr Fall für sie wie in Zeitlupe. Sie segelte mit den Armen rudernd durch die Luft und schlug mit voller Wucht auf dem Boden auf. Ihr Gesicht schrammte über das Parkett und bremste ihren Sturz. Der Schmerz setzte erst ein wenig später ein, dafür brannte es wie die Hölle.

„Bist du in Ordnung?“, hörte sie Tills Stimme neben ihrem Kopf. Zwei starke Hände halfen ihr auf die Beine.

Luisa atmete gepresst, sie sah Sternchen. „Ja, ja“, beeilte sie sich zu sagen. Es war peinlich genug, dass sie zu blöd gewesen war, geradeaus zu gehen.

„Shit, das solltest du kühlen.“ Till tastete vorsichtig an ihrer Wange herum, sie schlug seine Hand weg.

„Spinnst du? Das tut weh!“

Seine Mundwinkel zuckten. „Na, wenn du schon wieder meckern kannst, scheint es nicht allzu schlimm zu sein. Komm, ich hole dir Eis.“

Ohne auf ihre Reaktion zu warten, zog er sie zur Bar, besorgte ihr einen Eisbeutel und betupfte damit ihre Wange. Gott sei Dank war das Licht gedämpft, somit sah er nicht, dass ihr Gesicht nicht nur wegen des Sturzes gerötet war. So was Peinliches konnte ja nur ihr passieren. Dabei war der Tag so gut gelaufen – bis jetzt jedenfalls.

„Wo sind Clarissa und Ulf?“, erkundigte sie sich, weil ihr nichts Sinnvolleres einfiel, um von ihrem Missgeschick abzulenken.

„Die sind eben los, meiner Schwester ging es plötzlich gar nicht mehr so gut.“ Er grinste.

Das konnte Luisa sich vorstellen, aber aktuell hatte sie mit sich selbst zu kämpfen.

„Ich glaube, ich gehe auch. Den Auftritt eben kann ich nicht mehr toppen."

„Okay, ich hole unsere Jacken. Treffen wir uns vorne?"

Sie nickte. Bässe dröhnten, die Musik war durchdringend, und doch kam sie sich vor, als wäre sie ganz weit weg, wenn er sie so ansah wie jetzt.

„Bist du sicher? Warte lieber, ich hole dich hier ab."

„Sei nicht albern, Till. Ich bin auf die Fresse gefallen, das heißt nicht, dass ich ab jetzt einen Babysitter brauche."

Seine Mundwinkel zuckten wieder, ganz so, als ob er nicht mit dieser Antwort gerechnet hätte. „Gut, dann bis gleich."

Till half Luisa in ihren Anorak und sah dabei zu, wie sie sich die Mütze auf den Kopf zog. Das Eis schien geholfen zu haben, ihre Wange hatte zwar ein paar Kratzer abbekommen, aber sie war nicht großartig angeschwollen.

„Was guckst du mich so an?", zischte sie.

„Nix. Können wir dann?" Er zog seinen Reißverschluss bis unters Kinn zu. Die Nacht war eisig, der Sternenhimmel klar. Vom Club „Five" bis zum Haus seiner Oma waren es nur ein paar hundert Meter, sie würden also auf ein Taxi verzichten können.

„Sollen wir den Weg über dem Strand nehmen?", schlug er vor. „Ich hab' Lust auf ein bisschen Meeresrauschen."

Ohne auf ihre Antwort zu warten, hakte er sie bei sich ein.

„Du musst mich nicht führen, ich bin vielleicht dämlich, aber nicht blind, Till."

Er fand es herrlich erfrischend, dass sie sich so ungern von ihm helfen ließ. Üblicherweise konnten die Frauen es gar nicht abwarten, sich an ihn dranzuhängen. Luisa war da komplett anders.

Ein paar Meter vor ihnen ging eine Gruppe Teenager, er schätzte sie, wenn überhaupt, auf gerade volljährig. Ein Hauch von Zigarettenrauch stieg ihm in die Nase, ihre Glimmstängel leuchteten in der Dunkelheit.

„O Shit“, stöhnte er und schnupperte wie ein Suchhund. „Wie ich es vermisse.“

Den ganzen Abend hatte er schon mit dem Verlangen nach einer Zigarette gekämpft. Es war ihm natürlich klar gewesen, dass es, wenn er Alkohol trank und feiern ging, schwierig werden könnte. Im Club war es noch einigermaßen erträglich gewesen, denn dort herrschte seit Jahren Rauchverbot, aber jetzt hier draußen, in der Kühle der Nacht … Er hatte mit sich zu kämpfen.

„Komm schon, so schlimm kann es doch nicht sein“, meinte sie leicht vorwurfsvoll.

Er schnaubte. Luisa hatte ja keine Ahnung. Natürlich nicht. Sicher hatte sie noch nie auch nur irgendetwas Verbotenes getan. Sie wirkte in vielen Fällen so unschuldig auf ihn, was ihn irgendwie faszinierte. Momentan aber nervte es ihn, weil er Verständnis suchte und keinen spöttischen Unterton.

„Du hast natürlich keinen Plan. Weißt du, wie sehr ich es immer genossen habe, nach der stickigen Luft im Club nach draußen zu kommen und dann erst mal genüsslich eine zu rauchen?“

„Das kann ich gar nicht verstehen. Da kommt man an die frische Luft und will sich als Erstes die Lungen mit Dreck vollpumpen?“

Er verdrehte die Augen und stöhnte gequält. „Mein Gott, Luisa. Kannst du vielleicht einmal ein bisschen Verständnis für mich aufbringen?“

Sie lachte spitz auf. „Verständnis?“

Er ließ ihren Ellenbogen los und blieb stehen. „Ja, ist das so schwierig? Es ist echt hart für mich, ehrlich. Ich kämpfe und kämpfe damit, und du dürftest ja wissen, dass Rauchen eine Sucht ist. Da werden verschiedene Zentren im Gehirn angesprochen und die sind momentan unter Entzug. Kaltem Entzug.“

Sie hob eine Augenbraue. Im Mondlicht leuchteten ihre Iriden fast schwarz. „Na schön, was kann ich für dich tun, damit es dir leichter fällt? Lass mich dir helfen.“

Till stand ihr nun gegenüber. „Küss mich!“

Sie schnappte nach Luft. „Wie bitte?“ Obwohl es dunkel war, konnte er ihr hektisches Blinzeln sehen.

„Bring mich auf andere Gedanken. Bitte.“

„Und du meinst, das würde helfen?“

Till war klar, dass es möglicherweise keine gute Idee war. Dass es definitiv keine gute Idee war, aber momentan war er alkoholisiert genug, um alle seine vernünftigen Argumente zu vergessen, denn der Drang, Luisas Lippen auf seinen zu spüren, war mindestens genauso groß wie die Lust auf eine Zigarette.

Er war betrunken, sie war betrunken. Sie hatten ein paar tolle Tage miteinander verbracht. Je mehr er über seine Idee nachdachte, desto besser fand er sie. Zaghaft ging er einen Schritt nach vorne. Sein Atem hinterließ kleine Wölkchen in der Luft und vermischte sich mit Luisas.

„Ich … weiß nicht …“, stammelte sie, wich aber nicht zurück.

Till griff in Luisas Haar und bog ihren Kopf leicht nach hinten, sodass sie ihn ansehen musste. Und dann wurde ihm schlagartig klar, dass es unausweichlich war.

All die versteckten Blicke, die schüchternen Berührungen und die kurzen Sätze, die sie sich schon den ganzen Tag gegenseitig zugeflüstert hatten. Bislang hatte er sich eingeredet, dass es wegen seiner Großmutter nötig gewesen war, jetzt verstand er, dass er es genossen hatte. Mehr als das, und jetzt reichte es ihm nicht mehr, es war nicht genug. Er wollte sie.

Ohne ein weiteres Wort legte er seine Lippen auf ihre. Er wollte nicht mehr reden, er wollte die süße Luisa kosten. Sie schmeckte noch besser als in seinem Traum. Himmel, es durchzuckte ihn wie ein Stromschlag mit zweihundertvierzig Volt, als sich ihre Zungen berührten.

Vorsichtig neckte er sie, zaghaft erkundete er ihren Mund. Mit einem Ruck zog er Luisa noch enger an seinen Körper. Verlangen durchströmte seine Lenden und binnen Sekunden brannte er lichterloh. Er wollte sie spüren, nackt und weich unter sich, während er sich in ihr versenkte.

„Luisa“, stöhnte er heiser an ihrem Mund und strich mit seiner Zunge an ihrem Hals entlang. Sie seufzte leise und hielt sich an ihm fest.

Er hatte keine Ahnung, wie sie die Strecke zu Oma Friedas Haus zurückgelegt oder wie lange sie dafür gebraucht hatten. Eins war jedoch klar, sie wollte es mindestens genauso sehr wie er.

Luisa kicherte, als er sie mit sich nach oben über die alte Holztreppe zog. Einige Stufen knarzten, aber es war ihm egal, ob seine Oma aufwachte. Eigentlich war ihm alles egal, alles bis auf Luisa … und das, was vor ihnen lag.

Er zog die Zimmertür hinter ihnen ins Schloss und fiel sofort wieder hungrig über ihren Mund her. Dabei pellten sie sich gegenseitig Stück für Stück aus ihren Klamotten. Irgendwann waren sie bis auf die Unterwäsche nackt und legten sich aufs Bett. Er spürte, dass sie plötzlich unsicher war. Jede ihrer Reaktionen war natürlich, und doch so leidenschaftlich und intensiv. „Ich will dich“, raunte er ihr heiser zu, sie schloss die Augen und zog ihn zu sich. Verschwunden war die Zurückhaltung und er würde sich die größte Mühe geben, dass sie an nichts anderes als ihn und das, was er mit ihrem Körper anstellte, denken konnte.

Sie flüsterten sich leise Liebesworte zu und ließen sich sehr viel Zeit, obwohl er es kaum abwarten konnte, endlich voll und ganz mit ihr verbunden zu sein. Till öffnete die Häkchen ihres BHs und befreite ihre vollen Brüste. Er freute sich darauf, seine Zunge über ihren nackten Körper wandern zu lassen, und alleine die Vorstellung, sich in ihr zu verlieren, brachte ihn beinahe um den Verstand. Luisa bog ihren Rücken durch, als er an ihrer Brustwarze knabberte. Ungeduldig wand sie sich unter ihm, als er begann, sie an ihrer empfindlichsten Stelle zu streicheln. Sie atmete immer heftiger und klammerte sich an ihm fest.

Er musste sie endlich ganz spüren. Vielleicht lag es daran, dass er für seine Verhältnisse seit Ewigkeiten nicht mehr mit einer Frau im Bett gewesen war, möglicherweise auch einfach an der Intensität der letzten Tage. Was er jedoch ganz genau wusste, war, dass er keine Sekunde länger warten wollte …

Till spreizte Luisas Beine und legte sich dazwischen. Sein hartes Geschlecht drängte sich an ihre Nässe. Er war kopflos, erregt und hoffnungslos verloren.

„Ich nehme die Pille", murmelte sie und zog ihn mit zitternden Händen zu sich. An ein Kondom hatte er nicht gedacht, Gott sei Dank war sie noch so geistesgegenwärtig und erwähnte das Thema Verhütung. Noch nie hatte er auf einen Gummi verzichtet, aber jetzt war es ihm egal.

Till stöhnte, als er schließlich mühelos in ihre Nässe glitt, und fluchte verhalten, weil es sich noch viel besser anfühlte, als er es sich jemals hätte erträumen können.

Es würde kein ausgedehntes Vergnügen für sie werden, wenn er sich nicht etwas zügelte. Till begann seine Hüften quälend langsam kreisen zu lassen und das Verlangen, das durch seinen Körper strömte, löschte alle Gedanken, die bis dahin noch in seinem Hirn umhergeschwirrt waren, jäh aus.

„Mein Gott", knurrte er und warf seinen Kopf in den Nacken. Es war unbeschreiblich, berauschend und so intensiv.

Er spürte ihre Fingernägel an seinem Rücken, der Schmerz war süß und köstlich. Mondlicht schien auf ihr hübsches Gesicht. Ihre Züge waren angespannt und die liebliche Qual, die sie mit ihm durchlebte, war deutlich darauf abzulesen.

„Schneller“, forderte sie ihn mit belegter Stimme auf. Till legte ihre Beine um seine Hüften, um sie noch intensiver zu spüren. Immer wieder versenkte er sich im gleichen Rhythmus in ihr. Schweiß bedeckte ihre Körper und das Geräusch ihrer Atmung erfüllte den Raum.

Immer häufiger stieß sie kleine, spitze Schreie aus. Er wusste, dass sie genauso dicht davor war wie er.

Luisa versteifte sich, bohrte ihre Nägel noch tiefer in seine Haut und keuchte seinen Namen. Mehr brauchte er nicht. Till ließ sich gehen, verband sich mit ihr und sie wurden eins. Luisa öffnete in genau diesem Moment die Lider und ihre Blicke verhakten sich, ihre Seelen verschmolzen. Ihre Körper waren auf eine ganz besondere Weise miteinander verbunden. Er verlor endgültig die Kontrolle.

Erst nach einer Ewigkeit kamen sie langsam zur Ruhe. Er war jedoch auch noch Minuten danach unfähig, sich zu bewegen. Mit letzter Kraft rollte er sich schließlich auf die Seite, zog Luisa in seine Arme und hauchte ihr einen zärtlichen Kuss auf den Scheitel.

„Bist du in Ordnung?“, fragte er immer noch atemlos und mit rasendem Puls.

„Ja …, und du?“ Ihre Stimme klang rau und erinnerte ihn an ihre Schreie während des Liebesspiels.

Meine Güte, er war doch eben erst heftig gekommen und wünschte sich, es schon wieder zu tun? Er hatte definitiv ein Problem.

16

Luisa hatte Kopfschmerzen. Aber da war noch ein anderes, sehr präsentes Gefühl, als sie erwachte. Eine Sekunde glaubte sie, sie hätte alles nur geträumt. Aber Tills feste Umarmung überzeugte sie augenblicklich, dass ihre Erinnerungen sehr real waren.

Shit, dachte sie und ihr Magen zog sich nervös zusammen. Der Sex mit ihm war der Hammer gewesen. Obwohl sie sich ein bisschen wund fühlte, spürte sie, dass alleine der Gedanke an letzte Nacht sie erneut feucht werden ließ. Ihr Körper jedenfalls schien nichts gegen eine Wiederholung zu haben … Und ihr Kopf?

Den würde sie erstmal lieber nicht befragen, denn alle Überlegungen, die sie zu dieser Eskapade anstellen könnte, würden ihr nicht gefallen. Deswegen ließ sie es bleiben und genoss Tills Nähe noch ein bisschen, bevor er aufwachte. Vielleicht war sie dämlich, ja, ganz sicher sogar, aber das schob sie vorerst beiseite.

Tills Augen waren geschlossen, als er begann, mit seinen Fingerspitzen über ihre Haut zu streichen.

„Guten Morgen, Schlafmütze“, murmelte er in ihr Haar.

Luisa schmiegte sich in seine Umarmung. „Guten Morgen.“

Sie war unsicher, wie sie sich verhalten sollte. Jetzt, wo sie wieder halbwegs nüchtern war, war es ihr peinlich … alles. Dass er sie nackt gesehen hatte, dass sie sich ihm hemmungslos hingegeben hatte und dass sie es so sehr genossen hatte. Obwohl er ganz klar auch auf seine Kosten gekommen war, hatte sie keine Ahnung, ob es ihm so gut gefallen hatte wie ihr. Vielleicht nicht, sie war unerfahren und überhaupt nicht so temperamentvoll wie seine anderen Liebschaften – vermutlich, sie wusste es nicht. Sie hatten es in der Missionarsstellung getan, einen Mann wie ihn sollte man wahrscheinlich reiten oder …? Erste erschütternde Zweifel beschlichen sie. Was hatte sie nur getan? Sie hatte alles kaputtgemacht. Höchstwahrscheinlich dachte er jetzt gerade daran, wie er sie baldmöglichst loswerden konnte, so wie alle anderen Frauen vor ihr auch.

Wie alle anderen.

Der Gedanke schmerzte.

„Wegen letzter Nacht …“, fing sie an.

Till seufzte wohlig und streichelte in kreisenden Bewegungen über ihren Bauch. „Hm? O ja. Ich könnte mir vorstellen, es gleich noch mal zu tun“, raunte er in ihr Ohr, und ehe sie sich versah, hatte er sie auf das Kissen gebettet und war unter der Decke verschwunden. Luisa blieb nicht viel Zeit zu protestieren, um genau zu sein, gar keine, bevor sie seine Zunge auf ihrer intimsten Stelle spürte.

„Ach du Scheiße“, keuchte sie und krallte sich im Laken fest. Tills Hände hielten ihre Hüften fest, sodass sie ihm nicht ausweichen konnte.

Okay, beschloss sie, wenn die Lage so war, würde sie sich nicht wehren … Den Katzenjammer … würde sie vertagen.

Aus der Küche duftete es nach Kaffee, als Till mit Luisa die Treppe nach unten kam. Nach einem ausgiebigen Schäferstündchen hatten sie jeder für sich kurz geduscht und waren nun halbwegs bereit für den Sonntag.

„Guten Morgen“, grüßten sie beide seine Oma.

Frieda Baumeister saß mit einem dampfenden Pott am Küchentisch und blätterte in einem Wochenmagazin der Gemeinde. Auf dem Tisch standen drei Gedecke, ein Korb mit frischen Brötchen, Aufschnitt, Marmelade und Orangensaft.

„Ah, da ist ja das frischverliebte Paar. Setzt euch. Habt ihr gut geschlafen?“ Obwohl ihn die Frage und das Aufgebot vielleicht erstaunten, ließ er sich nichts anmerken.

Till sah aus dem Augenwinkel, dass Luisa errötete.

Gott, sie war so niedlich. Vermutlich schämte sie sich gerade und fragte sich, ob Oma Frieda etwas von ihren Liebesspielen mitbekommen hatte. Aber selbst wenn, offiziell waren sie verheiratet und sie konnte davon ausgehen, dass ein Ehepaar Geschlechtsverkehr hatte. Der Gedanke ließ ihn beinahe schmunzeln.

„Ja, an der Küste schläft es sich doch immer gut“, gab er zurück und ließ zuerst Luisa einen Platz wählen, bevor er sich selbst setzte.

„Schön. Will jemand Kaffee? Luisa, was ist mit deinem Gesicht passiert?“ Seine Großmutter war im Begriff aufzustehen, um die Kanne zu holen, aber Luisa war schneller.

„Ähm, ich bin leider gestolpert gestern, im Club. Lassen Sie nur, ich gehe schon. Das Frühstück sieht wundervoll aus.“

„So so“, machte Frieda und schüttelte den Kopf.

„Am Rand der Tanzfläche, da war so eine Stufe“, stammelte sie. Es war nicht zu übersehen, dass ihr diese Sache höchst peinlich war.

„Es ist doch nichts passiert, in zwei, drei Tagen ist es wieder gut. Dich entstellt so schnell nichts“, meinte er lachend und gab ihr einen Klaps auf den Hintern.

Luisa schaute ihn mahnend an, dann wurde ihm klar, dass diese Vertraulichkeiten vor seiner Großmutter vielleicht einen Tick zu dick aufgetragen waren. Er hatte gar nicht nachgedacht, mit Luisa fühlte sich alles so natürlich und einfach an, dass er nichts von allem, was sich hier zugetragen hatte, bewusst gespielt hatte. Im Gegenteil, je länger er mit ihr zusammen war, desto mehr mochte er sie. Er begehrte sie sogar noch immer, obwohl er gerade erst mit ihr im Bett gewesen war. Das sollte ihn beunruhigen, seltsamerweise fühlte er sich aber einfach nur gut. Zudem wollte er seine wahren oder nicht wahren Absichten Luisa gegenüber genau jetzt nicht näher analysieren. Vor allem nicht, während seine Oma ihn mit bohrendem Blick musterte.

Till war außerdem nicht wenig überrascht, dass seine Großmutter sich die Mühe mit dem Frühstück gemacht hatte. Nicht, dass sie es nicht konnte. Für ihr Alter war sie noch erstaunlich rüstig, aber es war einfach nicht ihre Art, sich fürsorglich um Menschen zu kümmern. Er hatte es jedenfalls selten erlebt. Obwohl er als Kind viel Zeit bei ihr verbracht hatte, so hatte es ihr von jeher an Herzlichkeit gefehlt. Ob sie schon immer so gewesen war oder ob das mit dem Verschwinden ihres Sohnes zusammenhing, wusste er nicht, da das vor seiner Zeit passiert war.

Luisa goss Till und sich selbst Kaffee ein, erkundigte sich bei Frieda, ob sie mehr wollte, diese verneinte mit einem Spruch von wegen, sie hätte keine Lust auf einen Herzinfarkt infolge einer Überdosis Koffein. Das Frühstück verlief nach dieser gewohnt scharfzüngigen Information der Großmama schweigsam. Immer wieder warf Frieda ihnen jedoch wissende Blicke zu, äußerte aber nichts Konkretes. Till fühlte sich während dieser wortlosen Inquisition unwohl.

Als sie endlich aufgegessen hatten, erhob sich Frieda. „Luisa, könntest du uns einen Moment alleine lassen?“

„O ja, natürlich.“ Sie stand so hastig auf, dass ihr Stuhl beinahe umkippte.

Frieda wartete mit ihrer Ansprache, bis Luisa die Tür hinter sich geschlossen hatte.

„Ich bin erfreut zu sehen, dass das mit deiner Ehe gut läuft, Till. Ich hätte es nicht gedacht, aber nach diesem Wochenende werde ich meinen Teil der Vereinbarung einhalten und dir das Geld überweisen. Ich hoffe, du nutzt es sinnvoll und nicht für irgendeinen Unsinn.“

Till versuchte sich seine Erleichterung und gleichzeitig seinen Ärger nicht anmerken zu lassen. Es war schade, dass sie nicht einfach sagen konnte: „Gut gemacht und viel Glück!" Auch wenn es seiner Oma nicht passte, weil sie sich für ihren Enkel eine aufstrebende Karriere in irgendeiner Chefetage wünschte, so wollte er nichts sehnlicher, als die „Klassikschrauber" mit Olli aufs nächste Level zu bringen.

„Danke, Oma", brachte er hervor und schluckte den Rest einfach herunter. Es war eine alte Frau, sagte er sich zur Beruhigung und sparte sich den Versuch, ihr zu erklären, dass seine Träume nicht mit ihren einhergingen und es sie zudem überhaupt nichts anging, was er mit seinem Leben anstellte.

„Schön, Junge. Ich wünsche euch alles Gute."

Wow, dann hatte sie es doch noch über sich gebracht. Till nickte und bedankte sich noch einmal. Sie tätschelte ihn mit ihren knochigen Händen am Oberarm, dann verließ sie die Küche. „Wäre gut, wenn du eben hier noch klar Schiff machen könntest, Till. Dann muss ich nachher nicht den Abwasch übernehmen."

Till sah ihr hinterher und begann kopfschüttelnd abzuräumen.

Luisa staunte nicht schlecht, als Frieda Baumeister aus der Küche auf sie zukam. Über dem Arm hing ihr Mantel.

„Nach dem Frühstück drehe ich jeden Morgen eine Runde", erklärte Tills Oma ganz ohne Aufforderung. Luisa fragte sich, warum sie auf einmal so versöhnlich war, ja, sie wirkte nahezu zufrieden. Was sie wohl mit Till besprochen hatte?

Plötzlich erschien etwas, das so aussah wie ein Lächeln, auf Frieda Baumeisters faltigem Gesicht. „Meine Liebe, auch wenn Till denkt, er habe mich überzeugt, so ist mir doch klar, dass die Hochzeit nie wirklich stattgefunden hat."

Luisa schnappte nach Luft. O mein Gott, es hatte ja so kommen müssen.

Ehe sie etwas zu ihrer Verteidigung vorbringen konnte, hob Tills Oma ihre dünne, knochige Hand und gebot Luisa damit Einhalt. „Sag jetzt nichts. Es ist völlig in Ordnung, dieses Gespräch findet nur zwischen uns beiden statt und ich möchte, dass du es für dich behältst. Du bist ein schlaues Mädchen und ich bin hocherfreut, dass Till dich mitgebracht hat. Und … was nicht ist, kann ja noch werden. Mir scheint, ihr seid auf einem guten Weg."

Luisa musste schlucken, ihr Mund war staubtrocken, wohingegen ihre Handflächen eiskalt und feucht waren.

„Und ja, ich habe die Papiere von einem Fachmann überprüfen lassen. Die Fälschung war gut, aber ich bin nicht blöd. Egal …", sie winkte erneut ab. „Und nur dass du nicht glaubst, ich behandele meine Enkelkinder nicht gleich. Clarissa wird denselben Betrag wie Till von mir bekommen. Ich habe Geld genug und nicht vor, es mit ins Grab zu nehmen. Meine Enkel sollen etwas mehr von mir erhalten als nur den Pflichtteil. Wer weiß, was mein Schwiegersohn sonst damit anstellt."

Es war ja fast klar, dass Frieda Baumeister nicht mehrere Sätze äußern konnte, ohne darin eine Spitze unterzubringen.

„Und jetzt zu dir, Luisa."

O Gott. Luisa hatte ihre Augen weit aufgerissen, hielt die Hände wie zum Gebet vor ihrem Bauch gefaltet, weil sie absolut nicht wusste, was sie sonst damit anfangen sollte.

„Ich wünsche Till, dass er glücklich wird. Obwohl ich nie mit ihm über den Verlust seiner Jugendfreundin gesprochen habe, so weiß ich doch, dass es schwer für ihn war. Allerdings war Esther genau das: eine Jugendfreundin. Till muss endlich verstehen, dass er nach vorne schauen muss, und ich möchte, dass du ihm dabei hilfst."

„Vielleicht ist das ein bisschen viel verlangt? Er ist ein freier Mensch."

„Ach, papperlapapp. Männern muss man immer sagen, wo es langgeht, Kind. Esther war hübsch, ja, und auch talentiert, aber sie und Till passten im Grunde nicht zueinander.“

„Und wir schon?“ Luisa biss sich auf die Unterlippe, wahrscheinlich hätte sie das nicht sagen sollen, aber ihr Mund war schneller als ihr Hirn gewesen.

„Du bist bodenständig und klug, das sind schon mal gute Voraussetzungen, und hässlich bist du auch nicht. Till muss endlich mit seinem Leben weitermachen, er soll nicht die gleichen Fehler begehen wie ich. Für mich ist es zu spät, aber er hat noch Zeit. So, und jetzt geh mir aus dem Weg, bevor es hier noch zu Rührseligkeiten kommt. Dieses Gespräch zwischen uns hat nie stattgefunden, ist das klar?“

Luisa nickte. „Natürlich.“

„Gut, ich gehe davon aus, dass wir uns an Weihnachten sehen. Und, Luisa, eine etwas weiblichere Garderobe würde dir nicht schaden. Diese Jeanshosen, die die Mädchen heute tragen, sind schrecklich.“

Frieda Baumeister schlüpfte in ihren Mantel und stakste davon.

Unfassbar! War das eben wirklich passiert? Luisa musste sich einen Augenblick setzen. Wenn sie das Till erzählen würde, was würde geschehen? War es nicht tatsächlich besser, so wie Frieda sagte, die Klappe zu halten? Er bekam sein Geld und seine Oma hatte ihm etwas Gutes getan. Allerdings hielt Luisa es für mehr als unwahrscheinlich, dass sie sich an Weihnachten sehen würden. Zum einen hatte sie das Konzert und zum anderen hatte sie mit Till keine Zukunft. In dem Punkt lag die alte Dame leider völlig daneben.

17

Als Till fertig gewesen war, die Reste vom Frühstück zu beseitigen, hatte er Luisa im Wohnzimmer gefunden, wo sie regungslos aus dem Fenster auf die Ostsee gestarrt hatte. Er hatte einen Moment Angst bekommen, dass sie die Nacht mit ihm bereut haben könnte, aber als sie ihn bemerkt hatte, hatte sie gelächelt und sich an ihn geschmiegt. Jetzt waren sie auf dem Weg zum Weihnachtsmarkt. Lust auf Glühwein hatte er nach dem gestrigen Fest zwar keine, aber sie waren verabredet, und Emily würde sicher gerne eine Runde Karussell fahren und er konnte sich an alkoholfreien Punsch halten.

„Puh“, Luisa hielt sich eine Hand an die Stirn. „Frische Luft tut gut. Ich trinke normalerweise nicht so viel.“

Er nahm ihre Hände und zog sie in seine Arme. „Ich mag dich, wenn du betrunken bist. Dann bist du so hilfsbereit.“

Sie kicherte und schaute zu ihm auf. „Du bist mir also dankbar, dass ich dich vor einem Rückfall bewahrt habe?“

„O ja“, brummte er und drückte sie an sich.

Es machte Spaß, Luisa zu küssen, sie wurde zu Wachs in seinen Armen, und er genoss ihre Natürlichkeit. Sein Körper reagierte sofort auf sie, obwohl es noch nicht lange her war, dass sie miteinander geschlafen hatten.

Er hätte es nie für möglich gehalten, aber im Moment war er glücklich, in genau dieser Sekunde dazu noch elektrisiert, da das Blut direkt aus seinem Hirn in tiefere Regionen schoss.

„Wenn du nicht aufhörst, werden wir nicht zu diesem verfluchten Weihnachtsmarkt gehen“, presste er zwischen zusammengebissenen Zähnen hervor. „Sieh nur, was du anrichtest.“ Er grinste anzüglich und schaute an sich hinunter.

Luisas Lippen formten ein „Oh“, dann kicherte sie. „Ich glaube, du hast mich zuerst geküsst.“

Till zögerte nicht lange und schnappte sich ihre Hand. „Stimmt. Dann komm, lassen wir sie nicht warten. Ich werde an etwas schrecklich Abtörnendes denken, dann wird es schon gehen.“

„Und das wäre?“

Till schaute sie von der Seite an. „Wenn ich das nur wüsste. Vor meinem geistigen Auge sehe ich ganz andere Bilder …“

Noch einmal blieb er stehen und zog sie in seine Arme. Sanft knabberte er an ihrer Unterlippe, saugte daran und nahm ihren Mund dann vollständig in Besitz. Luisas Seufzen verstärkte die Lust in seinen Lenden. Er knurrte etwas Unmissverständliches und zwang sich dann endlich, sie loszulassen.

„Verdammt“, fluchte er und fuhr sich durch die Haare. „Ich bin nicht mehr Herr meiner Sinne.“

Luisas Lippen waren blutrot und vom Küssen geschwollen.

Scheiße, sie war der Inbegriff der Weiblichkeit. Ihre Rundungen waren einfach perfekt!

Er hatte keine Ahnung, wieso er sich bislang mit mageren Frauen abgegeben hatte. Überhaupt verstand er vieles nicht mehr …

„Wolltest du deine Familie doch warten lassen?“ Sie blinzelte unschuldig, aber ihre Augen funkelten belustigt.

„Du kleine Hexe. Du genießt es, mich leiden zu sehen?“

Luisas Mund verzog sich zu einem Grinsen. „Ich würde lügen, wenn ich sagen würde, dass es mir nicht ein bisschen gefällt.“

Till stöhnte und schloss die Augen. „Zahnarzt. Wurzelfüllung. Betäubungsspritze …“

„Was?“, fragte Luisa.

„Ich versuche an was Schlimmes zu denken, bloß nicht an … du weißt schon.“

„Und, gelingt es?“

Er nahm ihre Hand und legte sie auf seinen Schritt. „Nicht besonders. Ich halte mir einfach deine Tasche davor."

So setzten sie ihren Weg fort, bis er wieder in der Lage war, klar zu denken.

Das alte Rathaus war hell beleuchtet und weihnachtlich geschmückt. Aus den zahlreichen Buden strömten die verschiedensten Düfte, es roch nach Glühwein, nach Gegrilltem bis hin zu süßem Zuckergebäck. Kinderjauchzen drang an ihre Ohren, das Bimmeln des Karussells ertönte immer wieder. Es schien beinahe so, als ob ganz Timmendorf an diesem Nachmittag auf den Beinen war, man konnte sich nur im Gänsemarsch fortbewegen. Zum Glück fanden sie schließlich noch ein Plätzchen, an dem sie nicht dauernd angerempelt wurden. Niemand von ihnen konnte sich heute jedoch für gewürzten Wein erwärmen, also hielten sich alle an einer Tasse alkoholfreiem Punsch fest. Die kleine Emily saß auf dem Karussell und drehte eine Runde nach der anderen. Luisa wurde schon schwindelig vom Hinsehen.

„Wann kommt ihr an Weihnachten?", erkundigte sich Gabi bei Till und Luisa. Sie biss sich auf die Lippe. Diese Frage hatten sie bislang nicht wirklich diskutiert. Warum auch?

„Ich habe leider an Heiligabend ein wichtiges Konzert …", stammelte Luisa und schaute Till hilfesuchend an. Den Gedanken an die bevorstehenden Feiertage, sowie eigentlich alles, was ab morgen kam, hatte sie bisher komplett verdrängt. Bis jetzt. Natürlich war klar, dass sie in Zukunft nicht alle möglichen Feste gemeinsam feiern würden, nur weil sie eine Hochzeit vorgegaukelt hatten. Till würde demnächst ihre Blitztrennung nach einer Blitzhochzeit bekanntgeben müssen, aber das war zum Glück nicht mehr ihr Problem, obwohl sie es bedauerlich fand. Sie mochte seine Familie, sogar Großmutter Frieda irgendwie.

„Ja, Mama. Wir haben noch keine konkreten Pläne gemacht“, half Till ihr endlich aus.

„Ich sehe schon. Na ja. Vielleicht am ersten Feiertag? Und Luisas Familie müssen wir ja auch mal kennenlernen …“

„Mama!“ Tills Stimme hatte einen genervten Unterton angenommen.

„Okay“, sie hob die Arme. „Alles zu seiner Zeit, verstehe.“

„Mama“, mischte Clarissa sich nun auch noch ein. Sie schien sich vom gestrigen Abend noch nicht so ganz erholt zu haben. Ihre Gesichtsfarbe hatte nach wie vor einen Grünstich. „Kommt doch einfach mal nach Berlin, das wäre doch die beste Lösung.“

„Und was machen wir mit Oma?“, fragte Gabi.

„Packt sie halt ins Auto. Sitzen kann sie ja wohl noch“, schlug Ulf vor.

„Gott, die Frau auf so engem Raum zu ertragen, wird schwer. Nein, das geht überhaupt nicht. Ist ja nicht nur die Fahrt, dann müssen wir ihr in Berlin auch noch alles hinterhertragen. Nein, also das geht nicht“, jammerte Herrmann. „Die Frau ist neunzig, hallo?“

Luisa fühlte sich auf einmal völlig fehl am Platz und wollte nur noch weg. Sie wusste nicht, woher der Gedanke so plötzlich kam, aber die rosa Seifenblase war geplatzt. Sie hatte hier nichts zu suchen und ihre Schuldigkeit als Fake-Ehefrau längst getan. Sie wollte sich nicht die familieninterne Planung für das bevorstehende Weihnachtsfest anhören. Tills Arm lag auf ihren Schultern, aber es fühlte sich falsch an. Alles fühlte sich auf einmal falsch an, weil es nicht echt war. So einfach war das.

Sie gehörte hier nicht hin und würde auch nie eine von ihnen sein. Wie dämlich von ihr, auch noch mit Till zu schlafen. Damit hatte sie sich selbst zu einer von vielen auf seiner Liste degradiert. Seitdem war alles anders, sie konnten jetzt nicht mal mehr Freunde sein, der Sex würde immer zwischen ihnen stehen. Nun war sie auch nur eine schnelle Nummer gewesen, die ihm obendrein noch etwas aus der Patsche geholfen hatte. Dass sie zusammen im Bett gelandet waren, hätte nie passieren dürfen. Sie hatten sich in einem schwachen Moment in einer Alkohollaune zu etwas hinreißen lassen, das sie nun bereute. Nicht, weil der Sex nicht gut gewesen war, natürlich nicht. Till war ein Gott im Bett, aber Luisa war nicht so dumm zu glauben, dass Till sich Hals über Kopf in sie verlieben würde. Für ihren Teil musste sie sich leider eingestehen, war es längst zu spät. Wahrscheinlich hatte sie sich schon in ihn verguckt, als er damals zur Tür des „Mondmanns“ hereingekommen war. Diese Erkenntnis gab ihr den Rest.

Hoffentlich würden sie bald losfahren, sie wollte nach Hause. Zurück nach Berlin, um ihre Wunden zu lecken. In ihren vier Wänden würde sie schneller in die Realität zurückkehren. Das brauchte sie jetzt. Sie wollte die Nacht nicht vergessen, nein, aber Illusionen aufsitzen wollte sie ebenso wenig. Sie rückte ein Stück von Till ab.

„Luisa, ist alles in Ordnung? Du siehst blass aus“, erkundigte er sich prompt. Auf seinen Zügen spiegelte sich ehrliche Besorgnis wider. Warum musste er jetzt auch noch fürsorglich sein? Mit berechnender Kälte hätte sie besser umgehen können.

„Alles okay, vielleicht auch ein bisschen viel Alkohol letzte Nacht“, redete sie sich raus und wand sich aus seiner Umarmung.

„Ja, wir haben alle noch ein bisschen Schlaf nachzuholen“, sagte Gabi und lachte. „Wann fahrt ihr los?“

„Ich muss ja morgen arbeiten, also mir wäre es recht, wenn wir demnächst …“, sprudelte es aus ihr hervor.

Jetzt, wo klar war, dass es vorbei war, konnte sie nicht schnell genug wegkommen. Till runzelte zwar die Stirn, nickte dann jedoch. „Ja, das wäre schlau. Ist es okay, wenn wir bald aufbrechen?“

„Aber natürlich, mein Junge. Hauptsache, ihr kommt sicher an.“

Clarissa hing an Ulf. „Ich glaube, wir fahren auch bald. Wenn du Emily mal von diesem Karussell herunterbekommen könntest, Schatz?“

Ulf lächelte milde. „Natürlich, Liebling. Ich fahre dich dann sicher zurück nach Hause.“

Luisa war froh, dass der Abschied kurz darauf knapp ausfiel. Man würde sich ja bald wiedersehen …

Tja, sie ahnten eben nicht, was sie längst wusste. Für sie war es ein Lebewohl für immer.

Der Rückweg zu Friedas Villa kam ihr ewig vor. Till hatte ein paarmal versucht zu scherzen, aber so recht mochte sie nicht darauf eingehen. Auf dem Weihnachtsmarkt hatte sich ein Schalter in ihrem Gehirn von Träumerei zu Realität umgelegt. Das mit Till war vorbei, und das Einzige, was sie jetzt noch retten konnte, war ihr Selbstwertgefühl. Und das hatte unter Manuel schon bedenklich gelitten, weitere Risse in der Statik konnte sie sich beim besten Willen nicht mehr leisten. Till schien die Veränderung zu spüren und zu akzeptieren, denn er startete keinen weiteren Versuch mehr, sie zu küssen oder zu umarmen.

Frieda Baumeister saß mit einem Tee im Wohnzimmer, als Till und Luisa ihr Gepäck aus dem Obergeschoss holten. Die alte Dame erhob sich und kam auf die beiden zu.

Luisa wollte zur Seite treten, umso überraschter war sie, als Frieda ihr die knochige Hand auf ihre unversehrte Wange legte.

„Liebes Kind, bleib so, wie du bist, und lass dich von meinem Enkel nicht unterkriegen.“

Shit, wenn sie sich nicht zusammenriss, würde sie gleich hier und jetzt anfangen zu heulen.

„Oma“, sagte Till. Sonst kam nichts von ihm.

Frieda nahm die Hand von Luisas Wange und sandte eine stille Botschaft an ihren Enkel. Es war eigenartig, aber sie hatte die Frau trotz ihrer Spitzzüngigkeit ins Herz geschlossen. Luisa wusste, im Kern war sie eine einsame, gebrochene Person, die viele ihrer liebsten Menschen zu früh verloren hatte, ohne Lebewohl sagen zu können.

„Dann macht, dass ihr loskommt. Ich bin müde und muss mich ausruhen", sagte Frieda schroff. Luisa war klar, dass sie es nicht so meinte, sondern eine lange Verabschiedung vermeiden wollte.

„Auf Wiedersehen, Frau Baumeister. Es hat mich gefreut, Sie kennenzulernen."

Scheiße, es klang so endgültig, wie es war.

„Ja ja." Sie winkte ab, aber Luisa entging ihr Schlucken nicht. Sie schien etwas zu ahnen. Oder?

„Tschüss, Oma." Till beugte sich zu ihr und drückte ihr einen Kuss auf die Wange.

Frau Baumeister begleitete sie nicht zum Bulli.

Der Kloß in Luisas Hals wuchs und wuchs mit jedem Kilometer, den sie hinter sich ließen. Sie hatte keine Ahnung, worüber sie sich noch mit Till unterhalten könnte. Anscheinend ging es ihm genauso. Da nicht mal das Radio lief, wurde die Stille zwischen ihnen immer unerträglicher.

„Und was hast du noch so vor heute?", fragte Luisa ihn schließlich.

Till sah zu ihr herüber. „Nichts eigentlich. Und du?"

„Ich habe noch eine ganze Menge vorzubereiten. Den Unterricht für diese Woche und all das … Du weißt schon, die Aufführung an Heiligabend."

Er nickte. „Viel Stress vor Weihnachten, ich erinnere mich."

Gott, wie lange konnte so eine Fahrt eigentlich dauern? Luisa wünschte, sie wären endlich da.

„Bist du zufrieden mit dem Wochenende?“, fragte sie dann und biss sich auf die Lippe. Hoffentlich verstand er es nicht falsch.

Seine Antwort kam sehr schnell und traf sie wie ein Vorschlaghammer. „O Mann, ich bin echt froh, dass es vorbei ist, ja.“

Ihre Augen brannten.

„Hey, das habe ich nicht auf uns bezogen. Ach, du weißt schon. Ich meinte wegen der Familienfeier und so.“

„Kein Problem, ich bin auch froh, dass es vorbei ist“, presste sie mühsam hervor. Danach starrte sie eine ganze Weile aus dem Fenster.

Die Verabschiedung vor ihrer Wohnung verlief nicht minder holprig als die absurde Geschichte an sich. Till parkte den Bulli in zweiter Reihe, stieg aus und hob ihren Koffer aus dem Bus. Die Warnblinkanlage erhellte die spärlich beleuchtete Straße in rhythmischen Abständen.

„Kann ich ihn für dich raufbringen?“

„Nein, lass mal. Ist ja nicht schwer.“

„Okay“, sagte er und trat von einem Fuß auf den anderen.

„Ja, dann also … bis bald.“

„Ja, genau. Der Käfer wird diese Woche auf jeden Fall fertig.“

Sie nickte nur, weil sie Angst hatte, dass ihre Stimme brechen würde.

„Mach’s gut, Luisa, und vielen Dank.“ Er beugte sich vor, um ihr einen Kuss auf die Wange zu geben, aber sie wich ihm aus.

„Ciao, du kannst mir ja dann Bescheid sagen“, brummte sie, schnappte sich ihren Koffer und hastete davon.

18

„Verdammte Axt“, fluchte Olli. „Kannst du dich mal zusammenreißen?“

Till hob müde den Kopf. Er hatte nicht gut geschlafen. Um genau zu sein, schlief er fast überhaupt nicht mehr, seit er aus Timmendorf zurück war. Aktuell saß er an seinem Schreibtisch in der Werkstatt und starrte Löcher in die Decke.

„Was ist denn?“, antwortete Till mit einer Gegenfrage.

„Du weißt genau, was ich meine. Der Käfer ist seit drei Tagen fertig, aber du rufst sie nicht an. Was ist eigentlich los?“

Till zuckte mit den Schultern. „Nichts.“

„Ja, genau. Wer's glaubt.“

„Du kannst mich mal am Arsch lecken, weißt du das? Kann es sein, dass dir deine letzte Freundin zu viel *‚Sex and the City‘* ins Hirn gepflanzt hat? Ich muss nicht jeden beschissenen Fick aus meinem Leben mit meinen Kumpels diskutieren, kapierst du das nicht?“

Olli verschränkte die Arme vor seiner Brust. „Aha. Du hast also mit ihr gevögelt. Warum überrascht mich das nicht. Hätte ich mir ja gleich denken können.“

Till verdrehte die Augen und spielte mit einem Kugelschreiber. „Ja, so bin ich. Ich bin das Arschloch, das alle bumst und sich dann nicht mehr meldet. Was ist neu an der Geschichte?“

Olli sog scharf die Luft ein. „Sag du es mir, Kumpel.“

Till hatte keine Ahnung, worauf er hinauswollte, und aktuell kümmerte es ihn auch einen feuchten Dreck. Er wünschte sich nichts mehr, als endlich mal wieder eine Nacht schlafen zu können. Aber jedes verdammte Mal, wenn er seine Lider schloss, hatte er Luisas Gesicht vor Augen. Es war einfach unerträglich.

Und er vermisste sie.

Genervt feuerte er den Kugelschreiber davon.

Olli lachte, was Till noch rasender machte. „Ruf sie endlich an“, schlug Olli ihm schulterzuckend vor.

„Wen?“

„Tu nicht so blöd. Du bist nicht so ein Arschloch, wie du gern sein möchtest. Ruf Luisa an und sag ihr wenigstens, dass ihr Auto fertig ist.“

Er wusste, dass Olli recht hatte. Trotzdem hatte er Angst, ihre Stimme zu hören. Er hatte Angst, sie wiederzusehen, und er hatte noch mehr Angst zu analysieren, was mit ihm eigentlich los war.

„Verfickte Scheiße“, brummte er und fuhr sich durch die Haare, als er sah, dass sein Telefon klingelte und seine Schwester mit ihm sprechen wollte.

Luisas Zustand war einfach zu beschreiben. Sie versank in einem Meer von Kokos und Tränen. Zudem hatte sich die Woche bisher nahezu zum Alptraum entpuppt. Über das Wochenende hatte sich Carolin Liepinskis Erkältung zu einer Kehlkopfentzündung entwickelt, und was das hieß, wusste jeder. Sie würde bei der Aufführung unmöglich singen können.

In einem Anflug von geistiger Umnachtung hatte sie sich daraufhin breitschlagen lassen, ihre Position einzunehmen. Herr Becker hatte damit argumentiert, dass sie in den Proben ihren Part ohnehin schon mehr als einmal geübt hätte. Hinzu war gekommen, dass sie in den letzten Tagen nicht wirklich bei der Sache gewesen war und quasi zu allem Ja gesagt hatte, damit man sie in Ruhe ließ. Tja, nun hatte sie den Salat. Wie sie aus der Nummer wieder herauskommen sollte, wusste sie nicht. Andererseits, hängen lassen konnte sie die lieben Mitglieder des Chors auch nicht. Sie wusste, was jeder Einzelne von ihnen an Herzblut und Zeit investiert hatte, sie konnte das

Highlight der Aufführung nicht platzen lassen, nur weil sie ein bisschen Lampenfieber hatte.

Ha. Ein bisschen.

Sie verzog ihr Gesicht zu einer Grimasse und blinzelte hektisch. Eigentlich hatten sich für sie doch all ihre Probleme lösen sollen, sie hatte nicht damit gerechnet, dass sie sich noch beschissener fühlen würde, wenn sie diese gefälschte Hochzeit mitmachte. Gut, ihre Mietschulden war sie los, das Auto würde auch repariert werden. Eigentlich müsste sie sich zum ersten Mal seit Monaten entspannen können und positiv in die Zukunft blicken. Der finanzielle Druck war endlich weg.

Wenn da nur nicht ihr blödes Herz wäre, das seit Sonntagnachmittag so schwer war wie nie zuvor.

Aber auch darüber würde sie hinwegkommen, wie immer. Sie musste.

Es würde sicher bald besser werden, und es lag bestimmt nur an dieser kitschigen Vorweihnachtszeit, dass es sie so mitgenommen hatte, mit Till zu schlafen. Diese Jahreszeit konnte einen ja auch fertigmachen. Alle hatten sich auf einmal so lieb und überall traf sie nur noch auf Harmonie und bunte Lichterketten. Es war zum Kotzen.

Sie hingegen musste sich mit ihrer Wärmflasche und tonnenweise Weihnachtskeksen begnügen, als ob sie sich damit besser fühlen würde. Es machte alles nur noch schlimmer, zu wissen, dass hinter all den hell beleuchteten Fenstern glückliche Familien lebten, die sich auf ein gemeinsames Fest freuten. Luisa ließ die Schultern hängen, sie hatte einfach keine Kraft mehr zu kämpfen. Aber sie musste wieder in die Spur kommen, wenigstens bis das Konzert vorbei war, danach konnte sie in Ruhe ihre Wunden lecken.

Sie nahm sich gleichzeitig vor, bei keiner Dummheit mehr mitzumachen, nur um jemandem zu helfen. Das war es überhaupt, sie musste dieses beschissene Helfersyndrom loswerden. Bislang hatte es ihr nur Tränen und Kummer gebracht.

Aktuell hatte sie dafür aber keine Zeit, denn sie hatte leider noch nicht Feierabend.

Zum Glück hatte sie nur noch diese Geigenstunde, danach wollte sie sich mit Per und Anne treffen. Wobei, von wollen war nicht die Rede. Anne hatte sie unter Mordandrohung gezwungen, heute Abend im Mondmann aufzutauchen. Um einer möglichen Konfrontation mit Till aus dem Weg zu gehen, hatte Luisa jedoch vorgeschlagen, für ihre Freunde Abendessen zu machen. Anne fand es zwar zunächst seltsam, aber sie hatte sie letzten Endes damit überzeugt, dass sie thailändisch kochen würde. Wie dumm sie war, dass sie ihre Stammkneipe meiden wollte, obwohl die Wahrscheinlichkeit, dass Till sich dort blicken lassen würde, gegen null ging. Sie war ein Fall für die Couch, das wurde immer offensichtlicher.

Emily war heute von ihrem Papa gebracht worden, der hielt sich zum Glück nicht mit langen Reden auf, bevor er wieder verschwunden war. Die anderen beiden Mädchen saßen ebenfalls schon auf ihren Stühlen. Sie war froh, dass Emily mit ihren sieben Jahren nicht groß Fragen stellte, wie es mit ihr und Till lief. Ein Vorteil, wenn man mit jüngeren Kindern arbeitete.

„So, ihr Süßen, dann wollen wir mal. Es ist nicht mehr lange bis zur großen Vorstellung. Seid ihr schon aufgeregt?“

„Nein, also ich nicht“, piepste Emily. Die anderen schüttelten ebenfalls den Kopf.

Luisa wünschte sich ein bisschen mehr Gelassenheit, wie diese Mädchen sie an den Tag legten.

Die Stunde ging überraschend schnell vorüber. Nora und die kleine Mathilda wurden zusammen abgeholt. Emilys Papa verspätete sich jedoch ein paar Minuten. Sie überlegte gerade, ob sie ihn anrufen sollte, als Till zur Tür hereinkam. Er trug wie üblich seine schwarze Lederjacke und eine ausgewaschene Jeans zu abgetretenen Sneakers. Seine Haare waren so verwuschelt wie immer. Lediglich seine Gesichtsfarbe war etwas blasser, als sie sie in Erinnerung hatte. Ihr Herz setzte einen Schlag aus und ihre Lippen öffneten sich, allerdings ohne dass sie ein Wort hervorbrachte.

„Onkel Till“, rief die blonde Emily und rannte auf ihn zu.

Da begriff sie, dass er nicht wegen ihr hier war, und klappte ihren Mund wieder zu.

„Hey, hallo.“ Till hob seine Nichte hoch und wirbelte sie einmal im Kreis, bevor er sie wieder abstellte. „Hallo Luisa.“

„Hallo“, krächzte sie. Ihr blödes Herz pochte bis zum Hals. Ohnehin war ihr gesamter Körper ein mieser Verräter; sie hasste es, dass sie so heftig auf Tills Erscheinen reagierte.

„Clarissa ist verhindert, sie hat mich gebeten, Emily abzuholen.“

Das klang sehr nach einer Erklärung, die er ihr absolut nicht schuldete. Aber es half ihr, sich endlich zusammenzureißen. Sie straffte ihre Schultern, und zum ersten Mal seit Tagen fühlte sie sich nicht mehr wie betäubt.

„Ja, gut“, erwiderte sie knapp. Sie würde ihn sicher nicht mit unangenehmem Smalltalk aufhalten. *Die Hoffnung stirbt ja bekanntlich zuletzt*, dachte sie, und nun war endgültig klar, dass sie diese getrost begraben konnte. Wenn sie auch nur in einem winzigen Winkel ihres Herzens gedacht hatte, dass Till doch mehr für sie empfinden könnte und nur ein wenig Zeit brauchte, dann hatte sie nun die Gewissheit: Das war absoluter Quatsch. Es war eindeutig, dass er nicht freiwillig hier war, um Emily abzuholen. Wahrscheinlich hatte seine Schwester ihn gebeten, weil ihr was dazwischengekommen war. Sonst wäre es vorhin auch nicht Ulf gewesen, der die Kleine gebracht hatte. Till wirkte zudem äußerst angespannt, es war offensichtlich, dass es ihm unangenehm war hier zu sein.

„Dein Käfer ist auch fertig, soll ich ihn dir bringen?“, sagte er kühl.

Wir praktisch, das gleich mit abzuhaken. Sehr schlau von ihm. Sie spürte, dass er Übung darin hatte, Frauen loszuwerden, indem er ihnen einfach keine Gelegenheit mehr gab, ihn weiter zu belästigen. Aber er musste keine Sorge haben, dass sie ihm nachlief. Das wäre das Letzte, was sie tun würde. Schlimm genug, dass sie sich in anderen Punkten genauso dämlich verhalten hatte wie die Tanten, mit denen er sonst ins Bett sprang.

„Äh, nein danke. Nicht nötig. Kann ich vielleicht gleich vorbeikommen, wenn ich Feierabend habe? Du musst dir keine Umstände machen.“

„Wie du möchtest. Kann sein, dass dann nur Olli da ist.“ Sie schauten sich einen Moment schweigend an. Dann räusperte sich Till. „Ja, also, Emily, bist du so weit?“

Da hatte er schnell geschaltet. Er würde also nicht mal da sein, wenn sie Wölkchen abholte. Na, ihr sollte es recht sein. Sie war auch froh, wenn sie ihm nie wieder begegnen musste.

Leider glaubte sie diese Lüge nicht mal selbst. Aber der Gedanke half ihr, stark zu bleiben.

„Ja, bin startklar. Trägst du meine Geige?“, rief die Kleine.

„Aber das ist doch selbstverständlich, Prinzessin.“ Till strahlte Emily an und Luisas Magen verkrampfte sich. Es war kaum zu fassen, aber sie war eifersüchtig, dass er ein Kind liebevoll behandelte, während er ihr die kalte Schulter zeigte.

Leider entsprach es den Tatsachen. Ein Grund mehr, warum sie ihn nie wiedersehen wollte. Sie hatte genug davon, von allem. Von diesem ganzen Herzschmerz und dem albernen Kram. Je eher sie das verinnerlichte, desto besser.

„Tschüss, Emily“, sagte sie zu ihrer Schülerin und wandte sich ab.

„Tschüss, Luisa“, hörte sie noch von Till, aber sie erwiderte nichts.

Und dann waren sie weg und sie blieb alleine im Unterrichtsraum der Musikschule zurück.

Luisa ließ sich auf einen Stuhl sinken und vergrub das Gesicht zwischen ihren Händen.

„Oh, Entschuldigung.“ Tills Stimme ließ sie zusammenfahren.

Scheiße, dachte sie und fuhr vom Stuhl hoch. Tills Stirn war gerunzelt, aber er kommentierte nichts. Gott sei Dank, es war peinlich genug, dass er sie so gesehen hatte. So ein Pech konnte ja wohl nur sie haben. Verdammt!

„Emily hat ihren Schal vergessen, sorry, bin weg.“

Nachdem er zum zweiten Mal verschwunden war, fluchte sie leise. „Mann, du bist so was von blöd, Luisa. Es ist doch kaum zu fassen.“

Die Wut über ihre eigene Dummheit trieb sie an. Es war seltsam, aber so viel Energie hatte sie in der ganzen letzten Woche nicht in sich gespürt. Wut war immer besser als Trübsal.

Tills und ihr Arrangement war beendet, und ein „Wir“ würde es niemals geben.

Es war gut, dass ihr das endlich klipp und klar geworden war. So musste sie nicht mehr länger wie ein Schluck Wasser in der Kurve hängen und auf etwas warten, das nicht passieren würde. Als Erstes wollte sie Wölkchen abholen, dann zu Per und Anne in den Laden gehen und sich eine neue Frisur verpassen lassen. Es gab einiges zu tun.

Till war ein bisschen überrascht, dass seine Schwester mit einem Buch auf dem Sofa lag, als er Emily ablieferte. Er runzelte die Stirn „Ich dachte, du musst heute länger arbeiten?“ Es kam nicht oft vor, dass er seine Nichte abholte, aber für den Fall der Fälle hatte ihm Clarissa schon vor Monaten einen Haustürschlüssel gegeben.

„Ich war doch früher fertig“, verkündete sie, klappte ihre Lektüre zusammen und stand auf, um ihrer Tochter einen Kuss zu geben. „Hallo Schatz, wie war dein Tag?“

„Gut, Mama. Ich geh’ in mein Zimmer.“

„Mach das, Schatz. Hallo Till.“ Sie drückte ihrem Bruder einen Kuss auf die Wange. „Wie geht’s dir?“

Till war klar, dass sie neugierig war. Ein Wunder überhaupt, dass sie ihn die ganze Woche in Ruhe gelassen hatte und ihn erst jetzt löchern wollte.

„Gut, und selbst? Wieder erholt von deinem Kater?“

Clarissa machte eine wegwerfende Handbewegung. „Ja, endlich. Hat bis Mittwoch gedauert, ich werde alt. Wie geht’s Luisa? Wie läuft’s zwischen euch?“

Till unterdrückte einen Seufzer. „Komm schon, Clarissa, du weißt doch, dass ich nicht wirklich mit ihr verheiratet bin.“

„Ja, und? Es schien mir trotzdem so, als ob ihr euch ziemlich gut verstehen würdet.“

Till wusste, was sie meinte. „Kann sein, sie ist nett.“

„Nett? Das sah mir aber nach mehr aus.“

„Da hast du dich wohl getäuscht.“

Clarissas Augen verengten sich zu zwei Schlitzen und sie trat einen Schritt auf ihn zu. „Sag mir, dass du nicht mit ihr im Bett warst.“

Till zuckte mit den Schultern. „Du weißt, dass wir im gleichen Zimmer geschlafen haben.“

„Verkauf mich nicht für dumm, kleiner Bruder. Du weißt, was ich meine.“

„Was meinst du?“

Seine Schwester funkelte ihn an und ihre Nasenflügel blähten sich ein wenig auf. „Du hast mit ihr geschlafen, richtig?“

Er hob eine Augenbraue und nickte schuldbewusst. „Ja, und?“

„Mann, du bist so dämlich. Und jetzt redet ihr nicht mehr miteinander?“

Till spürte, dass Wut in ihm aufstieg. Seine Schwester hatte kein Recht, sich als Besserwisserin aufzuspielen. „Was geht es dich überhaupt an? Das ist es, was ich tue. Ich schlafe mit Frauen und melde mich nicht mehr. Warum fragen mich das heute eigentlich alle? Habt ihr selbst kein Leben, um das ihr euch kümmern könnt?“

„Wir? Ja, wir haben sehr wohl ein Leben. Aber ich sorge mich um dich, und weil du aussiehst wie ein Stück Scheiße, mein Lieber. Darum. Weil ich weiß, dass du keine Gefühle zulassen willst. Weil du einfach nicht über gewisse Dinge hinwegkommst. Aber das musst du irgendwann, sonst endest du wie Oma Frieda.“

„Das ist doch nicht dein Problem. Soweit ich weiß, lebt sie in einem schönen Haus und hat einen Haufen Kohle auf ihrem Bankkonto.“

„Und dabei ist sie todunglücklich. Ja.“

„Ich bin nicht sie.“

„Nein, das nicht, aber du bist vielleicht noch blöder.“

„Was soll das denn jetzt? Kannst du dich nicht um deinen eigenen Scheiß kümmern?“

„Nein, zufällig nicht. Nicht, wenn du dir selbst im Weg stehst.“

„Was willst du eigentlich von mir?“

„Ich will, dass du nachdenkst. Wenn du nichts für Luisa übrig hast, dann gut, melde dich nicht mehr. Aber ich fand, ihr wart ein schönes Paar.“

„Das war doch nicht echt. Wir haben geschauspielert.“

„Es sah nicht so aus, als ob es nur Show gewesen wäre. Die verliebten Blicke, die zärtlichen Gesten, all das.“

„Tja, dann waren wir eben gut.“

„Du willst gar nicht, dass man dir hilft, oder?“

Till atmete hörbar ein. „Ich habe dich nie darum gebeten, nein.“

Clarissa schüttelte den Kopf und rieb sich mit der Hand über die Stirn. „Okay, gut. Dann lassen wir das. Willst du mit uns zu Abend essen?“

Till hatte keine Lust auf Gesellschaft. „Nein, lass mal. Ich habe Pläne.“

„Dachte ich mir schon. Gehst direkt auf die Piste und vögelst die Nächste, um dir selbst einzureden, nichts hätte sich verändert?“

Scheiße, seine Schwester kannte ihn gut. Genau das hatte er vorgehabt. „Nein, bleib heute zu Hause, muss paar Sachen … erledigen.“

Sie warf ihm einen zweifelnden Blick zu. „Dann danke, dass du Emily abgeholt hast. Übrigens, ich habe eine Karte für dich besorgt, für die Weihnachtsaufführung. Emily würde sich freuen, wenn ihr Patenonkel kommt.“

Till verdrehte die Augen, während Clarissa kurz verschwand und nach einigen Sekunden mit einem Ticket für ihn wieder auftauchte. „Wirst du ihr zuliebe dabei sein? Danach gibt es bei uns Essen und Bescherung. Ich stelle dir auch keine blöden Fragen mehr über deine Nicht-Ehe. Versprochen.“

Er wusste, dass seine große Schwester es gut mit ihm meinte. Und ja, obwohl er keine Lust auf Weihnachten hatte, so würde er zumindest mit ihnen essen. „Du weißt, dass ich musikalische Veranstaltungen meide“, gab er ausweichend zurück. Dass er zu dieser dämlichen Aufführung kommen würde, konnte sie nun beim besten Willen nicht von ihm verlangen.

„Herrgott noch mal, es ist ein Konzert, bei dem hauptsächlich Kinder auftreten. Das hat nichts mit dem zu tun, was du mal gemacht hast.“

„Ich bin auf jeden Fall zum Essen bei euch.“

Seine Schwester stieß einen tiefen Seufzer aus. „Nimm wenigstens die Karte mit, falls du es dir doch noch überlegst.“ Clarissa schob ihm das Ticket in die Seitentasche seiner Lederjacke.

„Ciao, Schwesterherz.“ Er umarmte sie kurz und machte dann einen Abflug.

19

„Hallo?“, rief Luisa in die Stille der Werkstatt. Die Tür war offen gewesen, also war sie davon ausgegangen, dass noch jemand da war, und eingetreten.

Endlich hörte sie Schritte, dann öffnete sich die Tür an der gegenüberliegenden Wand.

„Hey Luisa. Till ist nicht da.“ Olli kam mit einem entschuldigenden Gesichtsausdruck auf sie zu.

„Kein Problem, ich hab’ ihn vorhin getroffen, er meinte, mein Käfer wäre fertig. Hab ihn schon vor der Tür stehen sehen.“

„Ja, genau. Alles wieder tutti.“

„Schön. Was bin ich euch schuldig?“ Sie musste diese Frage stellen. Obwohl mit Till abgesprochen war, dass für sie keine Kosten entstehen würden, so wollte sie doch auf Nummer sicher gehen.

„Ich kenne eure Absprache, schon vergessen? Gar nichts.“ Er ging zum Schreibtisch, nahm ihre Schlüssel und drückte sie ihr in die Hand. „Till kämpft am meisten mit sich selbst.“

„Keine Ahnung, was du meinst. Wir hatten einen Deal, und das war’s.“

Olli schaute sie resigniert an. „Du kennst inzwischen seine Vergangenheit?“

„Ja, und?“ Sie zuckte mit den Schultern.

„Vielleicht gibst du ihm ein bisschen Zeit?“

Luisa lachte abfällig. „Weißt du, Olli. Ich habe die Nase gestrichen voll von Männern, die mich ausnutzen. Wirklich. Mein Bedarf ist gedeckt. Dein Till kann so viel Zeit haben, wie er will. Hauptsache, er lässt mich in Ruhe.“

„So schlimm?“ Ollis mitfühlender Gesichtsausdruck war dann doch zu viel für sie und sie hatte Mühe, ihre Fassade aufrechtzuerhalten.

„Ja. Mach’s gut, Olli. Und … frohe Weihnachten.“

Sie verließ die Werkstatt und steuerte mit ihrem Wölkchen direkt den Friseurladen an. Die Parkplatzgötter waren ihr hold und sie fand gleich im ersten Anlauf eine passende Lücke.

„Bitte einmal rundum erneuern. Mach sie blond“, war das Erste, was sie zu Anne sagte, als sie den Laden betrat.

Nicole, die rothaarige Chefin, schaute sie zweifelnd an. Per und Anne schnappten nach Luft. Die Kunden waren vielleicht am wenigsten interessiert an ihrem Fall. Das konnte auch daran liegen, dass nur noch zwei auf ihren Stühlen saßen. Eine davon hatte Folien auf dem Kopf und die andere war mit ihrem Smartphone beschäftigt, während Anne die Farbe auf ihrem Kopf verteilte.

„Schätzchen“, flötete Per und schwebte auf sie zu. „Jetzt komm erst mal runter. Was ist Schlimmes passiert?“

Luisa schlüpfte aus ihrem Anorak, drückte ihn Per in die Hand und ließ sich auf einen freien Stuhl sinken. „Ich bin es so leid, ich zu sein. Ich brauche eine Typveränderung.“

Anne, Per und Nicole sahen sich wissend an.

„Süße, ich verstehe, dass du glaubst, eine neue Frisur würde was verändern. Aber was genau ist eigentlich vorgefallen? Gestern war doch noch alles in Ordnung? Na ja, also so ein bisschen zumindest.“

Natürlich war Anne über die Ereignisse des vergangenen Wochenendes längst im Bilde, aber ihr letzter Stand war Kokos und Tränen und nicht Angriff. Wobei, als Angriff konnte man es nicht bezeichnen. Es war vielmehr ein Abschluss.

Luisa hatte es satt, dass sie am Ende immer als die Verliererin aus ihren Männergeschichten hervorging. Hatten es Blondinen im Leben nicht leichter? Das würde sie jetzt bald herausfinden!

„Ich hab' endlich kapiert, dass es an mir liegt. Ich begebe mich immer freiwillig in die Opferrolle. Aber damit ist jetzt Schluss. Also, mach mir die Haare blond. So á la Marilyn Monroe. Ich werde zum Vamp."

Per verkniff sich ein Lachen und hielt sich die Hand vor den Mund. Anne und Nicole waren wenigstens so taktvoll und wichen ihrem Blick aus.

Ihre Freundin stellte das Farbschälchen auf ihren Rollwagen und streifte sich die Handschuhe ab, dann kam sie zu ihr. „Süße", sie griff in Luisas Haar und schaute sich ein paar Strähnen an. „Deine Haarfarbe ist dunkelbraun. Das passt zu dir. Sie sind gesund und glänzen. Ich werde dir nicht die Haare blond färben. Du bist absolut nicht der Typ *Marilyn*, wie du sagst."

„Ich will aber nicht mehr diese scheiß braunen Haare haben!"

Anne verschränkte die Arme vor der Brust. „Süße, vertrau mir. Morgen, spätestens übermorgen wirst du mir dankbar sein. Pass auf, wir machen einen Kompromiss. Ich setze dir ein paar Highlights, ja? Dann hast du einen Goldschimmer im Haar, der dich insgesamt strahlender wirken lässt. Einverstanden?"

„Nein." Luisa hatte genug von faulen Kompromissen.

Nicole trat nun auch noch an ihren Stuhl. Luisa schaute sie wild entschlossen im Spiegel an. „Wir haben auch gleich Feierabend, wenn die zwei Damen hier fertig sind", verkündete die Chefin des Ladens erstaunlich mild.

„Nicole, komm schon. Ich bin verzweifelt."

Nicole hob die Hände, sie gab sich offensichtlich geschlagen. „Na, von mir aus. Anne, wenn du nachher zumachst, könnt ihr noch bleiben, aber ich habe noch was vor. Sorry. Und: Luisa ist natürlich ein zahlender Kunde. Pro bono gibt es nur in Hollywood. Klar?"

„Pro bono machen auch nur Ärzte", brummte Luisa.

„Ich verstehe mich ein bisschen als Doktor“, gab Nicole verschnupft zurück. „Schau dich an, du kommst her, weil es dir schlecht geht. Mit einer neuen Frisur wirst du dich besser fühlen. Denkst du nicht, das ist eine Art … Medizin?“

Luisa rollte mit den Augen. „Nicht, wenn sie nicht blond werden.“

Nicole drehte sich um und wedelte mit den Händen. „Nicht meine Baustelle, Anne macht dir die Haare, nicht ich. Schönen Feierabend zusammen. Danke dann fürs Abschließen.“

Per rollte seine Kundin zum Waschbecken, zog ihr die silbernen Folien aus den Haaren und wusch ihr den Kopf. Dabei musterte er immer wieder Luisa, sagte aber nichts. Sie konnte sich schon denken, was er meinte. Aber sie hatte keine Lust, sich permanent für ihre Wünsche zu rechtfertigen. Das Braun musste weg und Schluss.

„Also, machst du es nun?“, hakte Luisa bei Anne nach.

„Auf keinen Fall. Highlights, das ist mein letztes Angebot. Vielleicht kürzen wir die Haare noch etwas. Was hältst du von schulterlang?“

„Das sind ja dann gerade mal drei oder vier Zentimeter?“

„Glaub mir, Süße. Das genügt, um dich besser zu fühlen. Ich hole dir erst mal einen Prosecco, der wird sowieso die therapeutischste Wirkung von allem haben.“

Anne verschwand und Luisa schnaubte. Nicht mal auf die eigenen Freunde war noch Verlass.

Till saß mit Daunenjacke, Mütze und Schal auf seinem Balkon. Auf seinen Beinen hatte er den Laptop und auf dem kleinen Tisch neben ihm stand eine Thermoskanne mit Gewürztee. Er hatte entschieden, dass er, solange seine Rauchentwöhnung noch nicht abgeschlossen war, Alkohol meiden würde, zumal er sich aktuell nicht mehr zu Luisa flüchten konnte, wenn der Entzug ihn ganz hart traf. Aber auf seine entspannten Minuten an der frischen Luft wollte er nicht verzichten, auch wenn es heute eiskalt war. Das Kätzchen Panda kämpfte unterdessen mit dem Laptop, irgendwie hatte sie sich in den Kopf gesetzt, dass sie auf Tills Schoß sitzen wollte.

„Schon gut, Panda."

Till zog den Tisch zu sich heran und stellte den Rechner darauf ab. „So, besser?", wandte er sich an seine Besucherin. Sie schnurrte, was er als Ja wertete.

Er richtete seinen Blick wieder auf den Bildschirm. Er saß nun schon eine ganze Weile hier draußen, mittlerweile lag seine Bettdecke über seinen Beinen, damit er die Kälte aushalten konnte. Seit er am letzten Wochenende in seinem alten Zimmer mit Luisa die Bilder und Artikel angesehen hatte, musste er immer wieder an Esther denken. Vielleicht rührte sein Schlafmangel auch daher und irgendwann hatte er schließlich angefangen nach Beiträgen zu „Infinity" im Netz zu suchen.

Luisa hatte in Timmendorf zu ihm gesagt, dass er auf den meisten Bildern wie ein selbstverliebter Macho ausgesehen hätte. Zunächst hatte er heftig protestiert, aber jetzt überlegte er, ob nicht etwas dran war. Sicher, der Erfolg konnte einem Teenager zu Kopf steigen, zu einem gewissen Teil ließ es sich sogar nicht vermeiden. Das war natürlich keine Entschuldigung, und heute würde er vieles anders machen. Damit meinte er nicht nur die verhängnisvolle Nacht, in der Esther verunglückt war. Er glaubte immer noch daran, dass es ein Unglück war, dass es so war, wie von Behörden und Gerichtsmedizin dargestellt. Sie hätte sich nicht umgebracht, nein, ganz sicher nicht. Vielleicht hätte sie irgendwann einfach alles hingeschmissen, weil sie den Ruhm und den Trubel nicht mehr ertragen hätte, aber sie hätte sich nicht das Leben genommen.

Wenn er damals nur nicht so damit beschäftigt gewesen wäre, sich selbst feiern zu lassen, dann hätte er sie ins Hotel gebracht und sie wäre heute vermutlich noch am Leben. Hätte, hätte, nun war sie tot.

„Fuck“, fluchte er, aber er klappte den Laptop nicht zu, obwohl das Verlangen groß war. Irgendwann musste er sich dem Thema endlich stellen, denn vielleicht hatte Clarissa recht und er musste mit der Vergangenheit abschließen. Aber wie, zum Teufel, sollte er das jemals können?

Er fühlte sich beschissen, und seine Hände waren vor Kälte schon ganz steif. Till schlug mit der Faust auf den Tisch. Panda sprang aufgeschreckt davon und beäugte ihn vorwurfsvoll. „Willst du mit reinkommen? Ich bin jetzt durchgefroren genug.“

Er öffnete die Balkontür, aber seine Besucherin machte keine Anstalten, ihm zu folgen. „Na gut, dann bis morgen.“

Anne und Per hatten gewonnen und sie war nach wie vor brünett. Dafür hatten sie ihr die Augenbrauen gezupft und gefärbt, nachdem die Strähnchen und der Schnitt erledigt gewesen waren. Auf Kochen hatte Luisa nach der Verschönerungsaktion keine Lust mehr gehabt, so waren sie beim Italiener und dann in der Bar *A-Trane* gelandet, die Live-Musik spielte. Obwohl es nicht zum Thema des Konzerts passte, befanden sich überall auf den Tischen rote Weihnachtssterne und Kerzen. Auch wenn Luisa klar war, dass Weihnachten kurz vor der Tür stand, so war noch kein bisschen feierliche Stimmung bei ihr aufgekommen. Wie denn auch?

„Willst du noch ein Glas?“, fragte Anne sie über den Lärm hinweg, und Luisa riss ihren Blick von der flackernden Flamme los. Per unterhielt sich gerade am Nachbartisch mit einem schnuckeligen Typen, vielleicht bahnte sich da etwas an.

„Nein, danke, ich will mich heute echt nicht besaufen. Jetzt, wo ich mich emotional gerade wieder gefangen habe“, erwiderte Luisa müde.

„Tut mir leid, dass das mit Till so ausgegangen ist.“

„Ich weiß, du hast mich ja gleich gewarnt.“

„Hm, und was willst du jetzt machen?“

Die Band stimmte den nächsten Song an und Luisa wurde heiß und kalt. Es war „Forever Love“ von „Infinity“ in einer A-cappella-Version. Sie bekam eine Gänsehaut.

„O Mann. Diese Schnulze ertrage ich jetzt nicht.“

Anne sah sie irritiert an. „Hä?“

Luisa hatte ihr bislang verschwiegen, dass Till nicht nur ein Idiot war, sondern auch ein Popstar in „Rente“.

Innerlich spürte Luisa jedoch, dass sie sich mit jeder Sekunde, die sie die Zeilen des Lovesongs hörte, mehr aufregte. Aber warum eigentlich? Sie hatte doch gewusst, dass er kein Typ für eine Beziehung war, es war von Anfang an klar gewesen, dass er nur das eine von ihr wollte – dass sie sich als seine Ehefrau ausgab. Dass sie auch noch mit ihm geschlafen hatte, war der zweite Fehler gewesen. Trotzdem fühlte sie sich ausgenutzt, denn Till war sich hundertprozentig im Klaren darüber, was er für eine Wirkung auf sie gehabt hatte.

„Ich bin es so leid, benutzt zu werden“, presste sie schließlich hervor.

„Da stimme ich dir absolut zu, Süße. Dem nächsten Kerl zeigst du gleich beim ersten Date, dass du keine Samariterin bist.“

„Warum erst dem nächsten? Aktuell habe ich irgendwie das Gefühl, dass ich mit einem bestimmten Herrn noch ein paar Worte wechseln sollte, damit ich mein inneres Gleichgewicht wiederfinde.“

„Huch, so kenne ich dich ja gar nicht.“ Anne schaute sie erstaunt an.

„Ich hab’ dir doch gesagt, ich brauche ’ne Typveränderung. Aber du wolltest das mit dem Blond ja nicht machen.“

„Mir scheint, es hat auch ohne Wasserstoffperoxid ganz gut funktioniert.“

Luisa lachte. „Ja, kann sein. Ich muss los.“ Sie zog einen Zehn-Euro-Schein aus ihrem Portemonnaie und legte ihn vor ihrer Freundin auf den Tisch. „Kannst du für mich zahlen?“

„Willst du jetzt gleich abhauen?“

„Frag nicht, ... ich muss einfach.“

Anne stand auf und gab ihr einen Kuss. „Viel Glück, Süße, was auch immer du vorhast.“

Glück würde sie nicht brauchen, eher eine Portion Mut.

Luisas Finger schwebte für einige Sekunden über dem Klingelknopf, bevor sie ihn tatsächlich drückte. Es war schon kurz nach Mitternacht, aber das war ihr egal. Till hatte sie schließlich selbst oft genug wachgehalten, auch, wenn das hier keine Auge-um-Auge-Aktion werden würde.

Sie fragte sich, was sie überhaupt erwartete. Fast rechnete sie damit, dass Till nicht zu Hause war. Vermutlich war er unterwegs, um sich was Nettes zum Vögeln zu besorgen. Vielleicht hatte er auch Besuch …

In dem Falle würde er wohl kaum die Tür öffnen. Dann würde sie eben ein andermal wiederkommen müssen. Zu ihrer eigenen Überraschung ertönte seine Stimme aus der Gegensprechanlage. „Ja?“

„Ich bin’s, Luisa. Kann ich kurz mit dir reden?“

Ein, zwei Sekunden hörte sie nichts.

Sie überlegte, ob er einfach wieder aufgehängt hatte, dann antwortete er, seine Stimme klang überrascht. „Ja, natürlich. Komm rein.“

Der Öffner summte und sie drückte die schwere Tür zum Haus auf, ging durch den Innenhof, bis sie kurz darauf an seiner Wohnungstür im Hinterhaus ankam. Till lehnte im Türrahmen, er trug eine Jeans, keine Socken und einen alten Sweater. Seine Arme hatte er verschränkt, seine Miene war verschlossen. „Komm rein.“

„Keine Sorge, es wird nicht lange dauern.“ Sie folgte ihm in die Wohnung, schlüpfte aus den Schuhen, behielt den Anorak jedoch an.

Till machte eine einladende Handbewegung, dass sie ihm ins Wohnzimmer folgen sollte.

„Kann ich dir was anbieten?“, fragte er, nachdem er sich auf sein Sofa gesetzt hatte. Er sah müde aus, vor ihm auf dem Tisch stand eine leere Tasse.

„Nein, danke.“

„Setz dich.“

„Nicht nötig. Ich muss nur kurz was loswerden.“

„Hm“, machte er und sah sie mit einem spöttischen Zug um den Mund an. „Schieß los!“

Vermutlich hatte er unzählige Gespräche mit Frauen hinter sich, die mehr von ihm wollten als er von ihnen. Aber darum ging es Luisa nicht, das würde er gleich begreifen.

„Weißt du, Till. Ich hatte echt eine beschissene Woche“, begann sie.

„Das tut mir leid.“

„Spar es dir. Es ist auch egal.“

Er zuckte mit den Schultern, sie fuhr fort. „Ich bin nicht gekommen, um dich anzubetteln, Till. Ich bin hier, weil ich die Nase von Kerlen wie dir voll habe. Ich bin es leid, ausgenutzt und hinterher mit einem Arschtritt verabschiedet zu werden.“

„Von Liebe war zwischen uns nie die Rede, Luisa. Das kannst du mir nicht zum Vorwurf machen.“

„Pah. Weißt du, wie viel mich das interessiert? Du hast genau gewusst, was du getan hast, welche Wirkung du auf Frauen wie mich hast.“

„Ja, und? So bin ich eben. Ich habe Spaß und dann verpisse ich mich. Ich bin dir auch sehr dankbar, dass du mir geholfen hast. Willst du mehr Geld, oder was?“

Luisa schnaubte. „Scheiße, du bist ja ein noch größeres Arschloch, als ich dachte. Nein, ich will kein Geld. Ich bin fertig mit dir. Ja, es kann sein, dass ich mich in dich verliebt habe. Aber auch das ist normal für dich, das erlebst du wohl nicht zum ersten Mal. Es ist mein Pech, keine Sorge, ich komm darüber weg. Nur, weißt du, was mich am meisten stört? Du hast es gewusst. Dir muss klar gewesen sein, dass so eine blöde Kuh wie ich sich sofort in dich vergucken würde, weil ich nie eine Chance auf so einen heißen Typen wie dich habe. Und du hast mich benutzt, du hast meine Hilfsbereitschaft und Naivität ausgenutzt. Ich bin es leid, wie Dreck behandelt zu werden, und das war das letzte Mal. Der Grund, warum ich hier bin, ist nur mein Stolz. Ich will dir sagen, wie armselig du bist, versteckst dich seit Jahren hinter deinem eigenen Elend und benutzt den Tod eines anderen Menschen als Grund, dich abzuschotten, nimmst es als Ausrede, für alles. Wie es anderen dabei geht, ist dir scheißegal, weil du nur an dich denkst. Es geht immer nur um dich, und weißt du was? Erstick doch an deinem aufgeblasenen Ego!“

Till zeigte keine Regung, während Luisa vor Wut zitterte. Dennoch fühlte es sich gut an, zum ersten Mal für sich selbst in die Bresche gesprungen zu sein.

„War es das?“, der gelangweilte Unterton in seiner Stimme holte sie auf den Boden zurück. Sie wurde plötzlich sehr ruhig, sah ihn direkt an.

„O ja. Das war es, Arschloch. Ein schönes Leben noch!“

Till stand auf, sie hob abwehrend die Hand. „Wage es nicht, mir zu nahe zu kommen.“

Für einen Moment tauschten sie stumme Blicke aus, dann drehte sie sich um, rannte in den Flur, stieg in ihre Stiefel und verließ die Wohnung – nicht ohne die Tür energisch hinter sich zuzuknallen.

20

Luisa fühlte sich auch noch am nächsten Morgen befreit, dennoch war sie in etwa eine Galaxie weit davon entfernt, glücklich zu sein. Immerhin war sie stolz darauf, dass sie zum ersten Mal seit Ewigkeiten für sich selbst gekämpft hatte.

Aus dem Radio dudelte es zum gefühlt millionsten Mal „White Christmas" von Bing Crosby, leider half auch der Song nicht, sie in Stimmung und Vorfreude zu versetzen. Auch, wenn sie diesem Weihnachtsfest vielleicht nicht so freudig entgegenfieberte wie andere, so wollte sie doch ihren Lieben eine Freude machen, nachdem sich ihr finanzieller Engpass aufgelöst hatte. Obwohl ihr Geldbeutel nach wie vor nicht prall gefüllt war, reichte es doch, um für ihre Eltern und ihren Bruder ein paar Kleinigkeiten zu besorgen. Deshalb stürzte sie sich an diesem letzten Adventssamstag vor Weihnachten ins Getümmel auf dem Ku'damm. Eigentlich mied sie diese Einkaufsstraße, aber heute fühlte es sich richtig an.

Seltsamerweise fand sie es nicht schlimm, alleine unterwegs zu sein, im Gegenteil. Wenn sie sich umschaute und die vielen Paare sah, die sich ankeiften, schwere Tüten schleppten und völlig gestresst waren, dann war sie froh, dass sie wenigstens nicht mehr in einer Beziehung lebte, die nicht funktionierte.

So viel Pragmatismus hatte sie vor Kurzem noch nicht an den Tag legen können, das war also eine immense Verbesserung.

Überall hingen Lichterketten, in den Schaufenstern wimmelte es nur so von Lametta, Tannengrün und blinkenden Schildern, die bereits jetzt schon „Merry Christmas" wünschten. Luisa ließ sich doch noch ein kleines bisschen einlullen und gönnte sich einen Glühwein vor dem KaDeWe. Danach fühlte sie sich gleich ein wenig beschwingter, und das Einkaufen zwischen all den vielen Leuten wurde doch noch irgendwie spaßig und bereitete ihr Freude. Es war schön, dass sie nun nicht mehr jeden Euro dreimal umdrehen musste, wenigstens etwas, das sich nach dem Desaster mit Till zum Positiven gewendet hatte.

Nachdem sie für ihre Familie ein paar Kleinigkeiten geshoppt hatte, tuckerte sie mit ihrem Käfer raus nach Spandau zu ihren Eltern.

„Hallo Luisa, schön, dass du da bist. Ich wollte gerade einen Kaffee trinken.“ Ihre Mutter schloss sie in die Arme und zog sie dann in die gute Stube.

„Ist Papa gar nicht da?“

„Ach, der. Ist auf irgendeinem Lauf. Dieser Marathon-Wahn macht mich noch ganz krank“, seufzte sie und schob sich ein Plätzchen in den Mund.

„Ist er immer noch auf dem Trip?“

„O ja, er will unbedingt beim Berlin-Marathon mitmachen nächstes Jahr.“

„Klassischer Fall von Midlife-Crisis.“

„Ist es jetzt nicht ein bisschen spät dafür? Er wird sechzig.“

Luisa zuckte mit den Schultern. „Also, zum Thema Männer darfst du mich nichts fragen, Mama.“

„Was gibt’s denn Neues?“

„Nichts, um ehrlich zu sein.“

„Du siehst irgendwie abgekämpft aus, Schatz. Komm, ich mach uns erst mal einen Kaffee.“

Am Ende blieben sie in der Küche, knabberten Weihnachtsgebäck und Luisa genoss es, sich von ihrer Mutter mit Familiengeschichten und Klatsch aus der Nachbarschaft ablenken zu lassen. Sie ließ sich sogar überreden, noch zum Abendessen zu bleiben. Beinahe hätte sie der Versuchung nachgegeben, in ihrem alten Kinderzimmer zu übernachten, aber dann wäre sie auch den ganzen Sonntag noch hier, weil ihrer Mutter dies und das einfallen würde, was sie noch mit ihr zu tun hätte, und sie brauchte den Tag Ruhe in ihren eigenen vier Wänden, bevor sie in die Weihnachtswoche startete. Obwohl ihre Mutter nicht begeistert war, dass sie sich nicht hatte breitschlagen lassen in ihrem alten Kinderzimmer zu übernachten, war sie ihr nicht böse. „Dann fahr vorsichtig, Luisa“, sagte sie und umarmte sie.

„Klar, so weit ist es nun auch wieder nicht.“ Sie musste lachen, drückte ihr einen Kuss auf die Wange und schlurfte zu ihrem Käfer.

„Scheiße“, fluchte sie, als sie kurz vor Mitternacht zu Hause ankam. „Was willst du schon wieder hier?“

Manuel saß auf der Stufe zu ihrem Wohnhaus, neben ihm lag ein Strauß roter Rosen. Als er sie kommen sah, sprang er auf. Seine Wangenknochen standen ein wenig mehr hervor als sonst. Er hatte abgenommen. „Luisa, da bist du ja. Können wir nicht noch mal reden?“

Sie seufzte leise. „Nein, echt nicht. Hab’ ich mich nicht klar und deutlich ausgedrückt?“

Er zog einen Umschlag aus der Tasche. „Hier, ich habe das Geld für die Telefonrechnung beisammen. Es tut mir ehrlich leid, Süße. Ich vermisse dich so sehr, ich kann einfach nicht ohne dich leben.“

„Das hättest du dir mal früher überlegen sollen.“

Manuel sah aus, als ob er gleich losheulen würde, aber Luisa hatte kein Mitleid mit ihm. Vor einer Woche hätte das vielleicht noch anders ausgesehen, denn mit dem Umschlag bewies er, dass er zumindest etwas verstanden hatte, aber für sie war es zu spät.

„Behalt dein Geld, such dir endlich mal eine eigene Wohnung, was weiß ich. Nur lass mich endlich in Frieden.“

„Was ist denn auf einmal mit dir los?“

Sie lachte humorlos. „Mit mir? Wie schön, dass du dich das auch mal fragst.“

„Hast du einen neuen Freund oder was ist passiert, dass du mich nicht mal hereinbitten kannst, nachdem ich hier seit Stunden auf dich gewartet habe?“

„Nein, ich habe keinen neuen Freund, und ich werde in naher Zukunft auch keinen haben. Weißt du warum? Weil ihr Typen nur mit eurem Schwanz denkt, und das reicht mir nicht mehr.“

Sein Mund klappte auf.

„Und jetzt wäre ich dankbar, wenn du mich in Ruhe lassen würdest.“

Sie schob sich an ihm vorbei, schloss die Tür auf und knallte sie sofort hinter sich zu.

Auf dem Weg in ihre Wohnung brummte sie vor sich hin. „Männer! Die, die man haben kann, will man nicht, und … Ach Scheiße. Ja, ich bin gerne Single“, versuchte sie sich selbst zu überzeugen.

Eigentlich hatte Till keine Lust gehabt, mit seiner Schwester und Anhang auf den Weihnachtsmarkt zum Schloss Charlottenburg zu gehen. Schließlich hatte er sich doch breitschlagen lassen, weil er nicht wollte, dass er zukünftig den Ruf als Ebenezer Scrooge weghatte. Obwohl er es nicht zugeben wollte, ließ er sich doch ein wenig von der allgemeinen Weihnachtsstimmung anstecken. Das Schloss war bunt angestrahlt, an den Buden tummelten sich unzählige Menschen, die auf den ersten Blick alle fröhlich aussahen. Emily knabberte Zuckerwatte, die er für sie gekauft hatte, und strahlte ihn an. Für einen kleinen Moment schoss der Gedanke durch seinen Kopf, dass es schade war, dass er wahrscheinlich nie eine eigene kleine Familie haben würde. Dabei mochte er Kinder.

„Till, hallo? Bist du bei uns? Was ist denn los?“ Clarissas Stimme riss ihn aus seinen Grübeleien.

„Sorry, mir ist gerade was eingefallen“, redete er sich lahm heraus und nippte an seinem Glühwein.

„Ich muss aufs Klo.“ Emily zupfte am Anorak ihrer Mutter

„Ulf, kannst du mal eben? Gib mal her, die Zuckerwatte, Süße. Papa geht mit dir aufs Klo.“

„Komm, Emily.“ Ulf nahm die Hand seiner Tochter und ging mit ihr durch die Menge.

„Hast du nun endlich mit Luisa gesprochen?“, setzte Clarissa direkt an.

Till atmete hörbar aus. „Würde das was ändern?“

Er erinnerte sich an ihren Besuch. Luisa hatte absolut recht gehabt. Er war ein egoistisches Arschloch, und es tat ihm ja auch leid, dass er der Grund war, dass sie sich schlecht fühlte, aber er konnte einfach nicht aus seiner Haut.

„Es würde eine Menge ändern, wenn du endlich mal zugeben würdest, dass sie dir was bedeutet.“

„Ach, und das weißt du woher?“

„Ich bin eine Frau, ich spüre so was.“

Till lachte und trank seinen Glühwein aus. „Was du nicht sagst, Schwesterherz. Soll ich uns noch einen holen?“ Er konnte und wollte sich nicht mit dem auseinandersetzen, was für alle anderen offenbar ganz selbstverständlich war. Für ihn war es das nämlich nicht. Seit Ewigkeiten hatte er in einer Welt gelebt, in der für Emotionen kein Platz war. Wie zur Hölle sollte er auf einmal Gefühle zulassen? Nein, er schüttelte den Kopf und bestellte zwei Glühwein an der nächsten Bude. Er würde so weitermachen wie bisher, damit war er auf der sicheren Seite.

Bei der Generalprobe am Dienstag, einem Tag vor Weihnachten, hatte fast alles reibungslos geklappt. Die Kinder und Erwachsenen, die bei der Aufführung mitwirken würden, saßen im Saal und verfolgten die einzelnen Auftritte vor oder nach ihren eigenen mit, da sie bei der Vorstellung hinter der Bühne bleiben würden.

Scheinwerfer leuchteten auf die Bühne der Rosa-Luxemburg-Schule. Luisa stand mit Michael vor dem Chor und schaute auf ihr heutiges Publikum. Ein Kribbeln breitete sich auf ihrer Kopfhaut aus. Ja, sie würde es schaffen. Sie drehte sich noch einmal zum Chor um, nickte als Zeichen dafür, dass es losging, und stieg dann in das Lied ein. Auch wenn sie nach wie vor sauer auf Till war, so hatte ihre kurze Übungsstunde mit ihm im Bulli doch Früchte getragen und sie konnte jetzt ein wenig befreiter singen als vorher. Sie war zwar immer noch enttäuscht, dass es so hatte enden müssen, letztlich aber Frieden damit geschlossen, denn er hatte ihr nichts versprochen und ihr war immer klar gewesen, dass es bei ihrem Arrangement nicht um echte Liebe ging. Die Erinnerungen an die gemeinsame Nacht waren schön und sie wollte versuchen, es dabei zu belassen, und sich nicht Vorwürfe deswegen machen. Es war nun mal passiert, und wenn sie ganz ehrlich war, dann bereute sie es auch nicht. Sie hoffte nur, dass sie sich bald nicht mehr so leer und einsam fühlen würde. Sie holte tief Luft und wartete darauf, dass ihr Duettpartner zu singen begann.

„I've heard there was a secret chord. That David played and it pleased the Lord. But you dont't really care for music, do ya?“, tönte Michaels Stimme durch den Saal und Luisa schloss die Augen. Es fühlte sich gut an, sie konnte es schaffen. Der Chor setzte ein und er sang weiter.

„Well it goes like this, the fourth, the fifth. The minor fall, the major lift. The baffled king composing hallelujah.“

Dann kam der Refrain, den der Chor alleine sang. Michael setzte kurz darauf wieder ein und ihr Part rückte immer näher. Sie öffnete die Augen und sang laut und klar: „Well baby, I've been here before …“, ihr Sopran klang hell durch die Halle. Zufrieden schloss sie die Lider und folgte ihren Instinkten.

Als sie fertig waren, klatschten die Zuschauer, die Kinder und einige Eltern, die zu früh dran waren. Luisa kehrte ins Jetzt zurück und ihr Herz begann schnell zu schlagen.

O Gott, sie hatte es wirklich geschafft, hier auf der Bühne. Dieser kleine Sieg gab ihr eine ungeahnte Genugtuung und sie spürte, dass sie durch die verrückten Aktionen der letzten Wochen ihr Selbstbewusstsein aufpoliert hatte. Heute war zwar nur die Generalprobe gewesen, aber die machte ihr Mut für den morgigen Tag und sie fühlte sich stark genug, allen zu zeigen, dass sie es draufhatte. Ein kleines Stimmchen in ihrem Hinterkopf sagte ihr, dass sie es vor allem Till zeigen wollte, denn sie wusste von Clarissa, dass sie ihm eine Karte besorgt hatte, weil Emily sich wünschte, dass er sie spielen hörte.

21

Vereinzelte Schneeflocken waberten durch die feuchtkalte Luft des vierundzwanzigsten Dezembers. Es war noch früh am Mittag und er war fast alleine hier, was ihn nicht wunderte. An Heiligabend bereiteten die meisten Menschen alles für ein harmonisches Fest in ihrem Zuhause vor. Nur einige wenige einsame Seelen hatten sich auf den Friedhof in Steglitz verirrt. Vermutlich hatten sie ihre Lieben erst vor Kurzem verloren und suchten hier nach Trost und Nähe, weil sie sie an Festtagen wie diesen schmerzlich vermissten. Till stand vor Esthers Grab, in der rechten Hand hatte er einen Strauß mit Tulpen und blühenden Mandelzweigen.

Er rang mit sich, suchte nach den richtigen Worten, die er an seine erste große Liebe richten könnte. Ihm war klar, dass er keine Antwort bekommen würde, ja, schlimmer noch, ihm fiel nicht mal das Passende ein, das er ihr sagen würde, wenn er wirklich noch einmal die Gelegenheit dazu hätte.

Es tat ihm nach all den Jahren noch immer schrecklich weh, dass er sie damals so plötzlich und grausam verloren hatte. Aber in den letzten Tagen hatte er gemerkt, dass da noch etwas anderes in ihm schwelte. Zum ersten Mal seit Esthers Verschwinden empfand er nicht mehr nur diese dumpfe Leere und die nagenden Schuldgefühle in sich. Er wusste nicht, wie er es konkret beschreiben konnte. Waren es doch Gefühle?

Gefühle für Luisa?

Er hatte sie seit ihrem Ausbruch in seiner Wohnung weder gesehen noch von ihr gehört, dennoch war sie auf ihre Weise immer präsent – in seinen Gedanken, Träumen und Erinnerungen.

Mehr als einmal hatte er sich in den letzten Tagen ihre gefälschten Hochzeitsfotos angesehen, und auch wenn es schwer war, so musste er sich eingestehen, dass er sie vermisste. Sehr sogar.

Aber er war nicht wegen Luisa an Esthers Grab gekommen, zumindest nicht in erster Linie.

Till war unsicher, zum ersten Mal seit Jahren empfand er etwas für eine Frau, das mehr war als körperliche Anziehung. Ja, natürlich hatte er den Sex mit Luisa genossen, aber da war noch mehr, viel mehr. Mit Luisa fühlte er sich seltsam verbunden, er sehnte sich nach ihr. Im Nachhinein war klar, dass er mit dem Sex einfach alles ruiniert hatte. Er war wirklich ein verdammter Egoist, nicht nur damals, sondern auch noch heute. „Es tut mir leid", flüsterte er und sah auf Esthers Grabstein.

Geliebte Tochter, Schwester und Enkelin stand darauf. „Ich hoffe, es geht dir gut, wo du jetzt bist", murmelte er und musste schlucken.

Dann legte er die Blumen ab. Noch immer war er sich nicht sicher, was er tun sollte. Eine Krähe flog in seine Richtung, landete auf Esthers Grabstein und beäugte ihn interessiert. Ein seltsamer Moment. Wärme durchflutete Till, und dann wusste er, was er zu tun hatte. Er hoffte, ihn würde der Mut nicht auf dem Weg verlassen.

Auf der Bühne spielten gerade die Trompeter, Tuba-Bläser und Klarinettisten ihre Version von „Stille Nacht". Die Weihnachtsaufführung näherte sich dem Ende und damit ihrem Höhepunkt. Luisa saß schwitzend und zitternd in der Garderobe. Bis jetzt hatte sie ihre Aufregung einigermaßen im Zaum halten können, hatte ihre Energie dafür verwendet, sich um ihre Schützlinge zu kümmern. Aber nun waren alle Teilnehmer, die sie betreute, fertig, und in ein paar Minuten war sie dran. Die Generalprobe war super gelaufen, aber das hier war anders, und sie hatte ihre eigenen Probleme mit Zuhörern, die sie nicht kannte, unterschätzt.

Aber sie konnte es schaffen, gestern hatte es ja auch geklappt. Und außerdem hatte sie die Hoffnung, Till vielleicht im Publikum zu entdecken, und sie wollte ihm beweisen, dass sie sich überwinden konnte. Ja, es war dämlich, aber so war sie nun mal. Nach der Generalprobe tags zuvor hatte Clarissa sie angesprochen und ihr erzählt, dass sie ihm eine Karte gegeben hatte. Sie wusste über die „Trennung" Bescheid, das war klar, dennoch hatte sie glücklicherweise keine unangenehmen Fragen gestellt. Schlimm genug, dass sie mit dem Hinweis Hoffnungen bei Luisa geschürt hatte. Und das, obwohl sie eigentlich gedacht hatte, dass sie das Thema Till endgültig abgehakt hätte. So viel dazu …

Egal, dafür war jetzt keine Zeit. Sie musste sich zusammenreißen. Baldrian zur Beruhigung hatte sie versucht, aber der hatte rein gar nichts gebracht.

„Kommst du?", rief ihr Michael zu, der schon kurz vor dem Aufgang mit den anderen vom Chor wartete.

„Ja, ich bin gleich so weit." Sie schaute noch einmal in den Spiegel, dann stand sie auf. Ihre Eltern und ihr Bruder saßen im Publikum, die wollte sie auf keinen Fall enttäuschen, egal, ob Till nun hier war oder nicht.

Luisa, Michael und der Chor nahmen ihre Plätze auf der Bühne ein. Der Vorhang war noch geschlossen, aber die Scheinwerfer waren bereits auf sie gerichtet. Michael nickte ihr noch einmal aufmunternd zu, sie konnte sein Lächeln leider nicht erwidern. Ihre Zähne schlugen aufeinander, sie zitterte. Vor ihr stand ein Mikrofon, sie hoffte, dass sie allem gerecht werden würde.

Herr Becker kündigte sie bereits an, gleich würden alle sie sehen können.

Der Vorhang ging auf und ihre Knie wurden weich, aber sie blieb stehen, obwohl der Impuls davonzulaufen groß war. Das Publikum wartete gespannt. Luisa gab das Zeichen und Michael begann zu singen.

„I've heard there was a secret chord …"

Der Rest verschwamm im Nebel. Luisa befand sich zwar mitten auf der Bühne, aber sie nahm außer dem Rauschen ihres Blutes kaum etwas um sich herum wahr. Sie erhaschte einen Blick aufs Publikum, sie sah in Clarissas Gesicht, rechts von ihr saß ihr Mann Ulf, der Stuhl links von ihr war leer. Till war also nicht gekommen. Alle Luft entwich aus ihren Lungen, sie ließ die Schultern sinken. Sie konnte es nicht. Sie würde es nicht schaffen.

Ihr Einsatz nahte, wenn der Refrain zu Ende war, war sie dran.

Nach dem letzten Halleluja wurde es still. Sie öffnete ihren Mund, aber es kam nichts heraus. Ihre Lippen bewegten sich, aber kein Ton verließ ihre Kehle. Nach einigen Schrecksekunden übernahm Michael ihren Part.

Luisa begriff, dass sie versagt hatte, und rannte von der Bühne.

Sie war am Boden zerstört.

In der Garderobe sank sie auf ihren Stuhl und schlug die Hände vors Gesicht. Sie konnte nicht einmal weinen, da war rein gar nichts außer dem Gefühl der brennenden Scham. Sie hatte so sehr gehofft, dass sie es schaffen würde.

Und dann war es vorbei. Sie hörte den Applaus des Publikums. Nach einer Weile verstummte das Klatschen und sie bekam mit, wie Herr Becker sich bei allen bedankte. Völlig unvermittelt tippte ihr jemand auf die Schulter. Sie konnte jetzt mit niemandem reden, egal, wer es war.

Sie wollte nur in Ruhe gelassen werden, doch aus einem Impuls heraus sah sie auf.

Vor ihr stand Till und reichte ihr seine Hand. „Komm, meine Liebe“, sagte er.

Ihr Herz setzte einen Schlag aus. Wieso war er hier? Das Konzert war vorbei. Wo war er gewesen? Sie verstand nicht, ließ sich dennoch mechanisch auf die Beine helfen. Wie eine Marionette folgte sie ihm auf die Bühne, er hielt ihre Hand die ganze Zeit in seiner.

Sie wusste nicht, was er vorhatte, als er sich das Mikrofon von Herrn Becker reichen ließ. Ein Raunen ging durch das Publikum.

„Könnt ihr noch mal?“, wandte sich Till grinsend an den Chor. Michael stand am Rand. „Erlauben Sie?“, fragte er Herrn Becker.

Der Gute wirkte ein bisschen überrumpelt, nickte jedoch.

Luisa beobachtete alles, als wäre sie nicht eine der Hauptfiguren, dennoch dämmerte ihr langsam, was Till vorhatte.

Ihre Gedanken überschlugen sich jetzt, wo zuvor nur eine dumpfe Leere in ihrem Kopf gewesen war.

Till hielt noch immer ihre Hand. Wollte er etwa, dass sie das Lied alleine sang? Er hatte zu ihr gesagt, dass er niemals wieder auf einer Bühne stehen würde. Und doch war er hier.

Was hatte das zu bedeuten?

Ihr Puls raste, ihre Hände waren klamm und eiskalt, aber sie zitterte nicht mehr so stark wie vorhin. Tills Gegenwart und die Wärme seiner Haut beruhigten sie zumindest ein bisschen. Seine Nähe war verwirrend, ja, aber hauptsächlich fühlte sie sich geborgen und sicher bei ihm.

Till beugte seinen Kopf zu ihr und raunte in ihr Ohr: „Gemeinsam. Du kannst es.“

Sie nickte.

Sie nickte!

Worauf ließ sie sich da gerade ein? Hatte sie nicht vor wenigen Minuten erst versagt? Reichte ihr eine Niederlage am Tag nicht?

Aber nun war es zu spät.
Till richtete die zwei Mikrofone auf sie aus.

22

Es war das erste Mal, dass Till seit Esthers Tod wieder auf einer Bühne stand. Es fühlte sich seltsam an, und doch war es wie Fahrradfahren. Obwohl es mehr als ein Jahrzehnt her war, dass er zuletzt gesungen hatte, fühlte es sich an, als wäre es erst gestern gewesen.

Er hatte lange mit sich gehadert, zu lange beinahe. Erst zum Ende der Vorstellung hatte er den Festsaal in der Schule betreten können, gerade noch rechtzeitig, um mit anzusehen, wie es Luisa ergangen war. In dem Moment war ihm klargeworden, dass er endlich einmal etwas für jemand anderen als sich selbst tun musste, dass er etwas für sie tun wollte. Obwohl er sich geschworen hatte, nie mehr zu singen, nie mehr aufzutreten, war er doch bereit davon abzuweichen. Denn es ging einmal nicht um ihn, er wollte es für Luisa tun.

Till nickte dem Chor zu, dann atmete er tief durch und beugte sich zu ihr. „Du kannst es." Sie nickte ebenfalls zaghaft und er spürte, wie sich sein Herzschlag beschleunigte, dann begann er zu singen.

„I've heard there was a secret chord …"

Der Chor setzte ein. Es fühlte sich gut an. Till konzentrierte sich ganz auf sich und Luisa, er bekam jedoch mit, dass das Publikum den Atem anhielt, als sie seine Stimme hörten.

Sofern er es richtig einschätzte, hatte sie nicht unter der Pause gelitten, im Gegenteil. Das Stimmvolumen fühlte sich voller, runder an.

Er sang weiter.

„But you don't really care for music, do ya?"

Er sah zu Luisa herüber, ihre Blicke trafen sich. Ein Raunen ging durchs Publikum, während sein klarer Bariton durch den Raum tönte.

Dann kam der Refrain, den er gemeinsam mit dem Chor sang. Er griff nach Luisas zweiter Hand, sodass sie sich nun gegenüberstanden und nicht mehr dem Saal zugewandt waren. Er bemerkte, dass sie schneller atmete, aber ihre Augen waren wach und wirkten nicht mehr so verängstigt wie kurz zuvor. Er wünschte, dass sie es schaffte und ihr Lampenfieber überwand.

Je länger er sang, desto wohler fühlte er sich. Die Zuhörer waren vergessen, er war nur noch für Luisa hier.

Dann wieder der Refrain und danach war Luisa an der Reihe. Noch einmal drückte er aufmunternd ihre Hand. Beim letzten Halleluja sah er, dass sie den Mund öffnete.

Luisa setzte ein, ihre Blicke waren ineinander verhakt.

Du kannst es, dachte er. *Ich bin bei dir.* Er hoffte, sie konnte ihre Verbindung spüren. Eine Verbindung, die er nie so stark zwischen sich und Esther wahrgenommen hatte.

Ihr klarer Sopran tönte durch den Saal und Till bekam eine Gänsehaut. Seine Augen wurden feucht.

„Well baby, I've been here before …“

Das Publikum war mucksmäuschenstill und hielt den Atem an.

Till lächelte. Sein Herz quoll über vor Liebe für diese starke Frau neben ihm.

Ja, es war Liebe. Wie hatte er es so lange nicht verstehen können?

Luisas Augen funkelten, sie schien kaum selbst fassen zu können, was gerade passierte. Sie sang Welten besser als damals auf der Autofahrt im Bulli.

Sie näherten sich dem Höhepunkt des Songs.

Den Refrain sangen sie gemeinsam mit dem Chor, beim vierten Halleluja überragte Luisa sich selbst. Das hohe C kam so hell und klar und sie überstrahlte damit alle anderen mühelos. Sie selbst schien am meisten überrascht und eine Träne rollte über ihre Wange, sie wirkte überglücklich.

Der Chor setzte aus, Till ebenso, nur Luisas Stimme erklang mit so viel Gefühl, dass er eine Gänsehaut bekam.

Nach dieser butterweichen Passage setzte der Chor wieder ein, und dann hatte Luisa noch einmal einen Solopart. Sie gab alles, zunächst ganz gefühlvoll und ab der dritten Zeile mit vollem Volumen.

Und zuletzt noch einmal der besinnliche Refrain des Hallelujas. Till und Luisa und der Chor piano im Hintergrund.

Und dann noch einmal, alle Stimmen wurden lauter, Tills Herz lief über vor Glück, Stolz und noch mehr Liebe für diese Frau.

Aus dem Augenwinkel sah er, dass sich immer mehr Menschen im Publikum von ihren Stühlen erhoben.

Der ganze Saal wirkte ehrfurchtsvoll gebannt.

Nach einem letzten stimmgewaltigen Refrain wurde es stiller, aus Worten wurde ein Summen. Till hatte das Gefühl, dass jeder Einzelne im Raum mindestens so ergriffen war wie er selbst.

Er hielt seinen Blick auf Luisa gerichtet, und als die letzten Töne verklungen waren, setzte tosender Applaus ein, Füße trampelten auf den Boden, Begeisterungspfiffe flogen ihnen um die Ohren. Aber Till bekam davon nur noch wenig mit, alles, was ihn interessierte, war Luisa. Ganz langsam näherte er sich ihrem Mund, und dann küsste er sie, liebkoste ihre Lippen und presste sie so fest an sich, dass er befürchtete, er würde ihr die Luft abdrücken.

Ein Stein, mindestens so schwer wie eine Gebirgskette, fiel von seinem Herzen, als er fühlte, dass sie seinen Kuss erwiderte. Für einen Augenblick genoss er die Empfindungen, dann löste er sich widerwillig von ihr.

„Das ist für dich, Luisa.“ Er ließ eine Hand los und sie drehten sich in Richtung des Publikums. Der Applaus nahm noch einmal zu, als er sich mit Luisa verbeugte.

Der Ansager von vorhin kehrte auf die Bühne zurück, schaute die beiden an, klatschte, nickte anerkennend und wandte sich dann an den Saal.

Till wartete nicht auf lange Lobreden des übergewichtigen Herrn, sondern zog Luisa mit sich von der Bühne, denn das, was er ihr zu sagen hatte, war privat.

Luisa fühlte sich immer noch, wie wenn sie auf Wolken schweben würde, als Till die Tür zur Umkleide sanft hinter sich schloss. Sie stand mitten im Raum und wusste nicht wohin mit sich. Als Till sich zu ihr umdrehte und auf sie zukam, stockte ihr Herz für einen Moment.

Ja, sie hatte es auf der Bühne gespürt, aber vielleicht war es nur wegen der Musik gewesen. Den Gedanken verwarf sie ganz schnell, als sie sah, wie viel Liebe auch jetzt in seinem Blick lag. Als er vor ihr stehen blieb und ihre Hände ergriff, wurden ihre Knie vollständig weich.

„Luisa“, fing er an. „Ich bin so froh, so glücklich und so stolz auf dich.“

Sie musste schlucken.

„Kannst du mir verzeihen, dass ich erst jetzt begriffen habe, dass du recht hattest?“

Sie verstand nicht ganz, worauf er hinauswollte, und runzelte die Stirn.

„Ja, ich war ein Egoist, ich habe mich nur um mein eigenes Elend gekümmert, habe dich nur zu meinem Vorteil ausgenutzt. Das tut mir leid. Ich hoffe, du kannst mir vergeben.“

„Ja, natürlich“, stammelte sie mit rasendem Puls. Es fiel ihr schwer, ruhig zu atmen, es hörte sich beinahe so an, als würde er … Ja, er hatte sie eben geküsst, aber vielleicht hatte das zur Show gehört? Sie wagte nicht zu hoffen.

„Luisa, Liebste. Als du neulich Abend bei mir warst, da hast du gesagt, du hättest dich in mich verliebt. Ich … habe mich gefragt, ob du das wirklich so gemeint hast?“

Luisa wurde heiß unter seinem eindringlichen Blick. Sie nickte, weil sie sich nicht traute, es noch einmal zu sagen. Am letzten Wochenende war sie so wütend gewesen, da war es ihr einfach rausgerutscht, aber nun war das etwas ganz anderes.

„Weißt du, es ist für mich ein ziemlich … komisches Gefühl“, fing er an und sie erkannte die Unsicherheit in seinen tiefblauen Augen. „Aber ich glaube, ich liebe dich, Luisa.“

Sie schluckte erneut. Hatte sie richtig gehört? O Gott, sie hyperventilierte.

Kein Wort kam über ihre Lippen, sie stand unter einer Art Schock. Das war zu viel für sie nach der ganzen Aufregung.

„Wirst du jetzt wieder umkippen?“, fragte er mit einem schiefen Grinsen und legte ihr eine Hand an die Wange.

„Würdest du mich denn auffangen?“, hauchte sie und blinzelte.

„Ich würde alles für dich tun, Luisa. Alles.“

Seine Stimme klang rau, seine Augen waren glasig. „Ich … Bist du bereit mir eine Chance zu geben, dir zu zeigen, dass ich nicht das egoistische Arschloch bin, für das du mich hältst?“

Sie schnappte nach Luft. Er meinte es also wirklich ernst?

„Du willst …?“ Sie konnte ihr Glück nicht fassen. Wahrscheinlich würde sie gleich aus diesem wunderbaren Traum aufwachen.

Erst jetzt merkte sie, dass ihre Frage ein wenig nüchtern geklungen hatte. Sie musste grinsen.

„Würdest du?“, fragte er weiter.

„Willst du denn?“

Sie verlor sich im Blau seiner Augen, ein Meer der Gefühle spiegelte sich darin wider. „Shit, Luisa, ich, … ich liebe dich“, stieß er noch einmal hervor, und dann küsste er sie.

Dieser Kuss war nicht zärtlich, er war hungrig, fast verzweifelt. Es kam ihr so vor, als ob er alles in diese Liebkosung legte, was ihm auf der Seele brannte, … und er setzte sie damit in Flammen. Seine Zunge erforschte ihren Mund, nahm ihn in Besitz und löste die schönsten Gefühle bei ihr aus, die sie je empfunden hatte.

Ja, sie liebte diesen Mann, sie liebte ihn mehr, als sie sich bis eben eingestanden hatte. Sehnsuchtsvoll klammerte sie sich an ihm fest und gab sich ihm hin.

Ein energisches Klopfen an der Tür ließ die beiden auseinanderfahren.

Till atmete schwer, Luisa stand völlig neben sich, als Clarissa den Raum betrat.

„O mein Gott“, rief sie. „Ich bin so glücklich.“

Sie lief auf Till zu, umarmte ihn, und dann drückte sie Luisa an sich. Sie weinte und lachte. Dann trat sie einen Schritt zurück, wischte sich über das Gesicht. „Entschuldigt bitte“, schniefte sie. „Ich bin nur so überwältigt. Es war wundervoll, ihr seid wundervoll!“

Till nahm Luisas Hand und zog sie an sich. Sie schmiegte sich an ihn und lächelte selig.

„Ich … wollte euch nicht stören … ähm“, sie trat von einem Fuß auf den anderen. „Ich … sollte wieder gehen. Sorry, wollte euch nur beglückwünschen zu dem tollen Auftritt und so …“

Till schmunzelte. „Danke, Schwesterchen.“

„Sehe ich euch denn gleich bei uns … zum Abendessen?“, fragte Clarissa.

Luisas Eltern warteten auf sie. Bis eben hatte sie völlig vergessen, dass auch sie im Publikum gewesen waren. Sie fragten sich sicher, wer der geheimnisvolle Duettpartner war ….

„Luisa?“, wandte sich Till an sie.

„Äh, meine Eltern und mein Bruder warten …“

Clarissa hob die Hände. „Entschuldigt, ich bin viel zu aufdringlich, aber ich bin so aufgeregt. Ich bin … Sorry, ich … äh … lasse euch wieder alleine und ihr macht das unter euch aus, ja? Luisa, du bist herzlich willkommen auf jeden Fall, natürlich verstehe ich, wenn du Pläne hast …“, stammelte sie.

„Clarissa?“ Till schaute seine Schwester mit gerunzelter Stirn an.

„Ja, bin schon weg … Also dann, bis … bald.“ Sie drückte Luisa einen Kuss auf die Stirn, knuffte ihren Bruder in die Seite und rannte jauchzend aus der Umkleide.

„Wow“, kicherte Luisa. „Das war … interessant.“

Till zog ihre Hand an seine Lippen und küsste jeden einzelnen Finger. „So ist sie eben … Aber, wie sieht es aus? Kommst du mit?“

Luisa wollte ihn sehen, natürlich, am liebsten wäre sie nur noch mit ihm zusammen, aber ihre Familie wartete und es war Heiligabend.

„Meine Leute warten wirklich, es gibt Kartoffelsalat und Würstchen …“

Till schaute zu Boden. „Verstehe.“

„Aber … vielleicht können wir uns später treffen? Danach?“ Sie war unsicher.

Er zog sie an sich, bettete ihr Gesicht an seiner Brust, kramte dabei einen Schlüssel aus seiner Hosentasche und hielt ihn ihr hin. „Der ist für meine Wohnung. Ich warte dort auf dich, okay? Ich gehe zum Essen zu meiner Schwester, Emily ist mein Patenkind.“

„Das weiß ich doch.“

Er strich über ihren Rücken und sandte kleine Schauer an ihrer Wirbelsäule entlang. „Dann sehen wir uns bei mir?“ Sie hörte den hoffnungsvollen Unterton in seiner Stimme.

„Ja“, hauchte sie. „Aber ich habe gar kein Geschenk für dich.“

Till lachte. „Du bist so süß, Luisa. Du bist mein Geschenk, das beste Geschenk, das mir der da oben jemals machen konnte. Ich habe so lange gebraucht, es zu kapieren …"

Sie hob den Kopf. „Wirklich?"

„Du kannst es mir ruhig glauben, Luisa. Warum zweifelst du?"

„Ich weiß nicht, kommt das jetzt bei dir nicht nur aus einer Stimmung heraus …?"

„Scht." Er legte ihr einen Finger an die Lippen. „So was will ich nicht hören, ist das klar?"

Sie nickte und musste lächeln, er schien es absolut ernst zu meinen.

Till küsste sie noch einmal. „Dann sehen wir uns später?"

„Ich werde da sein."

„Ich liebe dich, Luisa."

Ihr Herz machte einen Satz. „Ich … liebe dich auch, Till."

Er zog sie noch einmal an sich, dann schob er sie sanft von sich. „Bis später, Liebste."

„Gott, das klingt so schön, wenn du das sagst."

„Du kannst dich gerne daran gewöhnen, ab sofort wirst du das nämlich öfter hören."

Er drückte ihr noch einen letzten Kuss auf die Stirn und wandte sich zum Gehen. Ein letztes Mal trafen sich ihre Blicke. „Ich denke an dich."

Dann war er weg und Luisa musste sich setzen.

Wahnsinn. War das eben wirklich passiert?

Sie schaute in den Spiegel. Entgegen blickte ihr eine vertraute und doch fremde Person, die neue Luisa. Hatte sie gerade tatsächlich vor allen gesungen? Und Till mit ihr im Duett? Dann hatte er sie geküsst und ihr seine Liebe gestanden?

Sie schüttelte ungläubig den Kopf. Es war unfassbar. Sie war unfassbar glücklich.

Hastig packte sie ihre wenigen Habseligkeiten zusammen und machte sich auf die Suche nach ihren Eltern und ihrem Bruder.

Auf dem Weg nach draußen hielt sie jemand auf. „Frau Zimmermann, haben Sie eine Sekunde? Ich weiß, das ist jetzt vielleicht ziemlich unpassend, aber ich wollte die Gelegenheit nicht verstreichen lassen."

Luisa blinzelte verwirrt.

„Entschuldigen Sie bitte. Mein Name ist David Monti, Ihre Bewerbung ist mir vor ein paar Tagen auf den Tisch gelegt worden. Meine Tochter hat heute hier etwas aufgeführt und, na ja, dann habe ich Sie gesehen und ich finde, … Sie passen perfekt für den Job. Wir suchen für ein neues Format noch einen Vocal Coach."

„O Gott!", Luisa schlug sich die Hand vor den Mund.

„Es tut mir leid, dass ich Sie so überfallen habe, aber hier ist meine Karte." Der hochgewachsene Mann zog eine Visitenkarte aus seinem Tweed-Sakko. „Rufen Sie mich nach den Feiertagen an, dann können wir uns einmal unverbindlich unterhalten. Wie klingt das für Sie?"

Luisa nahm sein Kärtchen mechanisch entgegen. „Äh, ja, danke!"

Herr Monti reichte ihr die Hand. „Dann wünsche ich Ihnen ein frohes Fest. Was für ein super Auftritt, Wahnsinn." Er schenkte ihr ein strahlendes Lächeln. Luisa erwiderte seinen Händedruck, bevor sie antwortete.

„Ihnen auch frohe Weihnachten."

Und dann war sie alleine und schüttelte lachend den Kopf. Was war das für ein verrückter Tag! Zwei Weihnachtswunder auf einmal!

23

Till hatte die Minuten gezählt, bis er sich endlich verabschieden konnte, ohne unhöflich zu wirken. Bis zum Dessert hatte er es ausgehalten. Emily war zuvor reichlich beschenkt worden, und nachdem jedes einzelne Spielzeug ausprobiert worden war, war sie auf dem Teppich vor dem Weihnachtsbaum eingeschlafen. Überraschenderweise hatte Clarissa es die ganze Zeit geschafft, keine weiteren Fragen über ihn und Luisa zu stellen.

„Vielen Dank für den wundervollen Abend", sagte er und drückte seine

Schwester an sich. Sie lächelte wissend.

„Danke, dass du hier warst. Komm gut nach Hause, Brüderchen. Ruf mich an, ja? Wir sehen uns dann in Timmendorf?"

Er nickte. „Ja, mal schauen. Ich melde mich auf jeden Fall, okay? Ciao, Ulf." Er winkte seinem Schwager zu, der mit einem Cognac auf dem Sofa saß und einen Bildband über die Malediven durchblätterte, den Clarissa ihm geschenkt hatte. Ein Wink mit dem Zaunpfahl. Ulf hasste lange Flugreisen, Clarissa hingegen träumte von einem Reiseziel wie diesem seit Ewigkeiten.

„Mach's gut", rief er seinem Schwager zu, klopfte Clarissa auf die Schulter und schlüpfte in seine Lederjacke und Schuhe.

Auf dem Nachhauseweg las er einige Nachrichten auf seinem Handy, von Luisa war keine dabei. Er hoffte, dass das nichts zu bedeuten hatte.

Obwohl er sich vorhin noch so sicher gewesen war, dass zwischen ihnen alles klar wäre, befiel ihn plötzlich eine Ungewissheit, die ihn irritierte.

Hätte er sie nicht gehen lassen dürfen?

Was, wenn sie es sich anders überlegt hatte?

Wenn sie doch keine Lust auf einen Egoisten mit einer Vorgeschichte wie seiner hatte?

„Scheiße“, fluchte er und kickte eine Dose, die auf dem Gehweg gelegen hatte, ins Gebüsch.

Auch als er kurz darauf in seine Wohnung kam – den Ersatzschlüssel hatte er sich aus der Werkstatt geholt – blieb dieses mulmige Gefühl in seinem Bauch.

Unruhig goss er sich ein Glas Orangensaft ein und ging auf den Balkon. Seine schnurrende Freundin ließ nicht lange auf sich warten. „Panda, da bist du ja. Hast du schon gewartet?“

Er lächelte und holte eine Packung Nassfutter aus der Küche, die er extra für heute besorgt hatte. Das Kätzchen schien anderswo nichts zu bekommen, denn viel hatte sie auch nach seinen regelmäßigen Fütterungen nicht auf den Rippen.

„Frohe Weihnachten“, murmelte er und stellte ihr das Fresschen auf den Boden.

„Und was mache ich jetzt?“ Er fuhr sich durch die Haare und blickte in die Nacht. Eine ganze Weile starrte er in den Himmel, sein Atem malte weiße Wölkchen in die Luft. Panda strich durch seine Beine, als sie mit dem Essen fertig war. Dann verschwand sie, und er blieb alleine zurück.

Till schloss die Augen und rief sich den Auftritt in Erinnerung. Es war magisch gewesen, unfassbar schön. Er würde immer mit Ehrfurcht an diesen Tag zurückdenken …

„Till!“ Ihre klare Stimme riss ihn aus den Grübeleien.

Er schnellte herum. Luisa stand in seinem Wohnzimmer, die Mütze noch auf dem Kopf.

Erleichterung durchflutete ihn. Nach einer Sekunde fing er wieder an zu atmen und war mit wenigen Schritten bei ihr. Till hob Luisa in seine Arme und wirbelte sie durch den Raum. Hier hatte alles begonnen. Mit diesem ersten Kuss bei den Fotoaufnahmen. Vermutlich war es damals schon um ihn geschehen gewesen, sein Körper hatte es längt begriffen, aber sein blockierter Kopf hatte noch eine ganze Weile gebraucht …

„Da bist du ja endlich.“ Er lachte und setzte sie wieder auf dem Boden ab. „Ich dachte schon, du hättest es dir anders überlegt.“

Luisa zog sich die Mütze vom Kopf und grinste verlegen. „Nein, wie du siehst, bin ich nun hier.“

Till half ihr aus dem Anorak und warf ihn achtlos beiseite. Dann zog er sie in seine Arme. „Frohe Weihnachten, meine Liebe.“

„Frohe Weihnachten, du Verrückter.“

Er küsste sie kurz, dann schob er sie ein Stück von sich und kramte eine kleine Packung aus der Gesäßtasche seiner Jeans.

Ihre Augen wurden groß, als er sie ihr vor die Nase hielt.

„Für mich?“

Er nickte. „Ja, ich hoffe, du magst es.“

„O Gott, ich habe nichts für dich.“

„Luisa“, tadelte er sie. „Hör auf, kannst du einfach mal etwas annehmen, ohne dass du gleich selbst etwas geben musst? Hattest du mir nicht erzählt, du wolltest aufhören, immer alles für andere zu machen?“

Sie grinste schuldbewusst. „Schätze, ich muss noch ein bisschen üben.“

„Mach auf, los!“, forderte er sie auf.

Er sah, dass Luisas Finger zitterten. Ob sie ahnte, was er für sie vor der Aufführung besorgt hatte? Nach dem Besuch auf dem Friedhof war ihm einiges klargeworden und direkt im Anschluss daran hatte er das kleine Geschenk für sie gekauft. Er hatte lange mit sich kämpfen müssen, bevor er den Konzertsaal hatte betreten können. Zum Glück war er nicht zu spät gekommen, aber beinahe. Schnell schob er den Gedanken an Luisas ersten Auftritt beiseite, umso mehr freute es ihn, dass sie ihm vertraut hatte und noch einmal mit ihm auf die Bühne gegangen war.

Luisa löste die Schleife mit zitternden Fingern, dann riss sie das Papier ab und hielt ein Kästchen in den Händen. Luisa hob ihren Blick.

„Ja, mach auf", ermutigte Till sie mit klopfendem Herzen. Er hoffte sehr, dass er ihr gefallen würde.

Sie klappte den Deckel nach oben und sog scharf die Luft ein. „O mein Gott!", rief sie.

„Ich fand, du hattest endlich einen echten Ring verdient."

„Echten Ring?"

„Keine Angst, Luisa, ich schleppe dich nicht morgen vor den Altar. Aber … du hast so schöne Finger, ich fand, es würde zu dir passen, einen zu tragen. Ich meine, es sah so schön aus in Timmendorf, … auch wenn es nur ein billiger Silberring war."

Luisas Augen glänzten feucht. „Du bist ja total verrückt. Ist das ein Diamant?"

Er nickte. „Darf ich?"

Till nahm das Schmuckstück aus dem Kästchen, griff nach Luisas linker Hand und steckte ihr den Ring aus Weißgold mit einem funkelnden, dezenten Diamanten an den Finger.

„Er passt", verkündete er glücklich, ihre Hand ließ er nicht los.

„Ich liebe dich, Luisa."

Sie schluckte, eine Träne kullerte über ihre Wange. „Shit, ich wollte doch nicht heulen."

Er musste lachen. „Genau das liebe ich so an dir. Du kannst heulen, so viel du willst."

Und dann senkte er seine Lippen auf ihre.

Till vergrub seine Hände in Luisas Haaren, spielte mit ihrer Zunge und drückte sich an sie. Ihr leises Seufzen an seinem Mund brachte ihn beinahe um den Verstand.

Er wollte sich ganz viel Zeit lassen, deshalb bugsierte er sie langsam, Schritt für Schritt in sein Schlafzimmer. Er hatte vorhin noch eine Lichterkette über dem Bett drapiert, um mit ihr sein ganz persönliches Weihnachtsfest zu feiern.

„Komm her, meine Liebe“, murmelte Till mit belegter Stimme und zog sie zu sich. Vorsichtig küsste er sie und ließ sich mit ihr aufs Bett sinken. Heute hatten sie alle Zeit der Welt. „Merry Christmas“, nuschelte er an ihren Lippen, bevor er sie wieder mit seinem Mund verschloss.

Epilog

Mit einem lauten Knall löste sich der Sektkorken aus der Flasche. Innerhalb weniger Sekunden sprühte der Schaumwein in hohem Bogen durch die leeren, neu angemieteten Räume der „Klassikschrauber".

„Auf die Zukunft!", rief Till, goss den Sekt in Plastikbecher und verteilte sie anschließend an Olli, Luisa, Miro, Anne und Per.

„Da habt ihr ja noch ein ganzes Stück Arbeit vor euch!" Anne kicherte und nippte an ihrem Becher.

Nachdem Till die Flasche geleert hatte, gab er Luisa einen Kuss. „Danke, dass du das alles mitgemacht hast."

Er fand es süß, wie Luisa errötete. Heute war nicht nur der einunddreißigste Dezember und damit der letzte Tag des Jahres, es war gleichzeitig der erste Tag, an dem sie über den Laden neben der Werkstatt als Mieter verfügen konnten. Gleich heute würden sie natürlich nicht mit den Umbauarbeiten loslegen, aber sie wollten es dennoch gebührend feiern und zumindest mit einem Gläschen darauf anstoßen. Es lag daher nur nahe, dass alle, die an dem Komplott beteiligt gewesen waren, bei dem kleinen Umtrunk dabei waren. Danach wollte er für Luisa kochen. Ob das, was er für sie zaubern würde, essbar wäre, würde sich noch herausstellen, aber er wollte, dass dieser Abend etwas ganz Besonderes würde. Außerdem wollte er mit ihr den Karrieresprung gehörig feiern. Nachdem Luisa an Heiligabend die Visitenkarte des Produzenten bekommen hatte, war alles ganz schnell gegangen. Nach den Sommerferien würde ein neues Format starten, bei dem sie als Vocal Coach mitwirken würde. So konnte sie ihr Schuljahr noch in Ruhe zu Ende bringen, bevor sie sich zu neuen Ufern aufmachen würde. Er freute sich wahnsinnig für sie und war mächtig stolz. All das wollte er heute mit ihr feiern, nicht nur den Abschluss des alten Jahres, sondern vielmehr die Vorfreude auf ihr gemeinsames Leben.

Nachdem sie die Räumlichkeiten noch einmal begangen hatten und jeder seinen Senf zu den bevorstehenden Umbauarbeiten abgegeben hatte, verabschiedeten sich die Freunde.

„Sehen wir uns nachher noch auf der Party?“, wandte sich Anne an Luisa.

Sie zuckte mit den Schultern und schaute Till an. „Ich weiß nicht genau, für heute habe ich die Anweisung bekommen, keine Pläne zu machen. Till hat wohl irgendwas vor“, erklärte sie lächelnd und der Angesprochene konnte sich ein breites Grinsen nicht verkneifen.

„So ist es. Aber vielleicht gesellen wir uns nach Mitternacht noch zu euch, … falls Luisa den ersten Teil des Abends übersteht, natürlich nur.“

Sie runzelte die Stirn und Anne lachte. „O mein Gott, ich will gar nicht wissen, welche Sexpraktiken er heute an dir erproben wird.“

Luisa schnappte nach Luft und Till schüttelte immer noch grinsend den Kopf. „Bloß kein Neid“, erwiderte er und zog Luisa in seine Arme.

„Ich doch nicht.“ Anne hob eine Augenbraue und musterte sie mit einem amüsierten Funkeln in den Augen. „Komm, Per, wir gehen zu mir und machen uns hübsch. Vielleicht treffen wir ja heute noch unsere Traumprinzen. Tschüss, ihr.“ Olli und Anne warfen sich einen Blick zu, der sogar Till nicht entging. Wow, lief da was zwischen den beiden? Falls noch nicht, dann würde sich sicher bald etwas in der Richtung ergeben. Dass sein Kumpel nicht anfing zu sabbern, war alles. Anne verließ mit Per im Schlepptau den Laden.

Olli und Miro sahen sich grinsend an, dann warfen sie ihre Plastikbecher in eine Tüte und klopften Till auf die Schulter. „Bis dann, Alter."

„Ciao."

„Tschüss, ihr beiden, bis später vielleicht."

„Ja ja", brummte Miro. „Wer's glaubt. Ihr geht nirgendwo mehr hin, ihr Turteltäubchen."

Noch vor wenigen Wochen wäre Till nach so einer Bemerkung an die Decke gesprungen, jetzt amüsierten ihn derartige Kommentare seiner Freunde nur noch – vermutlich, weil sie recht hatten. Wenn es nach Till ging, wollte er mit Luisa nirgends hin, außer ins Bett. Aber heute war Silvester, vielleicht konnten sie sich ja nachher doch noch motivieren … Egal, zunächst hatten sie Pläne und er wollte zuerst alleine mit Luisa feiern.

„Komm, Süße." Er zog sie in seine Arme und küsste sie lange und intensiv.

Luisa legte eine Hand auf seine Brust und drückte ihn ein Stück von sich. „Wollten wir nicht los?" Ihre Stimme klang atemlos.

Till hatte sich mal wieder komplett vergessen, das war es, was passierte, wenn er mit Luisa zusammen war. Er vergaß Raum und Zeit, alle seine Gedanken kreisten nur noch um sie. Er war so glücklich, dass sie es geschafft hatte, die Schutzmauer einzureißen, die er über die Jahre um sich errichtet hatte. Jetzt gehörte sein Herz – und sein Körper – nur noch ihr und er konnte sich nichts Schöneres vorstellen. Endlich fühlte er sich komplett und frei.

„Ich muss noch mal zu mir, wollte mich noch umziehen", sagte sie und trat noch einen Schritt zurück, als ob sie fürchtete, er würde sonst gleich hier und jetzt über sie herfallen. So unbegründet war ihre Sorge gar nicht, tatsächlich hatte er überlegt, wie er es bis zu Hause aushalten sollte …

„Wirklich? Du siehst doch gut aus."

Luisa verzog das Gesicht. „Ha ha, sehr witzig. Aber danke, dass du nett sein willst. Ich will mir zumindest eine saubere Hose anziehen. Schau mal, hier sind Kaffeeflecken drauf."

Till nahm ihre Hand und zog sie noch einmal an seine Brust. „Ich habe rein gar nichts dagegen, dass du dir die Jeans gleich ganz ausziehst …"

Sie klimperte mit ihren Wimpern und sah zu ihm auf. Es verschlug ihm immer wieder den Atem, wenn sich ihre Blicke trafen und er sich in ihren braunen Augen verlor.

„Dann lass uns gehen, hier ist es nicht so gemütlich."

Luisa gab ihm einen Klaps auf den Hintern und lief davon.

Till seufzte leise und folgte ihr.

Luisa lag in Tills Armen, seine Hand glitt sanft über ihre vom Liebesspiel erhitzte Haut.

„Luisa?", hörte sie ihn fragen.

„Hm", machte sie.

„Ich finde, deine Wohnung ist nicht so schön."

Sie hob den Kopf an und runzelte die Stirn. „Äh, was?"

„Na, du weißt schon. Überteuerte Miete, blöder Vermieter, schrecklich hohe Decken und so …"

Die Ironie in seiner Stimme war nicht zu überhören. Er grinste sie spitzbübisch an und seine Augen blitzten. Wieso wollte er ihre Wohnung, wenn auch nur aus Scherz, schlechtmachen? Sollte das etwa bedeuten …? O Gott, sie bekam Herzflattern.

„Ich kann dir nicht ganz folgen."

„Also, ich meinte …", er sah so aus, als ob es ihm irgendwie unangenehm wäre, das anzusprechen, was er vorhatte.

Luisa setzte sich auf und wandte sich ihm zu. „Sag schon, was stimmt nicht?"

Till schluckte. „Mein Gott, du bist so schön." Ehrfürchtig strich er mit seiner Hand über ihr volles Dekolleté. „Ich kann mich einfach nicht konzentrieren ..."

Luisa lachte und hob die Decke vor die Brust. „Besser?“

„Hm. Nein …“, er verzog den Mund wie ein kleiner Junge, dem man den Lutscher weggenommen hatte.

„Spuck schon aus, was los ist.“

„Okay.“ Er räusperte sich. „Also, deine Wohnung, wie schon gesagt. Schön ist sie nicht, viel zu klein und zu teuer … Und jetzt haben wir ja noch einen anderen Mietvertrag und man sollte ja nicht zu viele Immobilien und so …“

„Ti-ill“, forderte sie ihn ungeduldig auf. „Komm zum Punkt.“

„Gut. Kurz und schmerzlos: Zieh bei mir ein!“

„Wie bitte?“ Luisas Herzschlag schnellte in die Höhe.

Till nahm ihre Hand und küsste jeden einzelnen Finger.

„Ich will dich immer bei mir haben, jede Nacht und jeden Tag. Ich will nicht, dass du losmusst, nur um dir Klamotten zu holen. Ich will, dass du deine Klamotten bei mir hast, bei uns … Können wir nicht … zusammen leben?“

„Huch. Ist das nicht ein bisschen … voreilig?“

Nun war es an ihm die Stirn zu runzeln. „Voreilig?“

Sie nickte und spürte, dass sie rot wurde. „Wir sind ja erst ein paar Tage zusammen …“

Till setzte sich auf und zog sie in seine Arme. „Du sagst doch immer zu mir, dass dein Vermieter so ein Arsch ist und dass du dir was Neues suchen wolltest. Und … ich finde, meine Wohnung ist groß genug, es gibt massig Platz da.“

„Du meinst also, rein aus praktischen Gründen?“

Seine Mundwinkel zuckten. „Süße, ich liebe dich. Ich schwöre dir, dass ich dich niemals nur aus praktischen Gründen darum bitten würde, mit mir zusammenzuziehen.“

O Gott. Luisa musste das alles erst einmal verarbeiten.

„Dein Tempo ist ja ganz schön …. rasant“, meinte sie schließlich.

„Geht es dir zu schnell?“

„Ja, ich meine, nein. Ach, ich weiß nicht.“

„Dann sag doch einfach Ja. Wenn du willst, können wir uns auch eine ganz neue Wohnung suchen. Ein Neustart?“

Sie schüttelte den Kopf. „Nein, deine Bude ist schön … Ich meine, wenn man unsere Möbel zusammenwürfelt. Aber ohne Musik kann ich nicht leben.“

Sie sah ihn vorsichtig an. Till nickte. „Das ist okay für mich. Nur, weil ich keine Sängerkarriere mehr anstrebe, heißt das nicht, dass du das nicht darfst.“

„Kannst du es denn ertragen, wenn ich Musik höre?“

„Ja, Luisa. Das kann ich. Ich … habe große Fortschritte gemacht, würde ich sagen.“

„Es war der Wahnsinn. Als ich dich habe singen hören, dachte ich, ich schmelze.“

Sein Grinsen wurde breiter. „Wirklich?“

„O Gott, ja! Ich war so stolz auf dich.“

„Du auf mich? Ich war stolz auf dich, dass du dein Lampenfieber überwunden hast und das alles.“

„Für dich muss es schwer gewesen sein.“

„Komischerweise war es das gar nicht, es hat sich gut angefühlt, endlich einmal etwas für jemand anderen als für mich selbst zu tun. Du hast mich dazu gebracht, dafür danke ich dir. Die Standpauke habe ich gebraucht. Alle haben mich immer nur mit Samthandschuhen angefasst – nur du nicht.“

Sie kicherte, als sie sich an den Abend erinnerte, als sie ihm so allerhand an den Kopf geworfen hatte. „Ja, na ja. Ich bin schon ganz schön hart mit dir ins Gericht gegangen.“

Er legte ihr eine Hand an die Wange. „Das war genau richtig. Ich kann dir nicht genug dafür danken. Also, ziehst du bei mir ein? Bitte.“

„Du meinst das wirklich ernst, oder?“

„Luisa, Liebste. Ich bin mir so sicher wie selten in meinem Leben zuvor. Ich will neben dir einschlafen und neben dir aufwachen, jeden verdammten Tag. Ich will eine Zukunft mit dir, mit uns.“

Sie schluckte. „Ich kann mir nichts Schöneres vorstellen."
„Ist das ein Ja?"
Sie nickte. „Ja." Tränen stiegen in ihr auf. Nie hätte sie damit gerechnet, dass sich in so wenigen Wochen ihr Leben von einem Alptraum zu so etwas Wundervollem entwickeln würde.
„Dann lass uns packen."
Sie schnappte nach Luft. „Jetzt?"
„Nur ein Scherz. Aber so gern ich noch mit dir im Bett wäre, ich habe vor, dir heute Abend ein einzigartiges Silvestermenü zu kredenzen. Wir sollten also aufbrechen. Ich habe schon alles eingekauft."
„Hast du? Du kannst doch gar nicht kochen."
Er lachte und schlug die Decke zurück. „Wofür gibt es Youtube."
„Ich bin also dein Versuchskaninchen?"
„Möchtest du denn mein Versuchskaninchen sein?" Er zog sie auf seinen Schoß und Luisa lachte. Sie legte ihm ihre Hand auf die unrasierte Wange. „O ja, sehr gern. Du kannst alles mit mir tun …", hauchte sie an seinem Ohr.
„Shit, Luisa. Sag das nicht! Jetzt will ich garantiert nicht mehr aus dem Bett."
Aber sie lachte nur, rannte ins Bad, schlug die Tür hinter sich zu und schlüpfte kichernd in saubere Kleidung, die sie zuvor schon bereitgelegt hatte.
„Du wolltest für mich kochen, schon vergessen?", rief sie durch die geschlossene Tür.
Till brummte etwas Unmissverständliches, dann vernahm sie seine schweren Schritte auf dem Dielenboden. Es hörte sich ganz danach an, dass er seine Klamotten aufsammelte und sich anzog.
Einen Moment hielt sie inne, sah sich in ihrem kleinen Bad um, und ihr wurde warm ums Herz. Er hatte sie tatsächlich gefragt, ob sie bei ihm einziehen wollte. Sie konnte es kaum

glauben und war unfassbar glücklich, dass er sie genauso liebte wie sie ihn.

Sie schloss die Tür auf, stopfte ein paar Sachen in einen Rucksack und ging zu Till.

„Bin startklar. Während du kochst, schreibe ich meine Kündigung, die können wir meinem Vermieter dann noch vor vierundzwanzig Uhr persönlich in die Hand drücken."

„Du willst es ihm heimzahlen?" Tills Augen blitzten amüsiert.

„Kein Mann sollte sich mit mir anlegen", gab sie zurück und wackelte mit den Augenbrauen.

„Definitiv nicht." Till lachte und pflanzte ihr einen Kuss auf die Stirn. „Dann lass uns gehen. Auf in ein neues Jahr mit einer wunderbaren Zukunft. Ich hätte nie gedacht, dass es mich mal so glücklich machen würde, wenn eine Frau bei mir einzieht. Ich liebe dich, Luisa Zimmermann."

„Und ich liebe dich."

Bevor sie wenig später die Wohnung mit der Kündigung verließen, verschmolzen ihre Lippen zu einem langen und zärtlichen Kuss. Keiner von ihnen wollte sich vom anderen lösen, aber irgendwann schafften sie es doch und gingen Hand in Hand in den frühen Abend des einunddreißigsten Dezembers, in eine gemeinsame Zukunft.

ENDE

Danksagung

Liebe Leserin! Lieber Leser!

Ich bedanke mich bei allen Leserinnen und Lesern. Ihr seid großartig, ohne Euch wären meine Bücher in dieser Form gar nicht da. Wenn Euch mein Buch gefallen hat, freue ich mich sehr, wenn Ihr eine Rezension dazu verfasst. Ich lese jede einzelne davon und sie helfen mir, meine Bücher noch weiter zu verbessern.
Danke auch, liebes Bookrix-Team. Ihr seid immer für mich da und habt vieles für mich möglich gemacht, wovon ich nie zu träumen gewagt habe.

Vielen Dank Dorothea Kenneweg für das Lektorat und die hilfreichen Tipps. Danke an Dr. Andreas Fischer für das Korrektorat und den letzten Feinschliff von Sandra.

Es tut ein bisschen weh, mich von meinen Prescott Sisters nun zu verabschieden, aber ein paar Bonuskapitel sind schon in Planung, die ich gelegentlich als kleines Dankeschön für Euch in meinem Newsletter verschicken werde.

Alles Liebe,
Karin Lindberg